KB087835

DEMIAN

데미안

DEMIAN

데미안

헤르만 헤세

BOOK PLAZA

CONTENTS

두
세계

열 살 때 작은 고향 도시에서 라틴어 학교에 다니던 시절 겪었던 일로 내 이야기를 시작하려고 한다.

지금도 그때의 온갖 풍경과 향기가 나의 내면으로 들어와 아픔과 기쁨의 전율을 일으킨다. 어두운 골목길 주변에 늘어선 환한 집들과 탑, 시간을 알리는 종소리와 마을 사람들의 얼굴, 따뜻하고 포근함으로 가득 찬 방들에 대비되는 유령에 대한 깊은 두려움으로 가득 찬 비밀스러운 방들. 따뜻하지만 좁은 공간, 토끼와 하녀들, 가정상비약이나 말린 과일 냄새가 느껴지는 공간.

그곳에는 두 세계가 뒤섞여 있었다. 두 세계는 낮의 세계와 밤의 세계였다.

한 세계는 아버지의 집이었는데, 실제로는 오직 부모님만의 세계였기 때문에 무척 좁았다. 나는 이 세계에 대해 비교적 잘 알고 있었다. 어머니와 아버지라는 이름의 이 세계는 사랑과 엄격함, 교육과 모범의 세계였다. 이곳에는 빛나는 광채, 명료함, 깨끗함이 있었다. 그리고 조용하고 친근한 대화와 깨끗하게 씻은 손, 깔끔한 옷, 그리고 예의범절이 있었다. 이곳에서는 아침마다 찬송가를 불렀고, 즐거운 크리스마스를 지냈다. 이 세계에는 미래로 통하는 곧은 선과 길이 있었고 의무와 책임, 양심의 가책과 참회, 용서와 올바른 결심, 사랑과 존경, 지혜와 성경 말씀이 있었다. 맑고 순수하고 아름답고 조화로운 삶을 위해서는 이 세계에 머물러야 했다.

한편, 우리 집 한가운데서 시작된 또 다른 세계는 완전히 다른 세계였다. 냄새도 다르고 말도 다르고 전혀 다른 것을 약속하고 요구했다. 이 두 번째 세계에는 하녀들과 견습공들이 머물렀고, 유령 이야기와 난잡한 소문들이 파다했다. 도살장과 감옥, 술주정뱅이들과 낯선 여자들, 새끼를 낳는 암소와 다리가 부러진 말들도 있었다. 그리고 절도, 살인, 자살에 대한 이야기 등 온갖 잔혹하지만 유혹적이고 무시무시하며 그래서 신비롭기도 한 것들이 있었다. 이런 아름다우면서도 끔찍하고 사납고 잔인한 일들이 바로 옆 골목에서, 바로 옆 집에서, 아니 온 사방에서 벌어졌다. 경찰관과 부랑자들이 주변을 쏘다녔고, 술에 취한 사내들이 마누라를 두들겨 팼으며, 젊은 아가씨들은 공장에서 일을 마치고 쏟아져 나왔다. 노파들은 마법을 걸어 사람을 병들게 할 수 있었고, 강도들은 숲에 살고 있었으며, 방화범들은 경찰들에게 붙잡혔다. 이 격렬한 두 번째 세계의 냄새가 어머니와 아버지가 계신 우리 집만을 제외하고 온 사방에서 분출되었다. 여기 우리 집에는 평화와 질서와 안식, 의무와 양심, 용서와 사랑만 있다니 얼마나 멋진가. 집 밖에는 시끄럽고 날카롭고 어둡고 폭력적인 것들이 존재하지만 나는 그것으로부터 한 발자국만 떼면 어머니에게로 쉽게 도망칠 수 있었다. 그 사실 또한 얼마나 멋진가.

　하지만 가장 이상한 사실은 그 두 세계가 맞닿아 있다는 것이었다. 얼마나 가까이 붙어 있었던가! 예를 들어 우리 집 하녀 리나는 저녁 예배 시간에 거실 문가에 앉아서 깨끗이 씻은 손을 매끈하게 다린 앞치마 위에 얹어놓고 맑은 목소리로 우리와 함께 노래를 불렀다. 그럴 때 그녀는 어머니와 아버지의 세계, 밝고 올바른 우리의 세계에 완전히 속했다. 반면, 부엌이나 창고에서 머리 없는 난쟁이에 대한 이야기를 해주거나 푸줏간에서 이웃집 여자들과 다툴 때면 다른 사람이 되었고 다른 세계에 속했으며 비밀에 둘러싸여 있었다. 모든 것이 그런 식이었다. 무엇보다 나 역시도 그랬다. 나는 분명히 부모님의 자식으로 밝고 올바른 세계에 속해 있었지만, 눈이나 귀가 향하는 곳마다 늘 다른 세계가 있었다. 으스스한 공포와 양심의 가책을 느끼며 그곳에 속하지 않는다고 생각했음에도 불구하고 나는 그곳에도 속하는 인간이었다. 때로는 심지어 그 금지된 세계에 사는 것이 더 좋기도 했다. 그리고 밝은 세계로 돌아오는 것이 - 꼭 필요하고 좋은 일이었지만 - 덜 아름답고 덜 흥미롭고 더 황량하고 음울한 곳으로 돌아오는 것처럼 느껴지기도 했다. 나는 내 삶의 목표가 아버지와 어머니처럼 밝고 순수하고 우월하며 조화로운 사람으로 자라는 것임을 알고 있었다. 그러나 그 목표를 향한 길은 너무나 멀었고, 목표를 이루려면 학교에 조용히 앉아서 공부하고 시험에 합격해야 했다. 그리고 그 길은 늘 어둠의 세계들을 스쳐 지나가거나 그 가운데를 통과했기 때문에, 도중에 그 세계에 머문다거나 빠져들 가능성이 충분했다. 나는 이런 일을 겪은 탕아들에 대한 이야기를 열심히 읽었다. 아버지에게로, 선한 곳으로의 귀환은 구원이자 위대한 일이었고, 나는 그것만이 올바르고 정당하고 바른 결과라는 것을 잘 알고 있었다. 그럼에도 불구하고 여전히 탕아들과 악당들 사이에서 벌어지는 일들이 훨씬 더 흥미로웠으며, 솔직히 말하자면 때로는 탕아가 참회하고 올바른 길을 찾는 것이 유감스럽게 느껴지기도 했다. 하지만 그런 말을 입 밖에 내지 않았고, 생각조차 하지 않았다. 그런 것은 무의식의 맨 밑바닥에 예감이나 가능성으로 막연하게 존재했을 뿐이다. 악마를 떠올려 보자면 그가 변장을 했든 안 했든 언덕 아래 저잣거리나 선술집에 있는 모습을 떠올릴 수는 있었지만, 우리 집에 있는 모습은 결코 상상할 수 없었다.

내 누이들 역시 밝은 세상에 속했다. 바르고 정숙하게 커 가는 내 누이들은 태생적으로 나보다 훨씬 아버지와 어머니에게 가까운 것 같았다. 물론 누이들에게도 결점이 있고 안 좋은 습관도 있었지만 그리 심각한 정도는 아니라고 느껴졌다. 누이들은 악과 접촉하는 것을 고통스럽고 힘들어 했으니, 어두운 세계에 훨씬 가까이 있던 나와는 달랐다. 누이들은 부모님과 마찬가지로 돌봐줘야 하고 존중해야 하는 존재였다. 그들과 다툰 후 양심에 비추어 보면 늘 내가 잘못한 사람이었고 문제를 일으킨 원인이었으며 용서를 구해야 하는 쪽이었다. 누이들의 마음을 상하게 하는 것은 선하고 권위 있는 부모님의 마음을 상하게 하는 것과 마찬가지였기 때문이다. 나는 가족인 누이들보다 오히려 거리의 불량소년들과 공유할 비밀이 있었다. 밝고 양심에 가책이 없는 좋은 날에는 누이들과 기쁜 마음으로 함께 놀고 그들처럼 올바르게 행동하며 스스로를 올바르고 선량한 시선으로 바라볼 수 있었다. 아마도 천사의 삶은 그러할 것이다! 그것이 우리가 상상할 수 있는 가장 고귀한 것이었다. 경쾌하고 맑은 선율 속에서 크리스마스의 향내와 행복으로 둘러싸인 천사가 되는 것이 얼마나 달콤하고 멋진 일일까 생각했다. 하지만 그런 날은 얼마나 드물었던가! 천진난만하게 놀이를 할 때도 종종 나는 누이들이 감당하기에는 너무 지나친 열정과 과격함을 드러냈고 이로 인해 사고가 나거나 다툼이 일어났다. 분통이 치밀어 올라 끔찍한 행동과 말을 하면서도 내심 한편으로는 그것이 얼마나 못된 짓인지 스스로도 절감했다. 그런 일이 일어난 후에는 고약하고 어두운 후회와 참회의 시간들이 찾아왔고, 그 후에는 용서를 구하는 괴로운 순간들이 다가왔다. 그리고 나서야 광명의 빛이 비추고, 다시 한번 조용하고 감사하며 평화로운 행복이 몇 시간 혹은 얼마간 지속되었다.

　나는 라틴어 학교에 다녔는데 시장의 아들과 삼림 감독관의 아들이 같은 반이었다. 그들은 가끔 우리 집에 놀러 오곤 했는데 거친 녀석들이었지만 허용된 선의 세계에 속했다. 그러나 나는 보통 우리가 무시하곤 했던 일반 공립학교 아이들과도 종종 어울리곤 했다. 이들 중 한 명의 이야기와 함께 내 이야기를 시작해야겠다.

학교 수업이 없는 어느 날 오후 - 열 살 무렵이었다 - 나는 이웃 사내아이들 두 명과 함께 동네를 돌아다니고 있었다. 그때 우리보다 더 큰 아이 하나가 다가왔다. 그는 재단사의 아들로 거칠고 힘이 셌으며 나이는 열세 살쯤 되었고 공립학교에 다녔다. 그의 아버지는 술꾼이었고 온 가족이 평판이 좋지 않았다. 나는 프란츠 크로머라는 그 아이에 대해 잘 알고 있었다. 나는 그가 두려웠고 우리와 함께 노는 것이 마음에 들지 않았다. 그는 공장 노동자들의 걸음걸이와 말투를 흉내 내며 어른인 것처럼 행동했다.

그날 우리는 그가 이끄는 대로 따라다녔고 다리 옆 강기슭으로 내려가 첫 번째 교각 아래 몸을 숨겼다. 아치형 다리 밑에서 느리게 흐르는 강물 옆의 좁은 강기슭에는 녹슨 철사 뭉치 같은 갖가지 잡동사니 쓰레기가 널려 있었다. 이따금 그곳에서 쓸 만한 물건들을 찾을 때도 있었다. 우리는 프란츠 크로머가 시키는 대로 그곳을 뒤져서 찾아낸 것을 그에게 보여 주어야 했다. 그러면 그는 그것을 주머니에 넣거나 강물에 던져 버렸다. 그는 납, 놋쇠, 주석으로 된 물건들이 있는지 잘 살펴보라고 했는데, 그런 물건들이 나오면 모조리 주머니에 챙겼다. 그는 뿔로 만든 낡은 빗도 챙겨 넣었다. 그와 함께 있자니 마음이 조마조마했다. 아버지가 알게 되면 같이 어울리지 말라고 하실 것이 뻔했기 때문만이 아니라 크로머 자체가 두려웠기 때문이었다. 그래도 나는 그가 나를 받아주고 다른 아이들처럼 대해 준 것이 기뻤다. 그날 처음으로 그와 어울려 놀았던 것이었지만 그는 우리에게 명령하는 것이 마치 오랜 습관인 것처럼 행동했고 우리는 복종했다.

얼마 후, 이윽고 우리는 땅바닥에 주저앉았다. 프란츠는 강물에 침을 뱉었는데, 그 모습이 마치 어른 같았다. 그는 치아 사이로 침을 뱉어서 원하는 것을 명중시켰다. 아이들이 이야기를 하기 시작했다. 학교에서 벌인 온갖 영웅담과 짓궂은 장난에 대해 자랑하고 서로 칭찬하기 시작했다. 나는 아무 말도 하지 않았는데, 오히려 나의 침묵이 도드라져 크로머의 화를 돋우지 않을까 염려되었다. 함께 갔던 두 아이는 처음부터 내게서 멀찍이 떨어져 크로머 옆에 붙어 있었다. 나는 그들 사이에서 이방인이었고 내 옷차림과 행동이 그들에게 도전적으로 비친다는 것을 깨달았다. 라틴어 학교에 다니는 좋은 집안 출신의 나를 프란츠가 좋아할 리 없었고, 다른 두 아이는 여차하면 나를 모르는 척 내팽개칠 것이 뻔했다.

두려운 나머지 나도 이야기를 늘어놓기 시작했다. 내가 주인공인 대담한 도둑질 이야기를 꾸며냈다. 밤에 친구들과 함께 길모퉁이 방앗간 옆 과수원에서 사과 한 자루를 통째로 훔친 이야기였다. 그것도 보통 사과가 아니라 최상품 레네

트 종과 황금색 파르메네 종으로만 훔쳤다고 했다. 나는 내가 직면한 순간의 위험을 피하기 위해 그 이야기를 꾸며냈다. 이야기를 꾸며내고 들려주는 것은 내겐 쉬운 일이었다. 그런 다음, 잠시 이야기를 멈추었으나, 여전히 고약한 일을 당할까 봐 두려워 나는 재능을 다시 발휘하기로 했다. 우리 중 한 명은 사과를 훔치는 동안 내내 망을 봐야 했고 다른 한 명은 사과를 나무 아래로 던졌다고까지 이야기를 지어냈다. 그리고 나중에는 사과 자루가 너무 무거워져서 절반은 남기고 가야 했지만, 30분 뒤 다시 돌아가서 나머지를 가져왔다고 했다.

이야기가 끝내고 나는 그들이 환호라도 보낼 거라 기대했다. 이야기를 하면서 열을 내다보니 상상 속 이야기에 푹 빠져들었다. 함께 있었던 두 어린 녀석들은 아무 말도 하지 않고 프란츠 크로머의 반응을 지켜봤다. 크로머는 가늘게 뜬 눈으로 나를 빤히 바라보며 위협적인 목소리로 물었다. "그거 사실이야?"

"물론이지." 나는 대답했다.

"정말로 그랬단 말이지?"

"그래, 정말이라니까." 나는 속으로 두려움에 숨이 막혔지만 고집스럽게 우겼다.

"맹세할 수 있어?"

나는 겁이 났지만, 곧바로 그렇다고 답했다.

"그럼 하느님의 이름을 걸고 맹세한다고 말해."

나는 말했다. "하느님의 이름을 걸고 맹세해."

"그래, 좋아." 그는 그렇게 말하고는 고개를 돌렸다.

나는 모든 것이 잘 해결되었다고 생각했고, 그가 집으로 돌아갈 준비를 하기 시작하자 기뻤다. 다리에 도착했을 때 나는 이제 집에 가야 한다고 소심하게 말했다.

"서두를 것 없잖아." 프란츠가 웃으며 말했다. "어차피 같은 방향이야."

그는 천천히 걸었고 나는 달아날 용기조차 없었다. 그는 정말로 우리 집을 향해 걸어가고 있었다. 집 앞에 도착하자, 현관문과 그곳에 달린 묵직한 놋쇠 문고리가 보였다. 그리고 햇살은 커튼이 쳐진 어머니 방을 비추고 있었다. 나는 깊은 안도의 한숨을 내쉬었다. 아, 집에 왔구나! 아, 밝은 곳으로, 평화로운 집으로 돌아오다니 축복이구나!

내가 얼른 문을 열고 안으로 들어가 문을 닫으려던 찰나에 프란츠 크로머가 몸을 밀고 들어왔다. 그는 어둡고 서늘한 타일 깔린 복도에서 내 앞에 서서 팔을 잡고 나직이 속삭였다. "뭘 그렇게 서두르는 거야!" 복도에는 안마당에서 비치는 빛을 제외하고는 아무런 빛도 없었다.

나는 두려움에 가득 차 그를 바라보았다. 내 팔을 잡은 그의 손아귀는 마치 강철 같았다. 그가 무슨 생각을 하고 있는지, 나를 해치려는 것인지 상상해 보았다. 만약 내가 지금 큰 소리를 지른다면 저 위에서 누군가 나를 구하려고 서둘러 내려올까? 하지만 나는 그렇게 하지 않았다.

"무슨 일인데? 할 말 있어?" 내가 물었다. "원하는 게 뭐야?"

"별것 아니야. 그냥 뭘 좀 물어보려고. 다른 아이들이 들을 필요 없는 얘기야."

"그래? 무슨 말이 듣고 싶은 건데? 난 얼른 올라가 봐야 해, 알잖아."

"방앗간 옆 과수원이 누구 땅인지는 알고 있는 거지?" 프란츠가 조용히 물었다.

"아니, 몰라. 방앗간 집 땅이겠지."

프란츠가 나를 팔로 감싸 안아 자기 얼굴 쪽으로 바싹 끌어당기는 바람에 나는 가까이서 그의 얼굴을 볼 수밖에 없었다. 그의 두 눈에는 악의가 가득했고 심술궂은 미소를 지은 그의 얼굴에는 잔인함과 힘이 넘쳤다.

"꼬마야, 그 과수원이 누구 것인지 말해 줄게. 과수원 주인은 누군가 사과를 훔쳐갔다는 걸 오랫동안 알고 있었거든. 그는 과일을 훔쳐간 자를 알려주는 사람에게 2마르크를 주겠다고도 했어."

"맙소사!" 나는 소리쳤다. "과수원 주인한테 이르지는 않을 거지?"

나는 의리에 호소해 봤자 소용없을 거라는 걸 깨달았다.

그는 다른 세계 사람이었다. 그에게 배신 따위는 범죄가 아니었다. 나는 이것을 확실하게 이해했다. 이런 경우 '다른' 세계 사람들은 우리와는 달랐다.

"그에게 말하지 말라고?" 크로머는 웃음을 터뜨렸다. "내가 가짜 돈이라도 만들어내는 사람인 줄 아는 거야? 2마르크를 만들어내는 줄 아냐고. 난 가난해. 너처럼 부자 아버지가 없어. 2마르크를 얻을 수 있다면 당연히 그렇게 해야지. 게다가 어쩌면 더 줄 수도 있겠지."

그는 갑자기 내 팔을 놓았다. 우리 집 복도는 이제 더 이상 평화롭고 안전한 분위기를 풍기지 않았다. 나를 둘러싼 세계가 무너져 내리고 있었다. 그는 나를 신고할 것이고 나는 범죄자가 될 것이다. 그들은 아버지에게 내 범죄를 이야기하고 심지어 경찰이 올 수도 있었다. 혼란의 공포가 밀려와 나를 위협했다. 모든 추하고 위험한 것들이 나를 가로막았다. 내가 실제로 사과를 훔치지 않았다는 사실은 의미가 없었다. 나는 그 반대라고 맹세까지 했으니까. 오, 하느님, 하느님!

눈물이 흘렀다. 나는 크로머에게 대가를 치르고 이 상황을 벗어나야겠다고 느끼고 얼른 주머니를 뒤졌다. 사과도, 주머니칼도, 아무것도 없었다. 그 순간 시계가 떠올랐다. 고장난 낡은 은시계였는데 나는 그것을 '그냥' 차고 다녔다. 할머니가 물려주신 시계였다. 나는 다급하게 그 시계를 주머니에서 꺼냈다.

"크로머, 내 말 좀 들어봐." 나는 말했다. "제발 이르지 말아줘. 자, 여기 내 시계를 줄게. 미안하지만 다른 건 가진 게 없어. 이걸 줄게, 은시계야. 원래 좋은 건데 약간 고장 났나 봐. 고치면 될 거야."

그는 미소를 지으며 커다란 손으로 시계를 받았다. 나는 그 손을 바라보며 그것이 얼마나 거칠고 깊은 적의에 차 있는지, 그 손이 내 삶과 평화를 얼마나 위협하고 있는지 느낄 수 있었다.

"은으로 만든 거야…" 나는 기어들어가는 목소리로 말했다.

"은이고 뭐고 이따위 낡은 시계는 관심 없어!" 그는 경멸스럽다는 듯 말했다. "너나 고쳐 써!"

"하지만 프란츠!" 나는 그가 그대로 가 버릴까 봐 두려움에 몸을 떨며 말했다. "잠깐만 기다려! 시계를 가져가! 진짜 은시계라니까. 다른 건 줄 게 없어."

그는 나를 차갑고 경멸 어린 눈길로 바라보며 말했다.

"그럼 지금 내가 누구에게 갈지 알겠구나. 아니면 경찰에게 말할 수도 있어. 잘 아는 순경이 있거든."

그는 다시 우리 집에서 나가려고 몸을 돌렸다. 나는 그의 소매를 붙잡았다. 이대로 가서는 안 된다. 이대로 가 버려 앞으로 벌어질 일들을 감당하느니 차라리 죽는 편이 나았다.

"프란츠 크로머!" 나는 쉰 목소리로 그에게 애걸복걸했다.

"바보 같은 짓 하지 마! 장난치는 거지?"

"그래, 장난이야. 하지만 넌 대가를 톡톡히 치러야 할 거야."

"크로머! 내가 어떻게 하면 되는지 말해 줘! 뭐든지 할게!"

그는 눈을 가늘게 뜨고 나를 살펴보더니 다시 웃음을 터뜨렸다.

"멍청이처럼 굴지 마!" 그는 착한 척을 하며 말했다. "너도 이미 잘 알잖아. 난 가서 이야기만 하면 2마르크를 벌 수 있어. 난 부자가 아니라서 2마르크를 그냥 포기할 순 없거든. 너도 그 정도는 알겠지? 하지만 넌 부자야. 시계도 있잖아. 그냥 네가 2마르크를 나한테 주면 돼. 그럼 모든 게 괜찮아질 거야."

나는 그 논리를 이해할 수 있었다. 하지만 2마르크라니! 그건 나에게 10마르크, 100마르크, 1000마르크나 다름없이 큰돈이었다. 내겐 돈이 없었다. 삼촌을 방문한다거나 할 때 받았던 10페니히, 5페니히 동전 몇 개를 모아둔 저금통이 어머니 방에 있긴 했지만, 그것 말고는 한 푼도 없었다. 그때는 제대로 된 용돈을 받기 전이었다.

"난 가진 게 없어." 나는 슬프게 말했다. "돈은 한 푼도 없어. 그것 말고는 뭐든지 다 줄게. 카우보이랑 인디언이 나오는 책도 있고, 병정 인형이랑 나침반도 있어. 가서 가져올게."

크로머는 거만하고 심술궂은 입을 씰룩이더니 바닥에 침

을 탁 뱉었다.

"헛소리 그만해!" 그가 명령조로 말했다. "그런 잡동사니들은 너나 가져. 나침반이라니! 더 이상 화나게 하지 마, 알았어? 돈이나 내놓으라고!"

"그렇지만 난 돈이 한 푼도 없어. 돈을 받아 본 적도 없어. 어떻게 할 수가 없단 말이야."

"어쨌든 내일까지 2마르크를 가져와. 방과 후에 시장 옆에서 기다릴게. 명심해. 돈을 안 가져오면 어떻게 되는지 두고 봐!"

"알았어, 하지만 돈을 어디서 구하란 거야? 맙소사, 돈을 못 구하면…."

"그건 네가 알아서 해. 너희 집엔 돈이라면 충분하잖아. 그럼 내일 학교 끝나고 보자고. 안 가져왔다간…." 그는 끔찍한 표정을 지으며 내 눈을 바라보았고, 한 번 더 침을 탁 뱉은 후 그림자처럼 사라졌다.

나는 위층으로 갈 수가 없었다. 내 인생은 이제 끝장이었다. 멀리 도망쳐서 다시는 집에 돌아오지 않거나 물에 빠져 죽을까도 막연하게 생각해 보았다. 나는 어둠 속에서 계단 아래쪽에 앉아 몸을 웅크리고 불행 속으로 빠져들었다. 리나가 광주리를 들고 땔감을 가지러 아래층에 내려왔다가 그곳에서 울고 있는 나를 발견했다.

나는 다른 사람들에게 아무 말도 하지 말아 달라고 그녀에게 부탁하고 위층으로 올라갔다. 유리문 옆의 옷걸이에 아버지 모자와 어머니 양산이 걸려 있었다. 이런 물건들을 보자 따스함이 밀려왔고 마치 돌아온 탕아가 고향에 와서 옛날 방들을 보며 냄새를 맡는 것처럼 나도 간절하고 감사한 마음으로 그 따스함을 맞이했다. 그러나 이제 그 모든 것은 나의 것이 아니었다. 그 모든 것은 아버지와 어머니의 밝은 세계였다. 나는 죄를 짓고 낯선 물살에 휩쓸렸으며 모험과 죄에 연루되고 위험과 두려움, 수치심만이 나를 맞이했다. 모자와 양산, 오래되고 멋진 대리석 바닥, 현관 장롱 위에 걸린 커다란 그림, 거실에서 들려오는 누나들의 목소리, 그 모든 것은 예전보다 더욱 사랑스럽고 다정하며 소중했다. 하지만 이제 그것은 더 이상 위로가 되지 못했고 안전을 보장해주지도 않았으며 그저 비난일 뿐이었다. 나는 더 이상 그 온화함과 명랑함에 동참할 수 없었다. 깔개에 문질러도 털어낼 수 없는 오물을 발에 묻혀 집에 왔고, 내 세계에서는 알지 못하는 그림자를 달고 왔다. 전에도 나는 수많은 비밀이 있었고 많은 두려움에 시달렸지만, 오늘 집에 가져온 것에 비하면 그 모든 것은 그저 장난이고 농담에 지나지 않았다. 이제 운명이 나를 나락으로 내몰고 있었다. 어머니도 그 악의 손길로부터 나를 지켜줄 수 없었고, 그것에 대해 알아서도 안되었다. 내가 지은 죄가 도둑질이든 거짓말이든(게다가 나는 하느님의 이름을 걸고 맹세까지 하지 않았던가?) 마찬가지였다. 내 죄는 도둑질도, 거짓말도 아니었다. 내 죄는 악마에게 손을 내민 그 자체였다.

왜 그를 따라갔던가? 어째서 아버지보다 크로머의 말을 더 고분고분하게 들었을까? 사과를 훔친 이야기를 대체 왜 꾸며냈을까? 어쩌자고 범죄가 마치 영웅담이라도 된 것처럼 자랑했을까? 이제 나는 악마와 손을 잡았고, 적이 내 뒤를 쫓아왔다.

내일에 대한 두려움보다 더 무서운 것이 있었다. 그것은 앞으로 나의 길이 점점 더 어둠 속으로 내려갈 것이라는 끔찍한 확신이었다. 한순간 그 확신이 나를 사로잡았다. 내 잘못으로 인해 또 다른 잘못이 생겨날 것이 분명했다. 누이들과 함께 있고 부모님에게 입을 맞추고 인사하는 것이 가식이 될 거라는 것, 그리고 마음속 깊이 숨겨야 할 운명과 비밀을 품게 되었다는 것이 뚜렷하게 느껴졌다.

하지만 아버지의 모자를 바라보자 문득 마음속에 신뢰와 희망이 생겨났다. 아버지에게 전부 말씀드리고 아버지의 판단에 따라 벌을 받고 구원의 길을 찾아야지. 전에도 자주 그랬던 것처럼 참회하면 되겠지, 혹독하고 괴로운 한 시간, 죄를 뉘우치며 용서를 구한다면.

얼마나 달콤하게 느껴졌던가! 얼마나 솔깃하고 멋진 유혹이었던가! 그러나 아무 소용없었다. 나는 그렇게 하지 않으리란 것을 알고 있었다. 이제 나에게는 혼자 감당해야 하는 비밀과 죄책감이 생겼다는 것을 알고 있었다. 어쩌면 이 순간 나는 갈림길에 서 있는 것일지도 모른다. 지금부터 나는 영원히 나쁜 편에 속하고, 악한 사람들과 비밀을 공유해야 하며, 그들에게 의지하고 그들을 따르고 결국 그들이 되어야 할지도 모른다. 어른인 척, 영웅인 척했으니, 이제 그 결과를 받아들여야 했다.

내가 방에 들어갔을 때 아버지가 내 젖은 신발 때문에 꾸짖은 것이 차라리 다행이었다. 덕분에 아버지가 더 나쁜 일을 눈치채지 못하셨다. 나는 아버지의 꾸중이 신발 때문이라고 생각하며 참아낼 수 있었다. 그 순간 이상하고도 새로운 느낌이 내 안에서 번뜩였다. 그것은 사악하고 갈고리처럼 날카롭고 예리한 느낌이었다. 내가 아버지보다 우월하다는 느낌에 사로잡힌 것이다! 진실을 모르는 아버지에 대해 일종의 한심함이 느껴지고, 젖은 신발을 나무라는 것도 일순간 하찮게 느껴졌다. "만일 아버지가 사실을 아셨다면!" 어땠을까 하는 생각이 들기도 했다. 지금은 마치 살인을 저질렀는데 빵을 훔친 일로 심문을 받는 범죄자가 된 것 같은 기분이 들었다. 그것은 흉측하고 역겨운 느낌이었지만 그만큼 강렬한 매력도 있었다. 그리고 다른 어떤 것보다도 나와 내 은밀한 비밀을 단단하게 옭아맸다. 한편, 어쩌면 크로머가 이미 나를 경찰에 고발했을지도 모른다는 생각이 들었다. 여기서 이렇게 어린아이 취급을 받는 동안 이미 내 머리 위에는 어두운 비구름이 몰려들고 있었다!

지금까지 이야기한 체험 중에서 가장 중요하고 생생하게 기억나는 부분이 지금 이 순간이었다. 처음으로 아버지의 거룩함에 균열이 생겼다. 나의 유년 시절을 떠받치던 기둥들, 그러니까 어른이 되고 자아를 발견하기 위해 누구나 무너뜨려야 하는 기둥들에 처음으로 금이 간 것이었다. 우리의 운명은 누구도 보지 못하는 이러한 체험으로부터 선이 그어진다. 균열과 파열은 언젠가 다시 덮여 아물고 잊히지만, 가장 은밀한 곳에서는 계속 살아남아 피를 흘린다.

나는 이 새로운 감정 때문에 덜컥 겁이 났다. 아버지의 발에 입이라도 맞추며 용서를 구하고 싶었다. 그러나 본질적인 것에 대해 용서를 구할 방법은 없었다. 그것은 어린아이인 나조차도 현자와 마찬가지로 쉽게 느끼고 알 만한 것이었다.

나는 내 상황에 대해 곰곰이 생각해 보고, 다음 날 어떻게 할지 정하기로 했다. 그렇지만 그러지 못했다. 그날 저녁 내내 우리 집 거실의 변화된 분위기에 적응하는 데 정신이 팔려있었기 때문이다. 벽시계와 탁자, 성경책과 거울, 책꽂이와 벽에 걸린 그림들이 전부 나에게 작별을 고하는 것 같았다. 나는 내 세계가, 사랑스럽고 행복했던 나의 삶이 나에게서 멀어져 과거로 변해버리는 것을 얼어붙는 심정으로 지켜봐야 했다. 나는 어둡고 낯선 땅에 새로운 뿌리를 내리는 것을 느껴야만 했다. 나는 처음으로 죽음을 맛보았다. 죽음은 쓰디쓴 맛이 났다. 그것은 새로운 탄생이자 무시무시한 환생에 대한 공포이기 때문이었다.

마침내 다시 침대에 누웠을 때 나는 몹시 기뻤다! 최후의 지옥불 같은 저녁 예배도 마쳤고, 내가 제일 좋아하는 찬송가까지 불렀다. 아, 물론 나는 함께 노래하지는 않았다. 음정 하나하나가 나에게는 쓰디쓴 독약 같았기 때문이다. 아버지가 기도문을 낭송하실 때 나는 함께 기도하지 않았다. "우리 모두와 함께 하소서!"라는 말로 예배를 마치셨을 때에는 나 혼자서 가족들 사이에서 격렬하게 밀려나는 힘이 느껴졌다. 하느님의 은총은 가족들 모두와 함께했지만 나와는 함께하지 않았다. 나는 싸늘해진 마음으로 녹초가 되어 그 자리에서 일어났다.

따뜻하고 포근한 침대에 한참 누워있다 보니 나의 마음은 다시 한번 두려움에 사로잡혀 과거로 되돌아가 주변을 한참 이리저리 맴돌았다. 어머니는 여느 때처럼 나에게 잘 자라고 말씀하셨다. 이내 내 방을 나서는 어머니의 발소리가 방 안으로 울려 퍼졌고, 어머니 손에 들린 촛불이 문틈으로 비쳤다.

곧 어머니가 다시 돌아오실 거야 ─ 무언가 눈치채시고 내게 입을 맞추며 다정하게 물어봐 주신다면 목놓아 울어도 되겠지. 그러면 목에 맺힌 것도 녹아내릴 거야. 어머니를 안고 전부 다 말씀드리면 모든 것이 괜찮아지고 난 구원을 받을 거야! 나는 문틈에 비추던 빛이 어둠으로 채워진 후에도 한동안 더 기다리며 그렇게 될 거라고, 틀림없이 그렇게 되어야 한다고 생각했다.

잠시 후, 나는 다시 내가 직면한 상황으로 돌아와 내 적의 눈을 똑바로 바라보았다. 나는 그를 뚜렷이 볼 수 있었다. 그는 가느다란 눈을 뜬 채 거칠게 웃으며 나를 비웃고 있었고, 그를 바라보는 동안 차마 도망칠 수 없는 운명의 굴레가 점점 내 영혼을 갉아먹었다. 그는 점점 더 커지고 추악해졌고, 눈은 악마처럼 번뜩였다. 그는 내가 잠들 때까지 내 곁에 바싹 붙어 있었지만, 나는 그에 대해서도, 그날 있었던 일에 대해서도 꿈을 꾸지 않았다. 대신 나는 부모님과 누이들과 함께 배를 타고 평온하게 휴일을 보내는 꿈을 꾸었다. 한밤중에 깼을 때도 여전히 행복의 뒷맛이 느껴졌고, 누이들의 흰 여름 원피스가 햇빛에 빛났다. 그리고 나는 그 꿈속 낙원에서 지금 내가 있는 곳으로 떨어졌다. 나는 또다시 사악한 눈을 가진 적과 마주 섰다.

다음 날 아침 어머니가 서둘러 내 방에 오셔서 늦었다고 소리치시면서 왜 아직도 침대에 누워있냐고 하셨을 때 나는 기분이 좋지 않았다. 그리고 어디가 아프냐고 여쭈어보셨을 때 나는 그만 토하고 말았다.

그러고 나니 좀 나은 것 같았다. 나는 아플 때 아침 내내 침대에 누워서 카모마일 차를 마시며, 어머니가 옆방에서 청소하시는 소리나 리나가 현관에서 푸줏간 주인과 이야기하는 소리를 듣는 걸 좋아하곤 했다. 학교에 가지 않고 집에서 오전을 보내는 것은 마치 동화 속 이야기나 마법에 걸린 것 같은 느낌이 있었다. 방 안으로 화사하게 들어오는 햇빛은 학교에서 초록색 커튼으로 투과해 들어오는 햇빛과는 달랐다. 그러나 오늘은 그 화사한 햇빛마저도 뭔가 어긋난 것처럼 느껴졌다.

차라리 죽어 버렸으면 얼마나 좋을까! 하지만 나는 전에도 자주 그랬듯이 약간 아픈 것뿐이었다. 아무것도 해결되지 않았다. 아프다는 핑계로 학교에 가는 것은 피했지만 11시에 시장에서 나를 기다리는 크로머를 피하지는 못했다. 어머니의 다정함도 이번에는 나를 위로해주지 못했다. 오히려 괴롭고 부담스러웠다. 나는 얼른 다시 잠든 척을 하며 어떻게 해야 할지 생각해 보았다. 모든 게 소용없었다. 나는 11시에 시장에 가야만 했다. 그래서 10시에 조용히 일어나 몸이 괜찮아졌다고 말했다. 그리고 늘 그랬듯 어머니는 나더러 다시 침대에 누워있거나 오후에 학교에 가라고 말씀해 주셨다. 하지만 나는 학교에 가고 싶다고 했다. 계획을 세워 두었던 것이다.

한 푼도 없이 크로머에게 갈 수는 없었다. 내 작은 저금통을 가져와야 했다. 저금통에 든 돈이 충분하지 않다는 것은 알고 있었지만, 약간이라도 내놓는 편이 한 푼도 가지고 가

지 않는 것보다는 나을 것이다. 어쨌든 크로머를 달래야만
했다.

양말을 신은 채 나는 어머니의 방에 슬쩍 들어가 책상 위
의 저금통을 집어왔다. 기분이 좋지 않았지만, 그렇다고 어제
처럼 그렇게 나쁘지는 않았다. 가슴이 쿵쿵 울려서 다시 토
할 것만 같았고, 계단 아래에 이르러 저금통에 자물쇠가 채
워져 있다는 것을 알게 되었을 때도 여전히 가슴이 쿵쿵 뛰
었다. 저금통을 깨뜨리기는 아주 쉬웠다. 얇은 양철 격자만
떼어내면 되었다. 그렇지만 그걸 부수면서 가슴이 아팠다.
나는 그 순간 도둑질을 한 것이다. 그때까지는 사탕이나 과
일을 슬쩍 훔쳐 먹었을 뿐이었는데, 이것은 비록 내 돈이라
고 해도 도둑질이었다. 나는 크로머와 그의 세계를 향해 한
걸음 더 나아갔다고 느꼈다. 내리막길을 한 발 한 발 착실하
게 내려가고 있었다. 나는 갑자기 반항심이 들었다. 악마에게
잡혀간다고 해도 이제 돌아갈 길이 없었다. 나는 떨리는 손
으로 돈을 세어 보았다. 저금통은 꽉 찬 듯 딸랑거렸는데, 정
작 내가 손에 쥔 것은 형편없이 적었다. 겨우 65페니히였다.
나는 저금통을 아래층 복도에 숨겨두고 돈을 손에 쥔 채 평
소 다니던 대문이 아닌 다른쪽 문을 통해 집을 나섰다. 누군
가 위층에서 나를 부르는 소리가 들리는 것 같았다. 나는 얼
른 그곳을 벗어났다.

아직 시간이 많이 남아 있었다. 나는 멀리 길을 돌아갔다.

전에 본 적 없는 구름 아래 펼쳐진 달라진 도시의 골목길들을 이리저리 누볐다. 그리고 나를 바라보는 집들과 나를 수상쩍게 여기는 사람들 곁을 지나쳤다. 학교 친구가 언젠가 가축시장에서 1달러를 주웠던 것이 떠올랐다. 나는 하느님의 은총으로 내게도 그런 일이 일어나는 기적을 달라고 기도하고 싶었지만 내겐 기도할 권리가 없었다. 돈을 발견한다고 해도 이미 부숴버린 저금통은 원래대로 되돌릴 수 없을 것이다.

프란츠 크로머는 멀리서부터 나를 알아보고는 내 존재 따위는 신경 쓰지 않는 듯 천천히 다가왔다. 가까이 왔을 때 그는 자기를 따라오라고 나에게 눈짓으로 명령하고, 한 번도 뒤돌아보지 않은 채 유유히 걸어갔다. 슈트로 골목길을 따라 내려가 좁은 오솔길을 지나, 마을 끝 쪽 공사 중인 한 건물 앞에 멈춰 섰다. 그곳에는 일하는 사람이 아무도 없었고 문짝도 창문도 없는 휑한 벽들만 서 있었다. 크로머는 주변을 둘러보고 문 안으로 들어갔다. 나도 그의 뒤를 따랐다. 그는 벽 앞에 가서 나더러 가까이 오라고 손짓을 하더니 한 손을 내밀었다.

"가져왔어?" 그는 차가운 목소리로 물었다.

나는 주머니 안에서 움켜쥐고 있던 내 손을 꺼내 그의 손바닥에 돈을 털어놓았다. 그는 마지막 5페니히짜리 동전이 떨어지는 소리가 사라지기도 전에 돈을 다 세었다.

"65페니히잖아." 그가 나를 쳐다보며 말했다.

"맞아." 나는 기어들어가는 목소리로 대답했다. "내가 가진 돈 전부야. 너무 적다는 거 알아. 하지만 그게 다야. 더는 없어."

"네가 좀 더 영리한 녀석인 줄 알았는데…." 그는 제법 부드러운 목소리로 나를 나무랐다. "제대로 된 사나이라면 일을 원칙대로 처리해야지. 난 너한테 원래 받기로 한 만큼만 딱 받을 계획이야. 다른 사람한테 걸리면 – 너도 누굴 얘기하는 건지는 잘 알겠지? – 나보다 더할 거야. 내가 과일을 훔쳐간 게 너라고 그 사람에 알려주면 어떻게 될까?"

"하지만 난 더 이상 돈이 없어! 저금통에 있는 걸 전부 털었단 말이야!"

"그건 네 사정이지. 하지만 난 널 불행하고 만들고 싶진 않아. 넌 나한테 1마르크 35페니히를 빚진 거야. 그건 언제 받을 수 있을까?"

"오, 꼭 갚을게, 크로머! 지금은 잘 모르겠지만, 곧 돈이 생길 수도 있어. 내일이나 모레쯤. 너도 이해하겠지만 이런 일을 아버지한테 말씀드릴 수는 없잖아."

"그건 내가 알 바 아니야. 난 널 해치려는 게 아니야. 오늘 점심시간 전에라도 네가 돈만 가져오면 난 받아줄 수 있어, 너도 알다시피 난 가난하잖아. 넌 좋은 옷을 입고 점심으로 나보다 훨씬 좋은 음식을 먹잖아. 하지만 만약에 오늘까지 돈을 못 구해오더라도 난 아무 말도 하지 않을 거야. 그냥 조금 더 기다리지 뭐. 모레 오후에 내가 휘파람을 불면 그때는 제대로 가져와야 해. 내 휘파람 소리 알지?"

그는 내게 휘파람을 불어 보였다. 전에도 여러 번 들어본 소리였다.

"그래, 알아." 나는 말했다.

그는 내가 누군지 모른다는 듯 걸어가 버렸다. 우린 그저 거래로 엮인 사이일 뿐, 그 이상은 아니었다.

시간이 오래 지났지만 나는 지금도 크로머의 휘파람 소리를 다시 들으면 겁이 날 것 같다. 그날 이후 툭하면 그 소리가 들려오는 것 같았다. 내가 어디에 있든, 무슨 놀이를 하고 있든, 무슨 일을 하든, 무슨 생각을 하든, 그 휘파람 소리는 나를 집요하게 쫓아다녔다. 그 소리는 나를 옭아매고 내 운명이 되고 말았다.

따스하고 알록달록 단풍이 든 가을날 오후에 나는 종종 무척이나 좋아하던 우리 집 마당의 작은 꽃밭에서 놀곤 했다. 어렸을 때 하던 놀이를 다시 하고 싶은 이상한 충동에 사로잡혀 순진하고 자유롭고 천진난만하고 세상으로부터 보호받는 어린 소년의 역할을 하며 놀았다. 그러나 어디선가 크로머의 휘파람 소리가 들려오면, 나는 늘 그러려니 하면서도 소스라치게 놀랐고, 내 상상의 나래는 산산조각 나버리곤 했다. 그러면 나는 나를 괴롭히는 녀석을 따라 지저분하고 고약한 장소에 가서 그에게 보고하고, 돈을 빨리 내놓으라는 추궁을 당했다.

그 일은 기껏해야 몇 주 정도 계속되었지만, 나에게는 몇 년, 아니 영원히 계속되는 것 같았다. 나는 그에게 줄 돈이 거의 없었다. 리나가 부엌 테이블에 두고 간 5페니히나 10페니히짜리 동전을 슬쩍 해서 모든 돈이 전부였다. 크로머는 매번 나에게 욕설을 퍼붓고 야단을 쳤다. 나는 마치 그를 기만하고 정당한 권리를 빼앗고 있는 사람이 되어가고 있었다. 내가 오히려 그의 것을 훔친 셈이 되었고, 그를 불행하게 만들고 있었다! 내 평생 그렇게 고통스러웠던 적은 별로 없었고, 그보다 더 큰 절망과 굴욕감을 느껴본 적도 없었다.

나는 저금통을 장난감 동전으로 채워서 제자리에 갖다 놨고, 아무도 그것에 대해 물어보지 않았다. 그러나 언제 발각될지 알 수 없는 일이었다. 그러다보니 크로머의 잔인한 휘파람 소리보다 어머니가 조용히 다가오는 소리가 더 두려울 때가 많았다. 저금통에 대해 물어보려고 오신 건 아닐까?

내가 여러 번 빈손으로 나타나자, 내 악마는 다른 식으로 나를 괴롭히고 이용하기 시작했다. 나는 그를 위해 일을 해야 했다. 그는 아버지의 심부름을 해야 했는데, 내가 대신 그 일을 해야 했다. 또는 내게 힘든 일을 시키기도 했다. 이를테면 10분 동안 한쪽 다리로 뜀뛰기, 지나가는 사람의 외투에 종잇조각 붙이기 등이었다. 나는 밤마다 꿈속에서 이런 괴롭

힘을 당하며 악몽으로 식은땀을 흘렸다.

한동안 나는 아팠다. 자주 토했고 낮에는 오한에 시달리고 밤이면 땀과 열에 시달렸다. 어머니는 무슨 문제가 있음을 느끼고 나를 자상하게 보살펴 주셨지만, 어머니에게 믿고 털어놓을 수 없었기에 더욱 괴로웠다.

한번은 저녁에 침대에 누워있는데 어머니가 초콜릿 한 조각을 가져오셨다. 착하게 굴면 종종 저녁에 간식거리를 주셨던 어린 시절이 생각났다. 그날도 어머니가 그 자리에 서서 초콜릿 한 조각을 내미셨다. 나는 너무 마음이 아파서 겨우 고개를 가로저었다. 어머니는 무슨 일이 있었는지 물어보셨고 내 머리를 쓰다듬어 주셨다. 나는 간신히 말했다. "싫어! 싫어! 아무것도 안 먹어!" 어머니는 초콜릿을 침대 옆 작은 탁자에 올려두고 나가셨다. 다음 날 어머니가 무슨 일이 있었는지 물어보려고 하셨을 때 나는 아무것도 모르는 척했다. 한번은 어머니가 나를 병원에 데려가기도 하셨다. 의사는 나를 진찰하고 매일 아침 찬물로 씻으라는 처방을 내렸다.

그 당시 나는 일종의 정신 착란에 빠진 상태였다. 우리 집의 질서 정연한 평화로움 속에서 나는 유령처럼 소심하고 고통을 받으며 살았다. 나는 다른 식구들의 삶에 동참하지 못했고 단 한 순간도 내 상황을 잊을 수가 없었다. 아버지는 종종 화를 내며 다그치셨지만 나는 내내 마음을 닫고 냉정하게 굴었다.

카인

고통으로부터의 구원은 전혀 예상하지 못한 곳에서 찾아왔다. 그와 더불어 내 삶에 새로운 것이 등장하여 오늘날까지 계속 영향을 미치고 있다.

얼마 전 우리 라틴어 학교에 새로운 학생이 전학을 온 것이다. 그는 우리 도시로 이사 온 부유한 미망인의 아들이었고, 소매에 검은 상장(喪章)을 달고 있었다. 그는 나보다 한 학년 위였고 나이도 몇 살 더 많았다. 그러나 다른 아이들과 마찬가지로 나도 그에게 주목했다. 이 특이한 학생은 실제보다 훨씬 더 나이가 들어 보였다. 아무도 그를 학생이라고 생각하지 않았다. 그는 어린 사내아이들 사이에서 어른처럼, 아니 다른 세계에서 온 신사처럼 행동했다. 그는 인기가 없었다. 우리가 하는 놀이에 끼지 않았고 싸움질에는 더욱 끼어들지 않았다. 아이들이 유일하게 좋아했던 점은 선생님들 앞에서도 당당하고 단호하게 말을 했다는 것이었다. 그의 이름은 막스 데미안이었다.

우리 학교에서는 전에도 그런 일이 가끔 있었는데, 어느 날 아주 넓은 우리 반 교실에서 두 학급이 모여서 수업을 하게 되었다. 그날은 데미안의 반 학생들이 우리 교실로 왔다. 우리 저학년들은 그날 성서 이야기를 듣는 시간이었고, 상급생들은 작문 시간이었다. 선생님이 '카인과 아벨'(농부인 카인은 보리의 첫 수확을, 양치기인 아벨은 양의 첫새끼를 신에게 바쳤으나 동생 아벨이 바친 제물만이 받아들여진 것을 질투하여 형 카인이 동생을 살해했다는 구약성서의 이야기이다. 카인은 사람이 낳은 최초의 사람이었고, 아벨은 최초로 사망한 사람이었다. 카인은 동생 아벨을 죽임으로써 인류 최초의 살인을 저질렀다. 이 때문에 카인은 추방을 당하면서 하느님에게 '카인의 표식'이라는 징표를 받았는데, 이는 살인자의 표식이 아니라 아담과 하와의 다른 후손들이 카인을 해치지 못하게끔 하느님이 보호해주고 있다는 표식이었다. - 옮긴이 주)

이야기를 우리 머릿속에 주입하는 동안, 나는 자꾸 데미안에게 시선이 갔다. 그의 얼굴은 묘하게 매력적이었다. 총명하고 지적이며 주의 깊은 모습으로 작문에 집중하고 있는 얼굴은 과제를 하는 학생이 아니라 연구에 몰두하고 있는 학자나 과학자처럼 보였다. 그는 사실 호감이 가는 얼굴은 아니었다. 오히려 내 기준에 그는 너무 우월하고 도도했으며, 지나치게 자신감이 넘쳤다. 그의 눈길에는 - 아이들이 절대 좋아하지 않는 - 어른 같은 표정이 담겨 있었고, 눈빛은 조금 슬픈 것 같으면서도 조롱의 빛이 담겨 있었다. 나는 호감이든 반감이든 계속 그를 바라볼 수밖에 없었는데, 그가 나를 돌아볼 때면 깜짝 놀라서 눈길을 거두었다. 그의 학생 시절 모습을 요즘 회상해보면 그는 모든 면에서 다른 애들과 달랐다고 말할 수 있다. 그는 눈에 띄지 않기 위해 노력했지만, 뚜렷한 개성 때문에 눈에 띄지 않을 수가 없었다. 그는 농부의 자식들 사이에서 그들과 같아 보이려고 노력하는 변장한 왕자처럼 행동했다.

학교에서 집으로 오는 길에 그가 내 뒤에서 걸어오고 있었다. 다른 아이들이 뿔뿔이 흩어지고 난 후 그는 나에게 다가와 인사를 했다. 그의 목소리는 다른 아이들의 목소리를 흉내 냈는데도 어른스럽고 정중했다.

"잠깐 같이 갈까?" 그가 상냥하게 물었다. 나는 우쭐한 기분이 들어 고개를 끄덕였고, 내가 어디에 사는지 설명했다.

"아, 거기?" 그는 웃으며 말했다. "그 집이라면 나도 알고 있어. 현관문 위에 특이한 장식물이 있어서 바로 관심이 생겼거든."

나는 처음에는 그가 무슨 말을 하는지 잘 몰랐고, 나보다 더 우리 집을 잘 알고 있어서 깜짝 놀랐다. 아마도 현관 아치 꼭대기에 있는 문장(紋章)을 말하는 것 같았는데, 시간이 오래 지나면서 닳고 여러 번 덧칠이 되어 있었다. 내가 알기로는 우리 가족과는 아무 상관 없는 물건이었다.

"그거에 대해선 잘 몰라." 나는 수줍어하며 말했다. "새 아니면 뭐 그런 비슷한 걸 거야. 아주 오래되었을 거야. 이 집이 예전에 수도원 건물이었다고 했거든."

"그럴 수도 있겠구나." 데미안은 고개를 끄덕였다. "자세히 살펴봐! 그런 물건들은 무척 흥미로울 때가 많아. 내 생각에 그건 새매 같은데…."

우리는 계속 걸었고 나는 몹시 쑥스럽고 어색한 기분이 들었다. 데미안은 무슨 재미있는 일이 떠올랐는지 별안간 웃음을 터뜨렸다.

"참, 오늘 너희들 교실에 같이 있었잖아." 그는 쾌활한 목소리로 말했다. "이마에 표식을 달고 다닌 카인 이야기 말이야. 그 이야기가 마음에 들었어?"

사실 나는 학교에서 배우는 것 중 마음에 드는 것이 거의 없었지만, 그에게 그런 말을 할 수는 없었다. 데미안의 물음은 마치 어른이 나에게 시험을 하는 것만 같았다. 나는 그 이야기가 마음에 쏙 든다고 말했다.

데미안은 내 어깨를 토닥거렸다.

"이봐 친구, 나한테 거짓말할 필요 없어! 그 이야기는 꽤 이상해. 학교에서 배우는 다른 것들에 비해 훨씬 이상한 것 같아. 물론 선생님께서는 하느님이나 죄악 같은 늘 하던 말씀만 하시고, 그것에 대해서는 별말씀 안 하셨지만 말이야. 내 생각엔 ─ " 그는 갑자기 멈추더니 미소를 지으며 물었다. "그런데 내가 하는 이야기에 관심은 있니?"

그는 계속 이야기를 했다. "그러니까 내 생각엔 말이야, 카인 이야기는 완전히 다른 식으로 해석할 수 있을 것 같아. 학교에서 가르치는 것은 대부분 진실이고 올바르지만, 선생님들과 다른 시각으로 바라볼 수도 있거든. 그리고 그렇게 할 때 대부분 훨씬 더 큰 의미가 있게 되지. 예를 들어서 그 이마에 표식이 있는 카인 말이야. 선생님의 설명만으로는 썩만족스럽지가 않거든, 그렇지 않아? 다투다가 동생을 때려죽였다. 물론 그런 일은 일어날 수 있어. 그래서 나중에 겁에 질리고 기가 죽을 수 있지. 하지만 그런 나약함 때문에 하느님이 카인을 보호해주고 다른 사람들에게 두려움을 불러일으킬 만한 표식을 상으로 받는다는 건 아무래도 이상해."

"그건 그래!" 나도 흥미를 느끼며 말했다. "그럼 넌 그 이야기를 어떻게 해석할 건데?"

그는 내 어깨를 툭 치며 말했다.

"아주 간단하지! 표식이 먼저 있었고, 그걸 토대로 이야기가 시작된 거야. 어떤 남자가 있었는데 그의 얼굴에는 사람들을 두렵게 하는 뭔가가 있었던 거야. 사람들은 감히 그를 건드리지 못했어. 그의 후손들도 마찬가지였고. 그들에게는 무언가 경이로운 점이 있었지. 그렇지만 그의 이마에는 우표에 찍힌 소인 같은 표시가 절대로 없었을 거라고 생각해. 세상엔 그렇게 노골적인 것은 드물거든. 아마도 거의 알아보기 힘든 어떤 으스스한 요소가 있었겠지. 카인에겐 사람들에게 흔히 익숙한 것 이상으로 강한 정신력과 대담함이 있었을 거야. 그 남자에겐 권위가 있었고 사람들은 그걸 두려워했어. 그 남자에겐 그런 '표식'이 있었던 거야. 하지만 '사람들'은 자신들이 원하는 방식대로 설명할 수 있지. 그들은 늘 편하고 쉽게 풀어내는 걸 원하지. 그들은 카인의 후손을 두려워했어. 그들에게도 어떤 '표식'이 있었거든. 그래서 사람들은 그 표식을 원래 의미대로, 그러니까 특별한 요소 같은 것이 아니라 그 반대로 설명을 한 거야. 그 표식이 있는 사람들은 사악하고 섬뜩하다고 말을 했고, 그래서 결국 실제로 그렇게 되어버린 거야. 용기와 개성이 있는 사람들은 늘 다른 사람들에겐 두려움의 대상이 되기 마련이니까. 사람들은 겁 없이 담대하고 개성이 뚜렷한 사람들이 주변에 있는 것이 몹시 불편했고, 그래서 그들에게 별명을 붙여 주고 이야기를 꾸며냈어. 그들이 두려워했던 시간에 대해 보상을 받으려고 했던 거지. 무슨 말인지 알겠어?"

"그래, 그렇다면 카인이 전혀 나쁜 사람이 아니라는 뜻이야? 성경에 있는 이야기가 전부 사실이 아니라는 거야?"

"그렇기도 하고 아니기도 해. 그런 옛날 이야기들은 언제나 사실이야. 하지만 그런 이야기들은 제대로 기록되거나 올바르게 전달되지 않는 경우가 있어. 난 카인은 좋은 사람이었고, 사람들이 그가 두려워서 그런 이야기를 지어냈다고 생각해. 그냥 떠도는 소문일 뿐이었던 거지. 카인과 그의 후손들이 다른 사람들과는 다른 일종의 표식을 지녔던 건 사실이야."

나는 몹시 놀랐다.

"그럼 카인이 동생을 죽인 것도 사실이 아니라고 생각해?" 나는 호기심이 일어 그에게 물었다.

"아, 그 부분은 틀림없이 사실이야. 강자가 약자를 때려죽였어. 그게 실제 자신의 동생이었는지는 의심의 여지가 있지만, 그건 그렇게 중요하지 않아. 결국 모든 인간은 형제니까. 그러니까 강자가 약자를 때려죽였고, 그건 영웅적인 행위였을 수도 있고 아니었을 수도 있어. 어쨌든 카인이 아닌 보통 사람들은 두려움에 떨면서 탄식했지. 만약 누군가 "그럼 왜 그를 그냥 죽이지 않는가?"라고 물으면 그들은 "우린 겁쟁이니까"라고 솔직하게 대답하지 않았어. "그럴 순 없어. 그에겐 표식이 있어. 하느님이 그에게 표식을 주셨어!"라고 변명을 한 거야. 아마 그런 과정에서 이런 근거 없는 이야기가 생겨났겠지. 이런, 너무 오래 붙잡고 있었네. 그럼 안녕!"

그는 알트 골목길로 접어들었고, 나는 한동안 어리둥절한 상태로 혼자 서 있었다. 그가 가자마자 그가 한 모든 이야기가 전부 터무니없게 느껴졌다! 카인이 고귀한 사람이고 아벨이 겁쟁이라니! 카인의 표식이 훈장이라니! 그건 말도 안 되는 소리였고 파렴치한 신성 모독이었다. 그렇다면 하느님은 어디에 계셨단 말인가? 하느님은 아벨의 제물을 받고 아벨을 사랑하지 않으셨던가? 전부 말도 안 되는 소리였다. 데미안은 나를 놀리고 골탕 먹일 작정이었던 모양이었다. 약아빠지고 말재간이 좋은 녀석이었다. 하지만⋯.

어쨌든 나는 성경에 나오는 이야기나 다른 이야기나 그렇게 깊이 생각해 본 적이 한 번도 없었다. 그리고 정말 오랜만에 프란츠 크로머에 대해 까맣게 잊고 있었다. 몇 시간 동안이나, 저녁 내내 완전히 잊고 있었다. 나는 집에서 성경에 나오는 그 이야기를 다시 한번 읽어 보았다. 그 이야기는 짧고 분명했다. 그 안에 숨겨져 있는 비밀스러운 의미를 찾는 것은 미친 짓이었다. 만약 데미안의 말이 사실이라면 살인자들도 자기가 신의 사랑을 받는 인간이라고 주장할 판이다! 아니, 이건 헛소리였다. 나는 그저 데미안이 이런 이야기를 하는 방식이 마음에 들었을 뿐이다. 마치 모든 것이 명확하고 당연하다는 듯이 쉽고 간단하게, 그리고 그런 눈빛으로!

물론 내 생활도 정상적인 상태는 아니었다. 사실 완전히 잘못된 길을 가고 있었다. 나는 밝고 깨끗한 세계에서 살아 왔으며 아벨과 같은 분류였다. 그런데 이제는 '다른' 세계에 너무 깊이 추락하고 나락으로 떨어졌으며, 그곳으로부터 벗어날 방법이 전혀 없었다. 어쩌다 이렇게 되었을까? 그 순간, 지난 기억 하나가 떠오르며 한순간 숨이 멎을 것만 같았다. 지금의 불행이 시작되던 그 불행한 저녁에 아버지와 함께 있을 때, 나는 순간적으로 아버지의 밝은 세계와 지혜를 꿰뚫어 보고, 그것들을 경멸했었다! 그렇다, 그 순간 나는 마치 카인처럼 표식을 지녔고, 그 표식은 수치스러운 것이 아니라 명예로움의 훈장이었다. 나는 나의 사악함과 잘못된 행동으로 인해 한순간 내가 아버지보다, 그리고 아버지의 세계에 있는 선하고 경건한 사람들보다 우월하다고 생각했다.

그 당시 내가 그것에 대해 명확하게 분석했던 것은 아니었다. 다만 기이한 감정의 불꽃이 내 마음을 채우고 고통을 주는 동시에 자부심으로 나를 채웠다. 이러한 생각들은 당시 내가 느꼈던 감정에 전부 포함되어 있었다.

데미안이 겁 없이 담대한 사람들과 나약한 사람들에 대해 이상한 이야기를 했던 것과 카인의 이마에 있는 표식을 이상하게 해석했던 것, 그리고 이야기할 때마다 그의 독특하고 어른스러운 눈이 빛나던 모습을 생각해 보면, 이런 생각이 어렴풋이 떠올랐다. 데미안이야말로 카인의 부류가 아닐까? 그렇지 않다면 왜 카인을 옹호하겠는가? 그의 눈빛은 어째서 그런 힘이 있을까? 그리고 그는 왜 '다른' 사람들, 하느님을 두려워하는 자들을 비웃듯이 말하는 걸까? 그들이야말로 신을 경외하고 하느님의 마음에 드는 자들인데.

이런 생각들이 끝도 없이 이어졌다. 돌멩이 하나가 내 어린 영혼의 우물에 떨어졌다. 아주 오랫동안 카인이 동생 아벨을 죽인 이야기, 표식에 얽힌 이야기는 당시 내 지식 세계에서 비판과 의심의 출발점이 되곤 했다.

다른 학생들도 데미안에게 흥미를 갖고 있다는 것을 알게 되었다. 나는 카인의 이야기와 데미안이 했던 말을 아무에게도 하지 않았지만, 그는 다른 아이들의 관심을 사로잡은 것 같았다. 어쨌든 이 '전학생'에 대해 많은 소문이 나돌았다. 그 소문들을 지금까지 기억하고 있었다면, 소문 하나하나가 그를 이해하는 데 도움이 될 것이고, 그 소문들을 일일이 해석해 볼 수 있을 것이다. 하지만 내가 기억하는 것이라곤 전학 초기에 데미안의 어머니가 매우 부유하다는 소문이 퍼졌다는 것 정도였다. 데미안의 어머니도, 데미안도 절대 교회에 나가지 않는다는 소문도 있었다. 누군가는 그들이 유대인일지 모른다고 했고, 누군가는 그들이 이슬람교도일지 모른다고 말했다. 마스 데미안의 체력에 대한 동화 같은 이야기들도 떠돌았다. 반에서 가장 힘이 센 녀석이 데미안에게 싸움을 걸었다가 거절당했고, 그래서 그가 데미안을 겁쟁이라고 불렀다가 큰 망신을 당한 사건이 있었던 것은 확실했다. 그 자리에 있었던 아이들에 따르면 데미안이 한 손으로 녀석의 목덜미를 붙잡고 세게 누르자 녀석의 얼굴에 창백해져서 도망을 갔으며, 며칠 동안 한쪽 팔을 쓰지 못했다고 한다. 심지어어느 날 저녁에는 녀석이 죽었다는 소문까지 나돌았다. 한동안은 모두 그 놀라운 소문이 사실이라고 믿었다. 그러다가 한동안 그런 소문은 잠잠해졌다. 그러나 얼마 지나지 않아 새로운 소문이 돌았다. 데미안이 여자아이들과 은밀히 교제하고 있으며 '모르는 게 없다'는 소문이었다.

그 사이에도 나는 프란츠 크로머와의 일이 어쩔 수 없이 계속되고 있었다. 나는 그에게서 벗어날 수가 없었다. 때로는 그가 며칠씩 나를 건드리지 않고 내버려 두기도 했지만, 여전히 나는 그에게 얽매여 있었다. 그는 내 꿈속에서 마치 나의 그림자처럼 함께 있었고, 내 상상력은 그가 현실에서 하지 않은 것까지 꿈속에서 나에게 하게 했다. 나는 완전히 그의 노예였다. 나는 현실보다 그런 꿈속에서 더 많이 살았는데 - 나는 늘 꿈을 많이 꾸는 편이었다 - 그 그림자에게 힘과 생기를 뺏겼다. 나는 크로머가 나를 학대하는 꿈을 자주 꾸었다. 내게 침을 뱉고 무릎으로 깔아뭉개고 점점 더 무서운 범죄를 행하도록 나를 유혹하는 꿈을 꾸었다. 아니, 유혹한다기보다 무지막지하게 강요했다. 이런 꿈 중에서 가장 끔찍했던 꿈은 내가 아버지를 죽이려고 하는 것이었는데, 나는 반쯤 미치광이가 되어 그 꿈에서 깨어났다. 그 꿈에서는 크로머가 칼을 갈아서 내 손에 쥐어주었다. 우리는 가로수길 나무 뒤에 숨어 누군가를 기다렸는데, 나는 누구를 기다리는지 몰랐다. 그 누군가가 가까이 다가왔을 때 크로머는 내 팔을 꾹 누르면서 그 사람을 찌르라고 신호를 주었다. 그 사람은 우리 아버지였다. 그 순간 나는 잠에서 깨어났다.

이런 일들을 겪으며 카인과 아벨에 대해 생각을 하기는 했지만, 데미안에 대해서는 거의 생각하지 않았다. 그런데 데미안이 내게 다시 다가온 것은 묘하게도 꿈속에서였다. 나는 또다시 학대받고 폭력에 시달리는 꿈을 꾸었는데 이번에는 나를 무릎으로 깔아뭉개는 사람이 크로머가 아니라 데미안이었다. 그러나 크로머에게 당할 때는 고통스럽게 저항하고 견뎌냈던 모든 일을 데미안에게 당할 때는 두려움과 기쁨이 뒤섞인 감정으로 받아들였다는 점이 새로웠고, 내게 깊은 인상을 남겼다. 나는 그런 꿈을 두 번이나 꾸었고, 두 번째 꿈에서는 데미안이 크로머로 다시 바뀌어 있었다.

나는 이미 오래전부터 꿈에서 겪은 일과 현실에서 겪은 일을 정확하게 구분할 수 없게 되었다. 어쨌든 크로머와의 악연은 계속되었고, 그 악연은 좀도둑질을 해서 그에게 빚진 금액을 다 갚고 난 후에도 끝나지 않았다. 이제 그는 내가 돈을 훔친 사실까지 전부 다 알고 있었다. 돈이 어디서 났는지 늘 물어보았기 때문이다. 이제 나는 더욱 단단히 그의 손아귀에 잡히고 말았다. 크로머는 그 사실을 전부 내 아버지에게 말하겠다고 계속 협박했고, 나는 처음부터 모든 것을 아버지에게 털어놓지 않은 것을 깊이 후회했다.

그렇지만 내 처지가 아무리 비관적이어도 모든 것을 후회하지는 않았다. 적어도 늘 후회만 하고 산 것은 아니었다. 심지어 때로는 모든 것이 어쩔 수 없이 이렇게 될 수밖에 없었다는 생각도 들었다. 불운은 이미 내 머리 뒤에 드리워 있었고, 그것에서 벗어나기 위해 노력하는 것은 의미 없는 짓이었다.

이런 상황에서 우리 부모님은 아마 꽤 괴로우셨던 것 같다. 낯선 기운이 나를 지배했고, 나는 그토록 친밀했던 가족들과 더 이상 어울리지 못했다. 내 마음속에는 마치 잃어버린 낙원을 그리워하듯 가족 공동체를 향한 뜨거운 그리움이 종종 몰아쳤다. 가족들은 나를 악동보다는 환자처럼 대했고,

특히 어머니가 그러셨다. 그러나 두 누이들의 태도를 보면 그때 상황이 어땠는지 잘 알 수 있었다. 그들은 매우 조심스러웠지만 그럼에도 나를 끝없이 비참하게 만들었고, 나를 탓하기보다 불쌍히 여겨주었지만, 여전히 내 속에 사악한 기운이 자리 잡고 있다고 생각하는 것이 분명했다. 누이들이 예전과는 다르게 나를 위해 기도하고 있다는 것을 알고 있었지만, 그것은 부질없는 짓이었다. 나는 무거운 짐에서 벗어나고 진실을 고백하고 싶다는 갈망을 느꼈지만, 아버지와 어머니에게 모든 걸 제대로 설명할 수 없다는 것을 이미 알고 있었다. 그들은 내가 무슨 말을 해도 그것을 사랑과 애정으로 받아들이고 나를 따뜻하게 대하고 심지어 나를 안타깝게 여기시겠지만, 완전히 이해하시지는 못할 것을 알고 있었다. 이 모든 일이 사실 내 운명이지만 일종의 실수나 탈선으로 여겨질 것이다.

열한 살도 되지 않은 아이가 이런 감정을 느낄 수 있다는 사실을 믿지 못하는 사람들도 있을 것이다. 나는 그런 사람들에게 이야기하는 것이 아니다. 이 이야기는 인간을 더 잘 이해하는 사람들에게 하는 것이다. 자기 감정의 일부를 생각으로 바꾸는 법을 아는 어른들은 아이들에게는 그런 생각을 할 능력이 없고, 그래서 그런 감정을 겪을 수 없다고 생각한다. 그러나 내 평생 그때처럼 깊이 체험하고 고통받은 적이 별로 없다.

비가 내리던 어느 날 나를 괴롭히던 그 녀석에게서 부르크 광장으로 나오라는 호출을 받았다. 나는 그곳에 서서 기다리며 물에 젖은 검은 밤나무 아래로 쉴 새 없이 떨어지는 젖은 잎들을 발로 헤집고 있었다. 돈은 한 푼도 없었지만, 크로머에게 무엇이라도 주어야겠기에 케이크 두 조각을 가지고 나온 참이었다. 나는 오래전부터 구석에 서서 그를 한참 동안 기다리는 데 익숙해져 있었다. 사람들이 피할 수 없는 숙명을 받아들이듯 나도 그 상황을 받아들이고 있었다.

마침내 크로머가 나타났다. 그는 오래 머물지 않았다. 내 옆구리를 몇 번 툭툭 치고는 웃으면서 케이크를 받았고, 나에게 축축한 담배를 권하기도 했다. 물론 나는 받지 않았지만, 어쨌든 그는 평소보다 친절했다.

"참," 그가 자리를 뜨면서 말했다. "잊어버릴 뻔했네. 다음번엔 큰 누나를 데려와. 이름이 뭐더라?"

나는 그 말이 무슨 뜻인지 도무지 알 수가 없었고 아무 말도 하지 않았다. 그냥 놀라서 그를 바라만 보았다.

"무슨 말인지 모르겠어? 네 누나를 데려오란 말이야."

"무슨 말인지는 알겠지만 그건 불가능해, 크로머. 그럴 순 없어. 누나는 절대 오지 않을 거야."

나는 그가 또 트집을 잡아 나를 괴롭힐 핑계를 댔다고 생각했다. 그는 종종 그런 수를 썼다. 불가능한 것을 요구한 다음 나에게 겁을 주고 수치심을 주고, 결국 흥정을 유도했다. 나는 그가 요구하는 걸 하지 않는 대신 돈이나 다른 선물을 주어야만 했다.

하지만 이번에는 크로머가 사뭇 다르게 나왔다. 내가 거절했는데도 그다지 화를 내지 않았다.

"그럼 어쩔 수 없지." 그는 대수롭지 않은 듯 말했다. "잘 생각해 봐. 난 네 누나를 만나보고 싶거든. 그렇게 어려운 일은 아니잖아. 네가 산책을 하러 나갈 때 누나를 데리고 나오면 내가 그 자리에 갈 수도 있고. 내일 휘파람으로 신호를 보낼 테니까 다시 한번 얘기해 보자."

크로머가 가고 난 후 나는 그가 무엇을 원하는 것인지 갑자기 깨달았다. 나는 아직 어린아이였지만 소년 소녀들이 좀 더 나이가 들면 뭔가 비밀스럽고 야릇하고 금지된 일들을 함께 한다는 사실을 소문으로 들어 알고 있었다. 나는 그것이 얼마나 끔찍한 일인지 갑자기 깨달았고, 절대 그런 일은 하지 않겠다고 단단히 결심했다. 크로머가 나에게 어떤 복수를 할지는 감히 생각할 엄두조차 나지 않았다. 이제 새로운 고문이 시작되었다. 아직도 끝난 게 아니었다!

나는 마음을 좀처럼 가라앉히지 못한 채 호주머니에 두 손을 넣고 텅 빈 광장을 가로질러 걸었다. 새로운 고통, 새로운 종살이가 나를 기다리고 있었다!

그때 활기차고 그윽한 목소리가 나를 불렀다. 나는 깜짝 놀라 달아나기 시작했다. 하지만 누군가 나를 뒤쫓아 오더니, 등 뒤에서 손 하나가 나를 부드럽게 붙잡았다. 막스 데미안이었다.

나는 달리기를 포기했다.

"너였어?" 나는 불안해하며 말했다. "깜짝 놀랐잖아!"

그는 나를 어른스러운 눈길로 바라보았나. 마지 나를 꿰뚫어 보는 것 같은 눈길이었다. 우리가 이렇게 이야기를 나누는 것은 꽤 오랜만의 일이었다.

"미안해." 그는 친절하지만 단호하게 말했다. "하지만 그렇게 깜짝 놀랄 것까진 없잖아."

"그건 그렇지만, 놀랄 수도 있지."

"그럴 수도 있겠지. 하지만 너에게 아무 짓도 안 한 사람 앞에서 그렇게 움츠러들고 놀라면 그 사람은 다르게 생각하기 시작할 거야. 의아하게 여기면서 호기심도 생기겠지. 그 사람은 네가 이상하게도 잘 놀란다고 생각하고는 이렇게 생각할 거야. 무언가를 두려워하는 사람들이 저렇게 잘 놀란다고. 겁쟁이들은 늘 두려워하지. 하지만 내 생각에 넌 겁쟁이가 아닌 것 같은데, 그렇지 않아? 아, 네가 영웅이 아니란 건 알아. 무서워하는 것들도 있고, 무서워하는 사람들도 있겠지. 하지만 그러면 안 돼. 절대로 사람을 무서워해서는 안 돼. 날 무서워하는 건 아니지? 혹시 무서워?"

"아냐, 하나도 안 무서워."

"거봐, 맞지. 그런데 넌 누군가를 무서워하고 있지?"

"잘 모르겠어… 날 좀 내버려 둬. 나한테 뭘 바라는 거야?"

데미안은 나와 함께 걸음을 옮겼다. 나는 도망치려고 빠르게 걷기 시작했지만, 그가 나를 따라붙으면서 옆에서 나를 바라보는 눈길이 느껴졌다.

그는 다시 말문을 열었다. "난 좋은 의도로 얘기한 거야. 어쨌든 네가 날 무서워할 이유는 없어. 너에게 실험을 한 가지 해 보고 싶어. 재미도 있고, 아주 쓸모 있는 것을 배울 수도 있어. 잘 들어봐! 난 가끔 독심술이라고 하는 기술을 시험해 보곤 해. 마술은 아니지만, 원리를 모르면 아주 신기해 보이거든. 사람들은 이걸 보면 깜짝 놀라곤 해. 자, 한번 시험해 보자. 난 너를 좋아해. 아니, 적어도 너에게 관심이 있어. 그래서 난 네 안에 숨어 있는 걸 끄집어내고 싶어. 이미 첫걸음은 내디뎠어. 내가 널 놀라게 했으니까. 넌 뭔가에 잘 놀라곤 하지. 그렇다면 네가 두려워하고 있는 일이나 두려워하는 사람들이 있다는 뜻이야. 왜 그럴까? 누군가를 무서워할 필요는 없어. 누군가를 무서워한다는 건 그 사람에게 자신을 지배할 힘을 내주었기 때문이야. 예를 들어서 뭔가 나쁜 짓을 했는데, 상대방이 그 사실을 알고 있는 경우가 있어. 그러면 그가 너를 지배할 힘이 있는 거야. 무슨 말인지 알겠어? 잘 이해됐지?"

나는 어떤 답변을 해야 할지 몰라 그의 얼굴을 바라보았다. 그의 얼굴은 언제나 그렇듯 진지하고 총명했지만, 다정하다기보다는 엄격했다. 정의감, 혹은 그와 비슷한 것이 표정에 어려 있었다. 나는 무슨 일이 일어나고 있는 건지 알 수 없었다. 그는 마치 마법사처럼 내 앞에 서 있었다.

"알아들었니?" 그가 다시 물었다.

나는 고개를 끄덕였다. 아무 말도 할 수가 없었다.

"이 독심술이라는 게 신기해 보인다고 했지만 사실 아주 자연스러운 거야. 예를 들어서 내가 너에게 카인과 아벨 이야기를 했을 때 네가 나를 어떻게 생각했는지에 대해 나는 꽤 정확하게 말할 수 있어. 물론 그건 지금 할 얘긴 아니지만. 그리고 네가 아마도 내 꿈을 한두 번은 꾸었을 거라 생각해. 아무튼 그건 그렇고! 넌 똑똑한 아이야. 다른 애들은 대부분 멍청한데 말이지. 난 믿을 수 있을 만한 영리한 아이랑 대화하는 게 좋아. 그건 괜찮겠지?"

"그래, 좋아. 그런데 무슨 말인지 모르겠는데…."

"이 재미있는 실험을 계속해 보자고. 자, 그럼 우리는 S라는 소년이 잘 놀란다, 누군가를 두려워한다는 것을 알아냈어. 그렇다면 아마도 누군가가 이 소년에 대한 불편한 비밀을 숨기고 있을 거야. 어때, 대강 맞지?"

나는 꿈속에서처럼 그의 목소리, 영향력에 굴복했다. 나는 그냥 고개를 끄덕였다. 지금 그의 목소리는 마치 내 안에서 나온 것과 다름없지 않았을까? 그 목소리는 나 자신보다도 모든 것을 더 잘, 더 분명히 알고 있는 목소리가 아닐까?

데미안은 내 어깨를 힘차게 두드렸다.

"그래, 맞구나. 그럴 줄 알았어. 이제 한 가지 질문만 남았어. 좀 전에 여기서 나간 그 아이 이름이 뭔지 알아?"

나는 소스라치게 놀랐다. 그는 내 비밀을 건드렸고, 그것은 고통스럽게 움츠러들어 밖으로 모습을 드러내려 하지 않았다.

"누구 말이야? 여긴 나 말고 아무도 없었어."

데미안이 웃었다.

"그냥 말해!" 그가 웃었다. "그 애 이름이 뭐야?"

나는 속삭이듯 말했다. "프란츠 크로머 말이야?"

그는 흡족한 표정으로 고개를 끄덕였다.

"브라보! 넌 똑똑한 아이야. 우린 좋은 친구가 될 수 있을 거야. 그런데 너에게 이 말은 꼭 해주고 싶어. 그 크로머인가 뭔가 하는 애는 나쁜 녀석이야. 얼굴만 봐도 몹쓸 녀석이란 걸 알 수 있어. 네 생각은 어때?"

나는 한숨을 내쉬었다. "그래, 맞아. 그 녀석은 나쁜 녀석이야. 악마야! 하지만 이 일에 대해선 알면 안 돼! 절대 안돼! 너 그 녀석 알아? 그 녀석도 널 알아?"

"진정해. 그 녀석은 갔어. 그리고 그 앤 날 몰라, 아직까진. 하지만 그 녀석을 몹시 만나보고 싶어. 공립학교에 다니지?"

"맞아."

"몇 학년이야?"

"5학년. 하지만 걔한테 절대 아무 말도 하지 마! 제발, 제발 아무 말도 하지 마!"

"걱정하지 마, 너한텐 아무 일도 없을 거야. 이 크로머라는 녀석에 대해 좀 더 말해 줄 생각은 없니?"

"그래, 그럴 수 없어. 날 좀 내버려 둬!"

그는 얼마간 침묵을 지켰다.

"유감이네." 그는 말했다. "우리 실험을 좀 더 계속할 수 있었을 텐데… 난 널 괴롭히고 싶은 게 아니야. 하지만 너도 그 애를 무서워하는 게 옳지 않다는 건 이미 알고 있지? 그런 두려움은 우릴 완전히 망가뜨릴 수 있어. 그러니까 벗어나야 해. 벗어나지 못하면 제대로 된 사람이 될 수 없어. 무슨 말인지 알겠어?"

"그래, 네 말이 맞아… 하지만 불가능해. 넌 아무것도 몰라…"

"넌 내가 많은 걸 알고 있다는 걸 봤잖아. 혹시 그 애한테 돈을 빚졌니?"

"그래, 그렇기도 해. 하지만 그게 중요한 게 아냐. 말 못 해. 말할 수 없다고!"

"그럼 그 빚진 돈을 내가 갚아 줘도 소용이 없는 거야? 그 정도는 얼마든지 도와줄 수 있어."

"아냐, 그건 아니야. 그리고 제발 부탁인데 아무에게도 말하지 말아줘! 한마디도 하지 마! 나에겐 그게 제일 끔찍한 일이야!"

"날 믿어, 싱클레어. 결국 넌 나한테 그 비밀을 말하게 될 거야."

"아냐, 절대로 아니야!" 나는 소리쳤다.

"네 마음대로 해. 내 말은 언젠간 네가 스스로 나에게 말하기로 결심할 수도 있다는 뜻이었어. 자발적으로 말이야. 설마 내가 크로머처럼 굴 거라 생각하는 건 아니지?"

"아, 아니야. 하지만 넌 걔가 어떻게 행동하는지 모르잖아!"

"전혀 모르지. 일단 생각해 보는 중이야. 그리고 난 절대 크로머처럼 굴지 않을 거야. 내 말 믿어. 그리고 넌 나한테 빚진 것도 없잖아."

우리는 한동안 침묵했고, 나는 차츰 마음이 차분해졌다. 그러나 데미안이 그 일을 안다는 사실이 점점 더 수수께끼처럼 느껴졌다.

"난 이제 집에 가야겠어." 그가 빗속에서 두툼한 코트를 여미며 말했다. "이왕 말이 나왔으니 말인데, 너에게 하고 싶은 말이 한 가지 있어. 넌 그에게서 벗어나야 해! 다른 방법이 없으면 차라리 죽여버려! 네가 그렇게 한다면 난 찬성이야. 그리고 너에게 감탄할 거야. 널 도와줄 수도 있어."

나는 또다시 겁이 났다. 카인의 이야기가 갑자기 떠올랐다. 나는 섬뜩한 기분이 들었고 훌쩍이기 시작했다. 너무 많은 섬뜩한 일들이 내 주변에 일어나고 있었다.

"괜찮아." 막스 데미안은 미소를 지었다. "어서 집으로 가! 우린 잘 해낼 거야. 그 애를 때려죽이는 게 가장 간단하긴 하지. 이런 경우엔 간단한 게 가장 좋은 방법이거든. 크로머 같은 녀석이랑 어울리면 좋을 게 하나도 없어."

나는 집에 돌아왔다. 한 1년쯤 어딘가로 떠나 있었던 것만 같았다. 모든 게 달라 보였다. 이제 나와 크로머 사이에 미래나 희망 같은 무언가가 생겼다. 나는 더는 혼자가 아니었다! 그제야 나는 길고 긴 몇 주 동안 혼자 비밀을 끌어안고 있었다는 것이 얼마나 끔찍한 일이었는지 알 수 있었다. 하지만 여러 번 생각했던 것이 또다시 뇌리에 떠올랐다. 부모님에게 모든 것을 고백하면 마음이 가벼워지겠지만, 결국 아무것도 해결되지 않을 것이라는 사실 말이다. 나는 다른 사람에게, 그것도 낯선 사람에게 고백한 셈이었다. 그리고 구원의 예감이 강렬한 향기처럼 밀려왔다.

그렇다고 내가 두려움을 극복한 것은 결코 아니었다. 나는 여전히 적과의 길고도 끔찍한 대결을 준비하고 있었다. 그래서 갑자기 모든 일이 은밀하게, 그리고 평온하게 흘러가는 것이 더욱더 이상하게 느껴졌다.

우리 집 앞에서 크로머의 휘파람 소리가 사라진 것이다.

하루, 이틀, 사흘, 일주일 동안이나. 나는 그 사실을 믿을 엄두가 나지 않았고, 결국 예상치 못한 순간 그가 다시 나타나기를 마음속으로 기다렸다. 그러나 크로머는 끝내 나타나지 않았다! 나는 새롭게 얻은 자유를 의심하면서 여전히 그 사실을 믿지 않았다. 그리고 마침내 프란츠 크로머와 맞닥뜨렸다. 그는 자일러 골목길을 걸어 내려와 내 쪽으로 오고 있었다. 그는 나를 보고 움찔 놀라더니 표정이 일그러졌다. 그리고 나를 피해 돌아서서 가버렸다.

그것은 놀라운 순간이었다! 나의 원수가 내 앞에서 도망치다니! 나의 사탄이 나를 두려워하다니! 기쁨과 놀라움이 전신을 타고 흘렀다.

그때 데미안이 모습을 나타냈다. 그는 학교 앞에서 나를 기다리고 있었다.

"안녕." 나는 말했다.

"좋은 아침이야, 싱클레어. 어떻게 지내는지 소식이 궁금했어. 크로머가 이제 널 괴롭히지 않지?"

"어떻게 한 거야? 대체 어떻게? 이해가 안 돼. 녀석이 완전히 자취를 감췄어."

"잘됐네. 혹시 그 녀석이 다시 나타나면, 그러지는 않겠지만 워낙 뻔뻔한 녀석이니까 알 수 없거든. 그러면 데미안을 기억하라고 말해 둬."

"그게 무슨 말이야? 그 녀석이랑 한판 붙어서 패주기라도 했어?"

"아니, 난 그런 건 좋아하지 않아. 너랑 이야기했던 것처럼 그 녀석이랑도 이야기를 했을 뿐이야. 널 내버려 두는 게 신상에 유리할 거라고 깨우쳐 주었지."

"혹시 걔한테 돈을 준 건 아니지?"

"아냐. 그 방법이라면 네가 이미 해봤잖아."

구체적으로 어떻게 한 것인지 내가 아무리 열심히 캐 물어봐도 그는 답변을 요리조리 피했다. 그에 대해 예전부터 느꼈던 감정이 되살아났다. 고마움과 부끄러움, 감탄과 두려움, 애정과 은밀한 거부감이 기묘하게 섞인 느낌이었다.

나는 데미안을 곧 다시 만나기로 마음먹었다. 카인을 비롯하여 이 모든 일에 대해 그와 더 이야기를 나누고 싶었다.

하지만 그런 기회는 오지 않았다.

나는 고마움이라는 감정을 그다지 신뢰하는 편이 아니었고, 어린아이에게 그런 감정을 요구하는 것 자체가 잘못된 것 같았다. 그래서 내가 막스 데미안에게 보여준 철저한 배은망덕은 그리 놀랄만한 일이 아니었다. 그가 나를 크로머의 손아귀에서 구해주지 않았다면 내 건강은 물론 내 인생은 망가졌을 것이라고 확신한다. 그 당시에도 나는 이미 그 구원을 내 어린 인생 최고의 경험이라고 느꼈다. 그러나 내 구원자가 그 기적을 행하자마자 나는 그를 완전히 무시해 버렸다.

이미 말했듯이 내 배은망덕은 그리 이상하게 생각되지는 않았다. 다만 내가 보인 호기심의 결핍이야말로 이해하기가 힘들었다. 데미안이 구체적으로 어떻게 나를 구했는지, 그 비밀을 알려 하지 않은 채 어떻게 단 하루라도 편하게 살 수 있었을까? 카인에 대해, 크로머에 대해, 독심술에 대해 더 많은 걸 듣고 싶다는 욕망을 어떻게 억누를 수 있었을까?

믿기 힘들지만 정말로 그랬다. 나는 갑자기 악마의 그물에서 풀려났고, 밝고 즐거운 세상을 보게 되었다. 더 이상 두려움의 발작과 토할 것만 같은 두근거림에 시달리지 않았다. 저주가 풀렸고 나는 더 이상 지옥에서 고문당하는 영혼이 아니라 예전처럼 평범한 학생이 되었다. 내 마음은 가능한 한 빨리 안정되고 평온한 삶으로 돌아가려고 했고, 내가 겪은 추악함과 위협적인 것을 떨쳐 내고 잊어버리기 위해 애썼다. 언뜻 보기에 내가 겪었던 기나긴 죄책감과 고통의 이야기는 아무런 흉터나 자국을 남기지 않은 채 빠르게 내 기억에서 사라졌다.

하지만 나를 도와주고 구원해 준 사람을 빨리 잊으려고 했다는 사실이 이제는 이해가 된다. 나는 도망쳤던 것이다. 내 손상된 영혼의 모든 힘을 끌어모아 저주받았던 비참한 골짜기로부터, 크로머의 끔찍한 종살이로부터 도망쳐 예전의 행복하고 만족스러웠던 곳으로 하루라도 빨리 되돌아가고 싶었던 것이다. 다시 문이 열린 잃어버린 낙원으로, 아버지와 어머니, 누이들이 있는 밝은 세계로, 순수함의 향기로, 하느님이 사랑하신 아벨의 영역으로.

데미안과 짧은 대화를 나눈 다음 날, 나는 자유를 마침내 되찾았다. 지난 일이 다시 되풀이될 것에 대한 두려움이 없어졌던 바로 그 날, 나는 오랫동안 그토록 바라던 일을 실행에 옮겼다. 나는 고백을 했다. 어머니에게 자물쇠가 망가지고 돈 대신 장난감 동전이 들어 있는 저금통을 보여 드렸다. 그리고 내 잘못으로 인해 못된 녀석에게 붙들려 얼마나 오랫동안 괴롭힘을 당했는지 말씀드렸다. 어머니는 내가 한 이야기 전부를 이해하지는 못하셨지만, 저금통을 보고, 내 변한 눈빛을 보고, 내 변한 목소리를 듣고는 내가 치유되었고 다시 어머니에게로 돌아왔음을 느꼈다.

그런 다음 나는 탕자가 다시 집으로 돌아온 기쁨, 다시 가족이 된 기쁨을 만끽했다. 어머니는 나를 아버지에게 데려가셨고, 같은 이야기를 되풀이했으며 질문과 놀람의 외침이 터져 나왔다. 부모님은 내 머리를 쓰다듬으시며 오랜 낙담에서 마침내 벗어나 마침내 안도의 한숨을 내쉬었다. 동화책에 나오는 것처럼 모든 것이 근사했고, 모든 것이 해결되어 경이로운 조화를 이루었다.

나는 최선을 다해 이런 조화로움 속으로 도망쳤다. 내 평화와 부모님의 신뢰를 되찾은 것을 아무리 누려도 성에 차지 않았다. 나는 다시 집안의 모범생이 되었고, 누이들과 전에 없이 자주 어울려 놀았고, 예배 시간에는 구원받고 회개한 사람의 심정으로 옛 찬송가들을 함께 불렀다. 이 모든 감정은 마음속에서 우러나왔고 조금의 거짓도 없었다.

그런데도 모든 것이 해결된 것은 아니었다. 사실 전혀 해결되지 않았다! 바로 이것이 내가 데미안을 그토록 까맣게 잊어버린 것을 설명할 수 있는 유일하고 진정한 이유이다. 나는 그에게 모든 걸 털어놓았어야 했다! 그 고백은 덜 화려하고 덜 감동적이었겠지만 나에게는 더 풍성한 결실을 가져왔을 것이다. 나는 그렇게 하는 대신 온 힘을 다해 내가 한때 속했던 낙원 같은 세계에 매달려 있는 것에 안주했다. 나는 집에 돌아왔고 자비롭게 받아들여졌다. 그러나 데미안은 어차피 그곳에 속하지 않았고, 그 세계에 어울리지도 않았다. 그는 크로머와는 다르지만 여전히 유혹하는 자였다. 그는 나를 악하고 나쁜 두 번째 세계와 연결해주는 존재였다. 나는 더 이상 그 세계에 대해 아무것도 알고 싶지 않았다. 나 스스로 아벨이 되어버린 지금, 아벨을 포기하고 카인을 찬미하는 걸 도울 수가 없었고, 그렇게 하고 싶지도 않았다.

겉으로 펼쳐진 상황과 달리 실상은 이랬던 것이다. 나는 크로머와 악마의 손아귀에서 벗어났지만 그건 나 자신의 힘과 능력으로 벗어난 것이 아니었다. 나는 세상의 오솔길들을 걸어 보려고 했지만, 그 길은 내게 너무 미끄러웠다. 그때 친절한 손길이 나를 구원해 주었고, 나는 더 이상 한눈팔지 않고 곧장 어머니의 품속으로, 잘 보존된 경건한 어린 시절의 안전함으로 돌아간 것이다. 나는 실제보다 더 철없고 의존적이고 어린아이처럼 굴었다. 크로머에 의존했던 마음을 대신할 만한 새로운 것이 필요했다. 혼자서는 길을 걸어갈 수가 없었기 때문이다. 그래서 나는 눈먼 마음에, 그것이 유일한 세계가 아니라는 것을 알면서도, 아버지와 어머니에게 의존하는 것을, 예전의 사랑스러운 '밝은 세계'를 선택했다.

만일 그렇게 하지 않았다면 나는 데미안의 편이 되어 그에게 모든 것을 털어놓았을 것이다. 그 당시에는 데미안의 낯선 생각에 대한 지극히 올바른 불신 때문에 그렇게 하지 않았다고 생각했지만, 실제로는 데미안이 이끄는 길에 대한 두려움 때문에 그렇게 하지 않았다. 데미안은 나에게 부모님보다 더 많은 것을, 훨씬 더 많은 것을 기대했을 것이다. 그는 나를 자극하고 경고하고, 조롱하고 비꼬며 나를 더 독립적인 존재로 만들려고 했을 것이다. 이제는 잘 안다. 진정한 자아에 이르는 길을 가는 것보다 더 싫은 것은 없다는 것을!

그런데도 반년쯤 지났을 무렵, 나는 유혹을 참지 못하고 아버지와 산책 중에 아버지에게 카인이 아벨보다 더 훌륭하다고 생각하는 사람들에 대해 어떻게 생각하는지 물었다.

아버지는 그 질문에 몹시 놀라셨고 그건 별로 새로울 것도 없는 견해라고 설명하셨다. 이미 초기 그리스도교 시대에 나타났으며 '카인파'라는 종파에서 그렇게 가르쳤다는 것이었다. 하지만 물론 그 이단적인 교리는 우리의 믿음을 파괴하려는 악마의 수작일 뿐이라고 하셨다. 만약 카인이 옳고 아벨이 부정하다고 믿는다면, 하느님이 잘못을 저질렀다는 결론이 나오기 때문에, 다시 말해 성서의 하느님이 유일하고 올바른 분이 아니라 거짓된 분이라는 결론이 나오기 때문이다. 카인파는 실제로 그 비슷한 것을 가르치고 설교했지만, 그 이단은 이미 오래전에 사라져버렸다고 했다. 아버지는 내 학교 친구가 그런 것을 알다니 이상하다고 하셨고, 그런 생각에 넘어가지 말라고 엄중히 경고하셨다.

예수
옆에
못
박힌
강도

나의 어린 시절 추억 속에는 아버지와 어머니 곁에서 누린 평온함과 좋아했던 것들, 빛으로 가득 찬 온화하고 밝은 환경에서 즐겁고 편안하게 보낸 삶이 있다. 그것들은 하나같이 이 이야기에 쓸 만한 아름답고 멋지고 사랑스러운 추억들이다. 그러나 내 관심을 사로잡는 것은 오직 내가 진정한 자아에 이르기 위해 디뎠던 삶의 발걸음들뿐이다. 내가 경험했던 아름다운 휴식이나 행복의 낙원 같은 것은 먼 광채 속에 그대로 놓아둘 것이다. 나는 그곳에 다시 들어갈 마음이 없다.

　그러므로 내 소년 시절에 대해 더 이야기한다면 나는 내게 일어난 새로운 일들, 그러니까 나를 앞으로 나아가게 하고 나를 자유롭게 해준 일들에 대해서만 말하려 한다.

　나를 전진하게 해준 그런 자극들은 늘 '다른 세계'로부터 왔고, 매번 두려움과 강요와 양심의 가책을 함께 가져왔다. 그것들은 내가 기꺼이 머물고 싶었던 평화를 늘 위협했다.

　소년 시절 이후, 빛의 세계에서는 눈에 띄지 않게 꼭꼭 숨겨야 하는 원초적 본능이 내 안에 있음을 깨닫게 되는 시절이 왔다. 누구에게나 그렇듯 나 역시 성(性)에 대해 서서히 깨어나는 감정을 느꼈는데, 나는 그것을 파괴적인 것, 금지된 것, 유혹이자 죄악으로 경험했다. 호기심으로 가득 찬, 꿈과 욕망과 두려움으로 점철된 사춘기라는 거대한 비밀은 지극히 평온했던 나의 어린 시절 행복과 전혀 어울리지 않았다. 나는 다른 사람들처럼 행동했다. 더 이상 어린아이가 아닌데도 어린아이인 척 이중생활을 했다. 내 의식은 이제껏 친숙했고 금지되지 않은 틀 속에서만 살았고, 내 안에서 새로운 여명처럼 모습을 드러내는 세계를 거부했다. 그러나 그와 동시에 나는 꿈, 충동, 지하세계의 소망들 속에서도 살았다. 내 안의 유년 세계가 무너지면서, 내 의식은 이런 소망들 위에 점점 더 위태롭고 두려움에 찬 다리를 놓았다. 대부분의 부모들이 그렇듯 우리 부모님도 내 안에 깨어나고 있는 삶의 충동들을 인정하지 않으셨고, 그것에 대해 이야기하지도 않으셨다. 부모님들은 그저 현실을 부정한 채 점점 더 비현실적이어서 아예 거짓이 되어 가는 내 유년 세계에 안주하려는 나의 무의미한 노력들만 줄기차게 정성껏 도와주셨을 뿐이다. 나는 부모가 이런 문제에 대해 달리 무엇을 할 수 있을지 잘 모르겠고, 내 부모님을 특별히 탓하는 것도 아니다. 문제를 해결하고 내 길을 찾는 것은 스스로 해야 하는 일이었다. 나는 대부분의 부유한 집 자식들이 그렇듯, 그것을 제대로 해내지 못했다.

누구나 이런 힘든 시기를 겪기 마련이다. 보통 사람들에게 이것은 자신의 삶이 요구하는 바와 주변 세계가 가장 심하게 갈등하는 지점이자, 앞을 향해 나아가기 위해 가장 힘겹게 쟁취해야 하는 지점이다. 어린 시절이 우리의 내면에서 서서히 없어지고 붕괴하는 과정에서 많은 이들은 인간의 운명인 죽음과 새로운 탄생을 체험한다. 우리가 사랑하는 모든 것이 떠나고, 돌연 우주의 고독과 치명적인 냉기에 둘러싸인 것을 느끼게 된다. 그리고 많은 사람이 결코 돌이킬 수 없는 과거와 잃어버린 낙원의 꿈에 필사적으로 매달린 채 평생 그곳에 머물게 된다. 이것은 모든 꿈 중에 가장 고약하고 치명적인 꿈이다.

우리 이야기로 돌아가자. 나에게 어린 시절의 종말을 알려 준 감정들과 꿈의 형상들은 여기서 언급할 만큼 중요하지 않다. 중요한 것은 '어두운 세계', '다른 세계'가 또다시 등장했다는 사실이다. 이제는 나 자신 안에 한때 프란츠 크로머였던 것이 숨어 있었다. 그와 동시에 외부에서도 '다른 세계'가 나를 점점 더 지배하기 시작했다.

크로머와의 사건 이후 여러 해가 흘렀다. 나는 내 인생의 극적이고 죄책감으로 가득 찼던 시절은 모두 지나갔다고 느꼈고, 그 시절은 마치 짧은 악몽처럼 흔적도 남기지 않고 사라진 것 같았다. 프란츠 크로머는 내 인생에서 아무 의미가 없었고, 그와 우연히 마주쳐도 별로 신경 쓰지 않았다. 그러나 내 비극의 또 다른 중요한 인물이었던 막스 데미안은 내 삶에서 완전히 사라지지 않았다. 하지만 그는 오랫동안 내 삶의 변두리에 머물면서도 아무런 영향을 미치지 않았다. 그러다가 다시 천천히 다가와 힘과 영향력을 발산했다.

그 당시 막스 데미안에 대해 기억나는 것을 떠올려 보려고 한다. 어쩌면 1년도 넘게 그와 단 한 번도 이야기를 나누지 않았던 것 같다. 나는 그를 피했고, 그 역시 나에게 억지로 다가오지 않았다. 우연히 마주치면 그는 나를 향해 끄덕 인사를 했을 뿐이다. 가끔은 그의 친절함 속에 조롱이나 비꼬는 듯한 느낌이 어려 있는 것 같다고 느꼈지만, 그건 그냥 내 상상이었을지도 모른다. 내가 그와 함께 겪었던 일과 그가 당시 내게 행했던 그 기이한 영향력에 대해 우리 둘 다 완전히 잊은 것만 같았다.

그의 모습을 떠올리면 그는 늘 내 주변에 있었고, 나는 그 사실을 알고 있었다. 지금 내 눈에는 그가 혼자서 혹은 다른 학생들과 함께 학교에 가는 모습이 보인다. 또, 그가 자신만의 대기에 둘러싸여 자신만의 법칙에 따라 살면서 낯설고 고독하고 조용히, 마치 별처럼 다른 아이들 사이를 걷는 모습이 보인다. 아무도 그를 좋아하지 않았고, 아무도 그와 친하게 지내지 않았다. 그는 오직 자신의 어머니하고만 가까웠는데, 어머니하고도 아이로서 대하는 것이 아니라 어른처럼 행동하는 것 같았다. 선생님들은 그를 가능하면 가만히 내버려두었다. 그는 모범적인 학생이었지만, 그 누구의 마음에도 들려고 하지 않았다. 가끔 그는 선생님들에게 어떤 비꼬는 말이나 말대꾸 따위를 했고, 우리는 그것이 몹시 무례하고 도전적이고 신랄했다는 소문을 듣곤 했다.

눈을 감고 생각해 보면 또 다른 그의 모습이 떠오른다. 그곳이 어디였더라? 그래, 다시 생각난다. 우리 집 앞 골목길이었다. 어느 날 나는 손에 수첩을 들고 그림을 그리고 있는 그의 모습을 봤다. 그는 우리 집 현관문 위에 달려있던 새가 새겨진 문양을 그리고 있었다. 나는 창가의 커튼 뒤에 숨어서 그를 바라보았다. 그의 세심하고 차갑고도 밝은 얼굴이 문양을 바라보는 모습을 깊은 경외감을 품은 채 바라보았다. 그의 얼굴은 어른의 얼굴, 학자나 예술가의 얼굴이었다. 거만하고 의지가 가득하고, 이상할 정도로 밝고 차갑고 무언가를 알고 있는 눈빛이었다.

또다시 그의 모습이 보인다. 얼마간 시간이 흐른 뒤 길거리에서였다. 학교에서 돌아오는 길에 우리는 모두 길에 쓰러진 말 한 마리를 둘러싸고 서 있었다. 말은 여전히 농부의 수레와 연결된 끌채에 묶인 채 헐떡거리고 큰 콧구멍을 벌름거렸다. 눈에 보이지 않는 상처에서는 피가 흐르고 있었다. 그래서 말이 누워있던 도로에 쌓인 흰 먼지가 흘러나온 피로 서서히 검게 물들었다. 나는 메스꺼움을 느끼며 눈길을 돌렸는데, 그곳에서 데미안의 얼굴이 보였다. 그는 앞으로 밀치고 나오지 않고 늘 그렇듯 편안하고 느긋하게 뒤에 서 있었다. 그의 시선은 말의 머리 쪽을 향한 것처럼 보였고, 깊고 고요하면서 거의 광적인, 그러나 냉정한 주의력을 보였다. 나도 모르게 그를 오랫동안 바라보았는데, 분명히 의식하지는 못했지만, 그에게서 매우 독특하고 특별한 것을 느꼈다. 나는 데미안의 얼굴을 보았는데, 그것은 소년의 얼굴이 아니라 어른의 얼굴이었다. 아니, 어쩌면 그것은 단순히 어른의 얼굴이라고 느껴지는 것이 아닐 뿐만 아니라 뭔가 다른 것임을 보았거나 느꼈다. 그의 얼굴에는 여자 얼굴의 요소가 담겨 있는 것 같기도 했다. 사실 그 당시 나는 그의 얼굴이 남자나 어린이의 얼굴도 아니라고 느꼈다. 데미안은 늙거나 젊지도 않고, 천 살쯤 되었으며, 시간을 초월한 채 우리가 사는 시간의 흐름과는 다른 단위 속에 사는 것처럼 느껴졌다. 동물들이나 나무들 혹은 별들이 그렇게 보일 수 있을 것이다. 당시 나는 그걸 몰랐고 어른이 된 지금도 그것을 정확히 느낄 수 있었던 것은 아니지만, 그와 비슷한 것을 느꼈다. 어쩌면 그가 잘생겨서일 수도 있고, 어쩌면 내가 그에게 끌려서일 수도 있으며, 그것에 거부감을 느껴서일 수도 있다. 그것도 확실하게 판단할 수가 없었다. 다만 그가 우리와 다르다는 것은 명백했다. 마치 짐승 같기도 하고 유령 같기도 하며 그림 같기도 했다. 무엇에 비유해야 할지는 명확히 몰랐지만, 그는 우리와는 상상할 수 없을 정도로 달랐다.

내 기억에는 그 이상 남은 것이 없다. 어쩌면 이 장면도 훗날 만든 인상에서 만들어낸 것일지도 모른다.

내가 나이를 몇 살 더 먹고 나서야 드디어 다시 데미안과 가까워졌다. 데미안은 당시 관습에 따라 동급생들과 교회에서 견진성사(가톨릭 교회의 일곱 성사 중 세례 받은 신자가 받을 수 있는 안수의식이다. 더욱 굳건한 믿음으로 성령의 은총을 받는 자리이며 자기 신앙을 증언하게 하는 성사이다. - 옮긴이 주)를 받아야 했지만 이를 어겼고, 그 때문에 온갖 소문이 나돌았다. 학교에서는 다시금 데미안이 유대인이라거나 이교도라는 등의 말이 떠돌았다. 그가 그의 어머니와 마찬가지로 종교가 없는 무신론자이거나 사악한 종파에 속한다고 확신하는 학생들도 있었다. 그가 어머니와 연인 관계라고 의심하는 이야기도 들었던 것 같다. 어쨌든 그는 그때까지 종교와는 무관하게 자라왔던 것 같았고, 이것이 그의 장래에 문제를 일으킬 수도 있다고 생각한 그의 어머니가 결국 다른 아이들보다 2년 늦게 아들에게 견진성사를 받게 하기로 결정했다. 그래서 그는 몇 달 동안 나와 함께 견진성사 수업을 받게 되었다.

나는 한동안 그를 완전히 멀리했다. 나는 그와 엮이고 싶지 않았다. 그는 온갖 소문과 비밀에 싸여 있었다. 그러나 사실은 그보다 나를 괴롭히는 것은 크로머 사건 이후 그에게 빚진 것이 있다는 의무감이었다. 그리고 나는 당시 내 비밀을 감당하는 것조차 힘겨웠다. 견진성사 수업이 내게는 성(性)에 대해 눈을 뜨던 시기와 맞물렸기 때문이다. 아무리 노력해 보아도 경건한 가르침에 대한 관심은 이로 인해 급격히 떨어졌다. 목사님이 말씀하시는 것들은 나와는 아주 멀리 떨어진 고요하고 성스러운 비현실 속의 일이었다. 무척 아름답고 가치가 있는 일이었겠지만 전혀 흥미롭거나 흥분되는 일은 아니었다. 반면, 성적 호기심은 몹시 현실적이었고 자극적인 일이었다.

이러한 상황 속에서 나는 점점 수업에 무심해졌고, 그로 인해 내 관심은 더욱더 같은 수업을 듣는 막스 데미안으로 향했다. 우리 사이에는 일종의 연결고리가 있는 것만 같았다. 나는 그 연결고리를 가능한 한 정확하게 따라가야 했다. 내가 기억하기로 그것은 교실에 불이 켜져 있던 이른 아침 시간부터 시작되었다.

목사님이 카인과 아벨 이야기를 하셨지만, 나는 거의 집중하지 않았고, 졸린 나머지 듣는 둥 마는 둥 했다. 그때 목사님이 목소리를 높여 카인의 표식에 대한 이야기를 꺼냈다. 그 순간 나는 뭔가가 나를 건드리는 것 같은, 혹은 경고하는 것 같은 느낌을 받았다. 고개를 들어보니 앞줄에서 데미안의 얼굴이 나를 바라보고 있었다. 그의 밝고 진지한 눈빛에는 조롱과 진지함이 섞여 있었다. 그는 나를 잠시 바라보았고, 나는 갑자기 긴장한 나머지 목사님의 말에 귀를 기울였다. 목사님이 카인과 그의 표식에 대해 하는 말을 들으면서 목사님의 가르침이 반드시 맞는 것은 아니라는 것을 마음속 깊은 곳에서 느꼈다. 그것을 다르게 볼 수도 있고, 비판할 수도 있다는 깨달음이었다!

그 순간 나와 데미안 사이에 연결고리가 다시 존재하게 되었다. 그리고 이상하게도 영혼 속에 일종의 연대감이 자리하자마자 그 느낌은 마치 마법처럼 실존하게 되었다. 그가 그렇게 만든 것인지 우연이었는지는 모르겠지만, 며칠 후 데미안이 견진성사 시간에 갑자기 자리를 바꿔서 내 바로 앞자리로 왔다.(아침에는 누추한 빈민 구호 시설처럼 바글바글한 교실에서 악취를 맡다가, 그에게서 은은히 풍겨 오는 상큼한 비누 냄새를 들이마셨을 때에는 내가 얼마나 기뻤는지 여전히 생생하다). 며칠 후 그는 다시 자리를 바꿨고 내 옆자리에 앉았다. 그리고 겨울이 지나고 봄이 다 가도록 그 자리에 있었다.

수업 시간이 완전히 달라졌다. 더 이상 졸리지도 않고 지루하지도 않았다. 나는 수업 시간이 기다려졌다. 가끔 우리는 목사님 말씀에 주의를 기울였다. 옆자리에서 내 쪽을 바라보는 그의 눈길 하나만 있으면 나는 특이한 이야기나 이상한 격언에도 주목할 수 있었다. 그리고 그가 보내는 다른 눈길, 아주 특별한 눈길 하나만으로도 나에게 경고를 하고 내 안에 비판과 의심을 불러일으키기에 충분했다.

그러나 우리는 툭 하면 수업에 집중하지 않는 불량 학생들이었다. 다만 데미안은 선생님과 학생들 주변에서는 늘 예의 바르게 행동했다. 나는 그가 교실에서 장난을 치거나 큰 소리로 웃거나 잡담을 하는 것을 본 적이 없다. 선생님에게 꾸중 들을 만한 행동을 하지도 않았다. 그는 말로 하는 게 아니라 아주 조용하게 신호나 눈길을 보내 나와 대화하는 방법을 알고 있었다. 그런데 그가 나와 나눈 생각들은 가끔 몹시 이상했다.

예를 들어 그는 나에게 자신이 어떤 학생들에게 관심이 가는지, 그리고 그들을 어떻게 관찰하고 있는지 말해 주었다. 그는 그들 몇몇에 대해 매우 정확하게 알고 있었다. 하루는 그가 수업 시간 전에 나에게 말했다. "내가 엄지로 너에게 신호를 하면, 그 아이가 우리 쪽을 돌아보거나 목덜미를 긁을 거야." 하는 식이었다. 그리고는 나는 수업 중에 그 말을 거의 잊어버리고 있었는데, 데미안은 별안간 나를 바라보며 엄지로 눈에 띄는 신호를 보냈다. 나는 그가 가리키는 학생을 잽싸게 바라보았는데, 그 학생은 마치 철사로 연결된 꼭두각시 인형처럼 매번 데미안이 예상한 대로 행동했다. 나는 데미안에게 가끔 선생님의 움직임도 그렇게 예상해 보라고 졸랐지만, 그는 하려고 하지 않았다. 하지만 한번은 수업 시작 전에 내가 숙제를 안 했는데 목사님이 나에게 질문하지 않았으면 좋겠다고 말하자, 그가 나를 도와주었다. 목사님이 교리 문답 구절을 암송시킬 학생을 찾아 이리저리 살펴보다가 죄책감이 어린 내 얼굴을 쳐다보셨다. 그는 천천히 다가와 나를 손가락으로 가리키며 내 이름을 부르려다가 갑자기 산만하고 불안해져서는 옷깃을 매만지면서 데미안에게 다가갔다. 데미안은 목사님을 뚫어지게 바라보았고, 목사님은 질문하려고 하다가 뭔가에 깜짝 놀란 듯 고개를 돌리고 기침을 한두 번 하더니 다른 학생에게 질문을 했다.

나는 이런 장난이 무척이나 재미있었다. 데미안이 나에게도 자주 똑같은 장난을 친다는 사실을 차츰 알게 되었다. 가끔 학교 가는 길에 그가 내 뒤를 따라오고 있다는 느낌이 불현듯 들어서 뒤를 돌아보면 영락없이 그가 있었다.

"정말로 다른 사람이 네가 원하는 대로 생각하게 만들 수 있는 거야?" 나는 그에게 물었다.

그는 특유의 어른스러운 태도로 침착하고 차분하게 대답했다.

"아냐." 그는 말했다. "그건 불가능한 일이야. 왜냐하면 우리에게는 자유 의지가 없기 때문이야. 목사님은 우리가 자유 의지가 있다고 말씀하시지만, 사실은 그렇지 않아. 사람은 자기가 원하는 걸 생각할 수 없어. 내가 원하는 걸 남에게 생각하게 할 수도 없고. 하지만 누군가를 자세하게 관찰해서 그가 무슨 생각을 하고 어떻게 느끼는지는 꽤 정확하게 맞출 수 있어. 그러면 어떻게 행동할지 대부분 예측할 수가 있게 되지. 물론 연습이 필요해. 예를 들면 나비목에는 암컷이 수컷보다 개체 수가 훨씬 적은 나비들이 있어. 그 나비들은 다른 동물과 똑같이 번식해. 수컷이 암컷을 수정시키고 암컷이 알을 낳지. 생물학과 과학자들이 여러 번 실험을 해봤는데, 만약 너에게 이 나비가 한 마리 있다면 밤새도록 수컷들이 그 암컷을 향해서 날아올 거야. 심지어 몇 시간이나 떨어진 곳에서도 말이야. 한번 생각해 봐, 몇 시간이나 떨어진 곳에서라니! 수 킬로미터나 떨어져 있어도 그 지역에 단 한 마리밖에 없는 암컷 나비의 존재를 감지한다는 거야! 사람들이 이 현상을 설명하려고 했지만 그럴 수가 없었어. 이 나비들에겐 특별한 후각기관이나 그런 게 있는 게 틀림없어. 훌륭한 사냥개들이 눈에 보이지 않는 흔적을 쫓아서 추적할 수 있는 것처럼 말이야. 이해가 되니? 이렇듯 자연은 아무도 설명할 수 없는 일들로 가득해. 자, 그런데 만약 암컷이 수컷만큼 많다면 이 나비들은 그런 섬세한 후각을 갖지 못했을 거야! 그 나비가 그런 후각을 갖게 된 이유는 그들이 그런 상황에 적응하려 훈련이 되었기 때문이야. 동물이건 사람이건 어떤 것에 모든 주의와 의지를 집중하면 그걸 얻을 수 있게 돼. 그게 전부야. 네가 방금 물어본 거랑 같은 거야. 누군가를 자세히 관찰하면 그 사람에 대해 그 자신보다도 더 많은 걸 알게 돼."

'독심술'이란 단어가 입 밖으로 나오는 바람에 오래전 일이 되어버린 크로머와의 사건에 대해 떠올릴 뻔했다. 그러나 데미안과 내가 크로머에 대해 서로 이야기하지 않는 것도 우리 사이에 있었던 이상한 점이었다. 데미안도 나도 그가 내 인생에 아주 진지하게 개입했던 그때에 대해 언급하지 않았다. 마치 우리 사이에 그 어떤 일도 없었던 것처럼, 혹은 서로가 그 일에 대해 잊었을 거라 굳게 믿는 것 같았다. 심지어 함께 길을 걷다가 프란츠 크로머와 마주친 적도 있었지만 우리는 눈길 한 번 주고받지 않았고 그에 대해 단 한마디도 하지 않았다.

"자유 의지라는 게 무슨 뜻이야?" 나는 물었다. "넌 인간에게 자유 의지가 없다고 했지만, 무언가를 향해 의지를 집중하면 뜻을 이룰 수 있다고도 했잖아. 그건 말이 안 돼! 내 의지를 스스로 다스리지 못한다면 내가 원하는 방향으로 의지를 조절할 수 없어."

그는 내 어깨를 툭툭 쳤다. 내가 어떤 식으로든 데미안의 기분을 좋게 하면 그는 내 어깨를 치는 버릇이 있었다.

"그런 질문을 하다니, 아주 좋아!" 그가 웃으며 말했다. "사람은 늘 질문을 하고 의문을 품어야 해. 하지만 답은 정말 간단해. 만약 앞에서 말했던 수컷 나비 중 한 마리가 별이라든가 암컷 아닌 다른 무언가를 향해 의지를 집중하려 한다면 그 뜻은 이룰 수 없을 거야. 나비는 절대 그렇게 하지 않거든. 나비는 자기에게 의미가 있고 가치가 있는 것, 필요로 하는 것, 꼭 가져야만 하는 것만을 찾아. 그래서 믿을 수 없는 일을 해내지. 다른 동물에겐 없는 마법 같은 여섯 번째 감각을 발휘하게 돼! 우리 인간들은 당연히 동물보다 활동 영역도 넓고 관심 분야도 많아. 하지만 우리도 결국 좁은 테두리 안에 묶여서 그걸 벗어나지 못해. 물론 이런저런 상상, 이를테면 북극을 꼭 가야만 한다 같은 상상을 할 수는 있지. 하지만 그 소망이 내 마음속에 온전히 들어있고 내 존재 전체가 그것으로 가득 차 있어야만 그것을 강력하게 원하게 되고 실천할 수 있어. 그렇게 되면, 그러니까 네 내면으로부터 명령받은 것을 따르면, 뜻을 이룰 수 있어. 네 의지를 순한 말처럼 부릴 수 있는 거야. 예를 들어 내가 목사님이 안경을 쓰지 않도록 해야겠다고 생각을 한다면 그건 이루어지지 않아. 그건 그냥 장난일 뿐이겠지. 하지만 지난 가을에 내가 네 앞자리로 옮겨야겠다고 굳게 마음먹었을 때는 아주 잘 됐어. 알파벳순으로 나보다 앞에 있는 어떤 애가 아파서 못 나오다가 갑자기 나타났어. 누군가 그 아이에게 자리를 양보해야 했고 당연히 내가 얼른 그렇게 했지. 내 의지는 기회가 생기면 그것을 붙잡을 준비가 되어 있었거든."

"그래." 나는 말했다. "나도 이상하다고 생각했어. 우리가 서로에게 관심을 가진 순간부터 너는 나에게 점점 더 가까이 다가왔어. 하지만 어떻게 그렇게 한 거야? 넌 바로 내 옆자리에 앉을 수도 없었고, 처음에는 나보다 몇 줄 앞에 앉았잖아. 그런 다음엔 어떻게 된 거야?"

"이렇게 된 거지. 자리를 옮겨야겠다는 생각이 처음 들었을 때 나는 어디로 가고 싶은지 잘 몰랐어. 그냥 좀 더 뒷자리에 앉고 싶다는 생각이었어. 네 옆에 앉아야겠다는 의지는 있었지만, 아직 그걸 인식하지는 못했어. 동시에 네 의지가 함께 작용해서 나를 도왔어. 네 앞에 앉고 나서야 내가 원하던 것이 절반만 이루어졌다는 걸 깨달았거든. 난 사실 네 옆에 앉고 싶었던 거야."

"하지만 내 옆으로 왔을 때는 새로 온 학생도 없었잖아."

"그래, 하지만 난 내가 하고 싶은 대로 그냥 네 옆에 앉았던 거야. 나하고 자리를 바꾼 아이는 놀랐지만 어떻게 하겠어? 그 아이는 자리를 옮겼어. 목사님도 뭔가 변했다는 걸 알아채셨어. 나를 부르거나 볼 때마다 마음에 걸리는 게 있었던 거지. 목사님은 내 이름이 데미안이라는 걸 알고 계셨어. D로 시작하는 내가 아주 뒤쪽인 S자 줄에 앉아 있는 게 이상하다는 걸 알고 계셨지만 그런 생각이 의식까지 올라오진 않았어. 내 의지가 그걸 반대했고 그렇게 되는 걸 막았거든. 목사님은 뭔가 잘못되었다는 걸 눈치채고 나를 좀 더 자세히 관찰하기 시작하셨어. 좋은 분이야. 하지만 그렇게 하실 때마다 난 간단한 방법을 썼어. 목사님을 정면으로 빤히 쳐다보는 거야. 대부분은 그걸 잘 견디지 못해. 모두 불안해져. 어떤 사람에게서 뭔가 원하는 게 있으면 그 사람의 눈을 똑바로 바라봐. 상대방이 그래도 전혀 불편해하지 않는다면 그냥 포기해! 그 사람에게선 절대로 네가 원하는 걸 얻어낼 수 없을 테니까! 하지만 그런 경우는 아주 드물어. 사실 난 이 방법이 통하지 않은 사람을 딱 한 명 알고 있어."

"그게 누구야?" 나는 재빨리 물었다.

그는 무언가에 대해 생각할 때면 늘 그렇듯이 눈을 살짝 가늘게 뜨고 나를 바라보았다. 그러더니 눈길을 돌리고 아무 대답도 하지 않았다. 나는 그 대답이 몹시 궁금했지만, 다시 물어볼 수가 없었다.

나는 그 사람이 그의 어머니였다고 생각한다. 그는 어머니와 매우 가깝게 지내는 것 같았지만 어머니에 대해 한 번도 이야기하지 않았고, 나를 집에 초대한 적도 없었다. 나는 그의 어머니가 어떻게 생겼는지도 몰랐다.

그 당시 나는 그가 한 것처럼 내 강력한 의지를 무언가를 향해 집중하여 그것을 얻어내려고 시도해봤다. 내게는 충분히 절박해 보이는 소망이 몇 가지 있었다. 하지만 아무 일도 일어나지 않았다. 그리고 그것에 대해 데미안에게 물어볼 수도 없었다. 내가 무엇을 원했는지 그에게 털어놓을 수 없었다. 그리고 그 역시 나에게 묻지 않았다.

그러는 사이 내 신앙심에는 많은 균열이 생겼다. 그러나 전적으로 데미안에게 영향을 받은 내 생각은 신의 존재를 전혀 믿지 않는다고 내세우는 동급생들과는 뚜렷이 달랐다. 가끔 신을 믿는 것이 얼마나 어리석고 존엄성을 해치는 일인지, 삼위일체와 예수가 동정녀 마리아에게서 태어났다는 동화 같은 이야기들이 얼마나 우스꽝스러운 일인지, 그런 말도 안 되는 이야기들을 떠들고 다니는 것이 수치스럽다고 말하는 친구들이 있었다. 하지만 나는 결코 그렇게 생각하지 않았다. 나도 의구심이 들기는 했지만, 내 어린 시절의 모든 경험을 통해 우리 부모님과 같은 경건한 삶이 있다는 것을 알고 있었고, 그런 삶이 품위가 없거나 위선적이지 않다는 것도 알고 있었다. 나는 종교에 대해 예전처럼 변함없이 깊은 경외심을 품고 있었다. 다만 데미안을 통해 나는 좀 더 자유롭고 개인주의적인 관점에서 더 장난스럽게 상상의 나래를 펼치면서 종교적인 이야기들과 교리들을 해석할 수 있게 되었다. 적어도 나는 데미안이 권유하는 해석을 즐거운 마음으로 들었다. 물론 카인에 대한 이야기가 그랬던 것처럼 받아들이기 힘든 생각들도 많았다. 한번은 견진성사 수업 중에 그의 대담한 견해 때문에 깜짝 놀란 적이 있었다. 선생님이 막 골고다(예수가 십자가형에 처해진 예루살렘 북쪽 교외의 언덕. 신약성서 중 마태복음에 나오는 장소로, '해골'이라는 뜻의 아람어 '굴굴타'에서 온 헬라어이다. - 옮긴이 주) 이야기를 끝냈을 때였다. 구세주의 수난과 죽음에 대한 이야기는 아주 어렸을 때부터 나에게 깊은 인상을 남겼다. 어린 소년 시절에 가끔, 이를테면 성금요일(예수가 십자가에서 당한 수난과 죽음을 기리는 날로 영어로는 Good Friday라고 한다. - 옮긴이 주)에 아버지가 예수 그리스도의 수난사를 낭독하시고 나면, 나는 깊이 감동하고 그 비통하고 아름다우며 창백하고 유령 같은, 그러면서도 섬뜩할 정도로 생생한 세계, 겟세마네 동산과 골고다 언덕에서 살았다. 그리고 바흐의 〈마태수난곡〉을 들을 때면, 온갖 신비로운 전율에 몸을 부르르 떨며 그 비밀스러운 세계의 음울하고 강렬한 광채에 휩싸이곤 했다. 나는 지금도 그 음악과 〈죽음의 칸타타Actus tragicus〉를 모든 시와 모든 예술적 표현의 정수라고 생각한다.

수업이 끝날 무렵 데미안이 깊은 생각에 잠긴 채 나에게 말했다.

"싱클레어, 이 이야기엔 마음에 들지 않는 부분이 있어. 다시 한번 읽어보고 직접 음미해 봐. 뭔가 김빠진 맛이 날 거야. 두 녕의 강도 이야기 말이야. 골고다 언덕 위에 십자가 세 개가 나란히 서 있다니 얼마나 멋있겠어! 하지만 아무리 선한 강도라고 하더라도 강도한테 감상적인 설교라니! 그는 범죄자였고 그게 뭐가 되었든 범죄를 저질렀어. 무슨 악한 짓을 했는지는 하느님이 아시겠지. 그런데 어느새 강도가 마음이 유해져서는 회개와 참회의 눈물 어린 향연을 벌이다니! 죽음에 임박해 참회를 한다는 게 무슨 의미가 있겠어, 안 그래? 이건 성직자들이나 할 법한 이야기일 뿐이야. 이야기를 감동적으로 만들어서 사람들을 교화시켜 보겠다는 의도가 있는 솔직하지 못한 이야기란 말이야. 네가 지금 이 두 강도를 만나서 한 명을 친구로 선택해야 한다면 분명 징징거리는 회개자를 고르지는 않을 거야. 넌 다른 한 명을 택할 거야. 그가 개성이 있거든. 그는 개종 따위엔 관심이 없어. 입에 발린 말에 휘둘리지 않기 때문이지. 그는 끝까지 제 길을 갈 것이고, 최후의 순간에 겁을 먹지 않아. 그를 그때까지 도와주었을 악마에게 비겁하게 굴지도 않을 거야. 그는 지조 있는 남자니까. 하지만 지조가 있는 사람들은 성서 이야기에서 무시를 당하지. 어쩌면 그는 카인의 후예일 수도 있어. 그렇게 생각하지 않아?"

나는 몹시 당황했다. 그동안 예수님이 십자가에 못 박힌 수난사에 대해 매우 잘 알고 있다고 생각했었는데, 그 이야기를 얼마나 생각 없이, 얼마나 개념이나 비판 없이 듣고 읽었는지 그제야 깨달았다. 그러고 보니 데미안의 새로운 문제의식은 내 폐부를 찌르는 듯했고, 지켜야 한다고 믿어왔던 내 안에 있던 생각들이 뒤집히려고 했다. 하지만 모든 것을 이렇게 하나하나 뒤집어엎을 순 없었다. 특히 성경의 성스러운 이야기마저 그렇게 대할 수는 없었다!

내가 뭐라 말을 꺼내기도 전에 늘 그렇듯 데미안은 나의 당혹스러움을 바로 눈치챘다.

"알아." 그가 체념하면서 말했다. "내가 늘 하는 이야기지. 뭐든 너무 심각하게 생각하지 말라! 하지만 너에게 말해 주고 싶은 게 있어. 종교의 결함을 극명하게 보여 주는 게 바로 이 부분이라는 거야. 구약성서와 신약성서 속의 하느님은 특별한 형상이긴 하지만 그것이 본래 보여줘야 하는 모습은 아니라는 거야. 하느님은 선하고 고귀하고 아버지 같은 분이고 아름답고 숭고한 존재야. 백번 맞는 말이야! 하지만 세상은 그런 것들로만 이루어져 있지 않아. 그럼에도 그런 것들은 마치 모두 악마의 것인양 여겨지고 있어. 다시 말하면, 엄연히 세상의 일부를 이루고 있는 그 다른 부분, 세상의 절반이 그냥 묵살되고 은폐되고 있는 거지. 하느님을 모든 생명의 아버지라고 찬양하지만, 생명의 토대를 이루는 성(性)적인 것은 아예 묵살되고 악마의 일이나 죄악이라고 선포하고 있어! 난 이 여호와 하느님을 찬양하는 것을 반대하지 않아. 암, 전혀 그렇지 않지. 하지만 우리가 사는 세상의 모든 걸 존중하고 신성하게 여겨야 한다고 생각해. 인위적으로 나눠서 공식적으로 인정한 절반이 아니라 세상 전체가 거룩하기 때문이야! 우린 하느님에 대한 예배와 나란히 악마에 대한 예배도 드려야 해. 어쨌든 난 그게 옳다고 봐. 아니면 악마도 포함하는 하느님을 만들어 내든지. 그러면 그런 하느님 앞에서는 세상의 가장 자연스러운 일들이 일어날 때 그것을 죄악시하거나 애써 외면하지 않아도 될 거야."

데미안은 평소와는 달리 몹시 격앙되어 있었다. 하지만 말을 마치고 곧바로 미소를 짓더니, 더 이상 나를 다그치지 않았다.

그러나 그런 말들은 내가 소년 시절 내내 품고 있었던 수수께끼를 정확히 건드렸다. 한시도 뇌리를 떠나지 않았지만, 누구에게도 결코 말하지 않았던 수수께끼 말이다. 데미안이 하느님과 악마, 공식적으로 인정된 신적 세계와 묵살된 악마적 세계에 대해 한 말은 정확하게 내 생각과 일치했다. 두 세계 혹은 두 절반 - 밝은 세계와 어두운 세계에 대한 생각 말이다. 내 문제가 모든 인간의 문제이고, 모든 삶과 사유의 문제라는 깨달음이 거룩한 그림자처럼 나를 스쳤다. 나는 내 개인적인 삶과 의견이 거대한 사상 속의 영원한 흐름의 일부라는 것을 불현듯 느끼고 깨달으면서 두려움과 경외감에 휩싸였다. 이 깨달음은 나에게 일종의 만족감을 선사해주었지만, 즐거운 것은 아니었다. 그것은 이제 어린아이로 머물러서는 안 된다는 깨달음과 홀로 서야 한다는 책임감의 여운이 담겨 있었기에, 왠지 모를 쓰린 뒷맛을 남겼다.

나는 난생처음 데미안에게 마음속 깊이 간직해 온 비밀을 털어놓았다. 아주 어린 시절부터 품고 있었던 '두 세계'에 대한 나의 생각이었다. 그러자 그는 나의 가장 내밀한 감정이 자신의 말에 동의하고 그가 옳음을 인정하고 있다는 사실을 즉시 알아차렸다. 그러나 그는 그것을 악용할 만한 사람은 아니었다. 그는 늘 그렇듯 주의 깊게 내 말을 들어주었고, 내가 눈길을 돌릴 때까지 내 눈을 들여다보았다. 나는 다시 한 번 그의 눈빛에서 마치 짐승과도 같은, 시간을 초월해 나이를 가늠할 수 없을 것 같은 기이한 눈빛을 보았다.

"그 일에 대해선 다음에 다시 이야기하자." 그는 부드럽게 말했다. "넌 네가 말로 표현할 수 있는 것보다 더 많은 생각을 하고 있다는 사실이 느껴져. 만약 그렇다면, 그건 너도 알다시피 네가 지금껏 한 번도 네 생각한 대로 살아보지 못했다는 뜻이야. 그건 좋지 않아. 우리가 실제로 실행하는 생각만이 가치가 있는 거야. 넌 너의 '허용된' 세계가 세상의 절반뿐이라는 걸 이미 알고 있었어. 하지만 목사님이나 선생님처럼 나머지 절반을 숨기려고 했던 거야. 앞으로는 그렇게 안될 거야! 그 사실을 생각하기 시작한 사람이라면 절대 그렇게 할 수가 없어."

그의 말이 가슴에 깊이 와 닿았다.

"네 말도 맞지만, 세상에는 금지되어야 할 추악한 일들이 분명 존재해!" 나는 소리를 지르다시피 말했다. "그걸 부정할 순 없어! 그런 일은 금지되어 있고, 우린 그런 일을 해서는 안 돼. 사람들이 살인하고 온갖 사악한 일을 한다는 것을 알잖아. 하지만 그것들이 세상에 존재한다는 사실을 인정한다고 해서 나도 범죄자가 되어야 하는 건 아니잖아?"

"이 이야기는 오늘 다 못 하겠다." 막스 데미안이 나를 달랬다. "당연히 누군가를 강간하거나 살해해서는 안 돼. 하지만 넌 어떤 것이 '허용된' 것이고 어떤 것이 '금지된' 것인지, 그게 실제로 무슨 뜻인지를 깨닫는 경지에는 아직 도달하지 못했어. 넌 이제 막 진실을 한 조각 맛보았을 뿐이야. 다른 것도 곧 맛보게 될 거야. 내 말 믿어! 예를 들어 넌 지난 1년간 '금지된' 것으로 여겨지는 것들을 하고 싶은 충동 같은 걸 느껴왔을 거야. 그런데 그리스 사람들과 다른 여러 민족은 반대로 이 충동을 신적인 것으로 생각하고 큰 축제를 열어서 숭배했어. 그러니까 그 어떤 것도 영원히 '금지된' 것은 없어. 그건 언제든 바뀔 수 있는 거야. 오늘날에도 어떤 남자든 목사님 앞에서 여자와 혼인 서약을 하고 결혼을 하면, 그 여자와 잠을 자도 돼. 하지만 어떤 민족들의 경우에는 오늘날에도 그렇지 않아. 그러니까 우리는 무엇이 허용된 것이고 무엇이 금지된 것인지 스스로 알아내야 해. 어떤 때에는 금지된 것을 전혀 하지 않았는데도 악당이 될 수 있어. 그 반대 경우도 마찬가지로 일어날 수 있고. 그러니까 이건 그냥 편의상의 문제야! 너무 안일하게 생각해서 세상에 대한 비판력과 판단력이 부족한 사람은 그냥 정해진 법을 따르지. 그게 더 편하거든. 하지만 스스로 금지된 것을 느끼는 사람들이 있어. 그런 사람들에게는 보통 사람들이 받아들이고 매일 하는 행동이 금지되기도 하고, 일반적으로 금지된 일들이 허용되기도 해. 그러니 결국 우린 각자 판단해야 해."

데미안은 너무 말을 많이 했다는 후회가 드는지 갑자기 입을 다물었다. 나는 그때 그가 느낀 감정을 어느 정도 이해할 수 있었다. 그는 자기 생각을 가볍고 편안하게 털어놓는 듯했지만, 사실은 언젠가 그가 말했듯, 그는 '그냥 지껄이기 위한' 대화는 견디지 못하는 사람이었다. 그는 내가 이 주제에 대해 진심으로 관심이 있다는 것을 느낄 수 있었지만, 그와 동시에 내가 너무 가볍고 장난스럽고, '완전한 진지함'이 부족하다는 것 역시 느꼈던 것이다.

앞서 한 말, 즉 '완전한 진지함'에 대해 생각하다 보니, 내가 여전히 어린 티를 벗어나지 못했던 그 시절에 막스 데미안과 겪었던 또 다른 일화가 불현듯 떠오른다.

우리의 견진성사가 다가왔을 무렵 종교 수업의 마지막 몇 시간은 최후의 만찬에 대해 다루었다. 목사님에게는 중요한 주제였기 때문에 목사님은 우리를 위해 열의를 다했다. 마지막 수업에는 엄숙한 분위기마저 느껴졌다. 그러나 견진성사를 위한 그 마지막 몇 시간 동안 내 관심은 전혀 다른 데 있었다. 정확히 말해 내 친구 데미안에게 가 있었다. 교회 공동체가 우리를 받아들이겠다고 선언할 견진성사가 다가오는 것을 보면서 나는 한 가지 결론에 이르렀다. 그것은 반년 넘게 받았던 그 종교 수업의 진가가 수업 내용에 있는 것이 아니라 데미안과 친하게 지내며 주고받은 대화 속에 있다는 것이었다. 나는 이제 기성 교회가 아니라 전혀 다른 사상과 개성의 교단에 입단할 준비가 되어 있었다. 지상 어딘가에 분명 그런 교단은 존재할 것이고, 내 친구가 그곳의 대표 혹은 사절일 것이라고 느꼈다.

나는 이런 생각을 밀어내려고 애썼다. 그동안 겪었던 온갖 일에도 불구하고 견진성사를 품위 있게 치르는 것은 내게 의미 있는 일이었기 때문이다. 그럼에도 불구하고 내 안에 들어온 새로운 생각들 때문에 그렇게 하는 것이 힘들었다.

하지만 내가 어떻게 하든지 간에 이미 그 생각은 자리 잡고 있었고, 차츰 그 생각들은 다가오는 교회 행사에 대한 생각과 합쳐졌다. 나는 다른 아이들과는 다르게 행사를 치를 마음의 준비가 되어 있었다. 나에게는 그것이 데미안을 통해 알게 된 사상의 세계로 입단하는 것을 의미하는 것이었다.

그 무렵에 나는 한 번 더 그와 활발한 논쟁을 벌였다. 종교 수업이 시작하기 직전이었다. 그날 데미안은 별말을 하지 않았고, 건방지고 잘난 체하는 내 말이 마음에 들지 않는 것 같았다.

"우린 말을 너무 많이 하고 있어." 그는 평소와 달리 진지하게 말했다. "그렇게 잘난 척하는 말은 아무 의미가 없어. 그런 말들은 그냥 자아로부터 멀어지게 될 뿐이야. 스스로에게서 멀어지는 건 죄악이야. 사람은 거북이처럼 완전히 자신 속으로 들어갈 수 있어야 해."

우리는 그 말을 하며 교실에 들어갔다. 수업이 시작되었고 나는 집중하려고 했다. 데미안은 나를 방해하지 않았다. 얼마 후 나는 그가 앉은 내 옆자리에서 어떤 이상한 기운을 느끼기 시작했다. 텅 빈 것 같기도 하고, 차가운 것 같기도 했다. 마치 옆자리가 갑자기 빈 것 같은 느낌이었다. 그 느낌이 너무 강해졌을 때 나는 옆을 돌아보았다.

하지만 옆자리에는 내 친구 데미안이 여전히 평소처럼 반듯하게 똑바로 앉아 있었다. 그러나 그는 평소와는 완전히 달라 보였다. 전에 느껴본 적 없는 무언가가 그에게서 흘러나와 그를 감싸고 있었다. 나는 그가 눈을 감고 있다고 생각했지만, 눈을 뜨고 있었다. 그러나 그의 눈은 아무것도 보고 있지 않았다. 그의 눈에는 초점이 없었고 멍하니 내면을 향했거나 아주 먼 곳을 응시하고 있었다. 그는 꼼짝도 하지 않고 앉아 있었다. 마치 숨을 쉬지 않는 것 같았고, 입은 나무나 돌로 깎아 놓은 것 같았다. 그의 얼굴은 마치 돌처럼 창백했고, 그의 갈색 머리카락이 그중 가장 생기 있어 보였다. 두 손은 그의 앞에 있는 책상에 놓여 있었다. 돌이나 과일 같은 물건처럼 온기가 없고 움직임은 없었지만, 축 늘어진 것이 아니라 강렬한 생명을 담고 있는 튼튼한 껍데기 같았다.

나는 그 모습을 보며 몸이 떨렸다. 데미안이 죽었어! 나는 생각했다. 그리고 하마터면 큰 소리로 말할 뻔했다. 그러나 나는 데미안이 죽지 않았다는 걸 알고 있었다. 나는 그의 창백하고 돌 같은 얼굴을 마법에 사로잡힌 듯 바라보았다. 그리고 '저게 데미안이다!'라고 느꼈다. 나와 함께 걷고 이야기하던 그의 평소 모습은 데미안의 반쪽일 뿐이었다. 진짜 데미안은 바로 지금 이 모습이었다. 돌로 만들어진 듯한, 태고를 간직한, 짐승과 같은, 돌처럼 아름다우며, 차갑고 죽어 있는 듯하면서도 생명으로 은밀히 가득 차 있는 그런 모습이었다. 그의 주변은 온통 고요한 공허와 창공 속의 별들, 그리고 고독한 죽음이 에워싸고 있었다!

나는 그가 지금 완전히 자기 안에 들어가 있다는 것을 느끼고 전율했다. 나는 그토록 고독했던 적이 없었다. 그는 나와 함께 있지 않았고, 내가 이를 수 없는 곳에 있었다. 마치 이 세상의 가장 외딴 섬보다도 더 먼 곳에 있는 것 같았다.

나 말고는 아무도 그 모습을 보지 못했다는 것이 믿기지 않았다. 틀림없이 모두가 그를 보고 그 모습에 전율하겠지! 그러나 아니었다. 아무도 그에게 주목하지 않았다. 그는 마치 조각상처럼 뻣뻣하게 굳은 자세로 앉아 있었다. 파리 한 마리가 그의 이마에 앉아 코와 입술 위를 타고 천천히 기어 내려갔지만, 그는 전혀 미동이 없었다.

그는 지금 어디에 있을까? 무슨 생각을 하고, 무엇을 느끼고 있을까? 천상에 있을까, 지옥에 있을까?

그에게 물어볼 방법은 없었다. 수업이 끝날 때쯤 그가 다시 살아나 숨을 쉬는 것을 봤을 때, 그의 눈이 나와 마주쳤을 때, 그는 원래 모습으로 돌아와 있었다. 그는 어디에서 돌아온 걸까? 어디에 갔던 걸까? 그는 피곤해 보였다. 얼굴에 다시 혈색이 돌고 두 손이 다시 움직였다. 그러나 그의 갈색 머리카락은 윤기를 잃고 지친 모습이었다.

그 후 며칠간 나는 침실에서 몇 번이나 새로운 연습을 했다. 의자에 똑바로 앉아서 시선을 고정하고 꼼짝도 하지 않은 채 얼마나 오래 견딜 수 있나, 무엇을 느낄 수 있나 알아보려고 했다. 그러나 피곤하고 눈꺼풀이 몹시 근질거린다고 느낀 게 전부였다.

견진성사가 곧 있었지만, 그것은 특별히 기억에 남아 있지 않다.

이제 모든 것이 달라졌다. 일상이 산산조각 났다. 부모님은 나를 당혹스러워하며 바라보셨다. 누이들은 완전히 낯선 존재가 되어버렸다. 정신이 깨어나면서 내가 전에 느꼈던 감정들과 기쁨들이 퇴색되고 낯설게 느껴졌다. 정원은 향기를 잃었고 숲은 더 이상 나를 유혹하지 않았다. 세상은 낡고 쓸모없으며 지루하고 매력 없는 물건들을 떨이판매 하듯 내 주변에 펼쳐져 있었다. 책은 그냥 종이였고, 음악은 그냥 소음일 뿐이었다. 가을 나무에서 잎이 떨어지는 것과 비슷했다. 나무는 그것을 느끼지 못한다. 비나 햇살이나 서리가 나무를 타고 흘러내리고, 그 안에 있던 생명은 가장 좁고 내밀한 곳으로 서서히 움츠러든다. 나무는 죽지 않는다. 기다릴 뿐이다.

방학이 끝나면 나는 처음으로 집에서 멀리 떠나 다른 학교로 전학을 가기로 결정되었다. 그해 여름 어머니는 이따금 나에게 유난히 다정하게 다가와 미리 이별의 말을 하며, 사랑과 어머니의 향과 잊을 수 없는 추억을 내 마음에 심어주려고 하셨다. 데미안은 여행을 떠나고 없었다. 나는 혼자였다.

베
아
트
리
체

방학이 끝나고 나는 내 친구 데미안을 다시 만나지 못한 채 성(聖) ○○시로 갔다. 부모님은 그곳까지 나를 따라오셔서 세심하게 이것저것들을 살펴보시고, 고등학교 선생님이 관리하는 남학생 기숙사에 나를 넣어주셨다. 하지만 두 분이 그때 내가 어떤 생활로 밀어 넣어졌는지 아셨더라면 아마 충격에 온몸이 굳어버렸을 것이다.

시간이 지나면서 나는 좋은 아들이자 선량한 시민이 될지, 아니면 내 천성이 다른 길로 나를 밀어낼지 여전히 알 수 없었다. 아버지의 집과 그곳의 기운 아래에서 행복해지고자 했던 내 마지막 시도는 오랫동안 계속되었다. 한동안은 거의 성공하기도 했지만 결국은 완전히 실패로 돌아갔다.

견진성사가 끝난 후 방학 동안 내가 처음으로 느꼈던 묘한 공허와 고독은 – 훗날 이러한 공허와 희박한 공기를 얼마나 더 맛보았던가! – 쉽게 사라지지 않았다. 고향과의 이별은 이상할 정도로 간단했다. 사실 더 슬프지 않다는 것이 약간 부끄러울 정도였다. 내 누이들은 하염없이 울었는데 나는 그러지 못했다. 나는 스스로에 대해 몹시 놀랐다. 나는 감정 표현을 잘하고 근본적으로 상당히 바른 아이였다. 그러나 이제는 완전히 딴판이었다. 바깥세상에는 완전히 무심했다. 며칠이고 오직 내 마음 깊은 곳에서 출렁대는 금지된 물살에만 귀를 기울이곤 했다. 지난 반년 동안 나는 부쩍 자라서, 이제는 키가 훌쩍 크고 바싹 말랐으며 어설픈 모습으로 세상을 바라보았다. 소년의 귀여움은 내게서 완전히 사라졌다. 내 이런 모습은 사람들에게 사랑받을 수 없다는 것을 잘 알고 있었고, 나조차도 나 자신을 전혀 사랑하지 않았다. 나는 막스 데미안을 그리워했고 그가 곁에 있었으면 했지만, 이따금 그를 미워하면서 추한 질병처럼 짊어지게 된 내 삶의 빈곤함을 그의 탓으로 돌리곤 했다.

나는 처음에 기숙사에서 인기도 없었고 주목을 받지도 못했다. 다른 아이들은 나를 놀리다가 곧 내게서 멀어져갔고, 나를 소심하고 불쾌한 괴짜 취급을 했다. 나는 그것이 마음에 들어서 일부러 과장스럽게 그 역할을 맡았고 고독 속으로 더 깊이 파고들었다. 그 고독 때문에 겉으로는 항상 세상을 경멸하는 남자다운 모습으로 보였지만, 실제로는 남몰래 마음을 갉아먹는 우울과 절망감에 자주 시달렸다. 학교 수업 진도는 고향에서 쌓은 지식으로 간신히 따라갔다. 진도가 이전 학교에 비해 약간 뒤처져 있었고, 나는 또래들을 어린아이 보듯 약간 경멸하는 습관이 생겼다.

그런 식으로 1년이 흘렀다. 방학을 맞아 몇 차례 집에 가기도 했지만 나는 아무것도 변하지 않았고, 학교로 돌아가는 것이 늘 좋았다.

그리고 11월이 시작될 무렵이었다. 나는 날씨에 개의치 않고 생각에 잠겨 잠깐씩 산책을 했는데, 그것이 일종의 희열을 느끼게 해주었다. 우수, 세상을 향한 경멸과 자기 경멸로 가득 찬 희열이었다. 축축하게 안개 긴 황혼 무렵에 나는 그 날도 시내를 배회하고 있었다. 공원의 가로수 길은 텅 비어 있었고, 그것들이 내게 어서 오라고 손짓하는 듯했다. 나는 낙엽이 두툼하게 깔린 그 길을 울적함에 젖어 발로 헤집으며 걸어갔다. 축축하고 쏩쓸한 냄새가 났다. 멀리 있는 나무들이 유령처럼 크고 희미하게 안개 사이로 보였다.

나는 가로수 길 끝에 멈춰 서서 무엇을 해야 할지 모른 채 우두커니 서 있었다. 검은 나뭇잎을 내려다보며 풍화와 사멸의 젖은 향기를 탐욕스럽게 들이마셨다. 아, 삶은 얼마나 무미건조하던가!

그때 누군가 외투 깃을 펄럭이며 옆길에서 이쪽으로 다가왔다. 내가 막 걸음을 옮기려는데 그가 내 이름을 불렀다.

"이봐, 싱클레어!"

그가 나에게 다가왔다. 우리 기숙사에서 가장 나이가 많은 알폰스 베크였다. 나는 그를 보면 늘 반가웠고, 자신보다 나이 어린 학생들에게 늘 그러듯 나에게도 빈정거리며 짓궂게 구는 것만 빼면 그가 싫지 않았다. 그는 곰처럼 힘이 세다고 알려져 있었고, 우리 기숙사 사감 선생님을 마음대로 쥐고 흔든다는 소문이 있었다. 그는 우리 학교에 떠도는 수많은 소문의 주인공이었다.

"대체 여기서 뭐 하고 있어?" 그는 상급반 학생들이 이따금 우리 같은 아이들에게 말을 걸 때 쓰는 말투로 친근하게 말했다. "어디, 내기해 볼까? 너 시를 짓고 있었지?"

"그런 생각은 하지도 않았어." 나는 퉁명스럽게 말했다.

그는 웃음을 터뜨리더니 나와 함께 걸으며 수다를 떨었다. 나는 그런 것이 어떤 기분이었는지 그동안 완전히 잊고 있었다.

"내가 그 정도도 널 이해하지 못할 것 같아, 싱클레어? 가을 생각에 젖어서 이렇게 저녁 안개 속을 걷다 보면 시를 짓고 싶어지는 거지, 나도 알아. 물론 죽어가는 자연에 대해서 말이야. 그리고 자연을 닮은 잃어버린 청춘에 대해서도. 하인리히 하이네처럼."

"난 그렇게 감상적이지 않아." 나는 항의했다.

"알았어, 이 얘긴 그만하자! 어쨌든 이런 날씨엔 와인 한 잔이나 뭐 그런 걸 마실 수 있는 조용한 장소를 찾는 게 좋아. 어때, 나랑 같이 갈래? 난 지금 마침 혼자니까. 싫어? 물론 네가 모범생이 되겠다면 널 유혹하는 사람이 되긴 싫어."

우리는 곧 교외의 작은 주점에 앉아 정체 모를 와인을 마시며 두꺼운 유리잔을 부딪쳤다. 처음엔 별로 내키지 않았지만, 어쨌든 새로운 경험이었다. 하지만 와인에 익숙하지 않은 나는 곧 무척 수다스러워졌다. 마치 내 안의 창문 하나가 활짝 열려 세상이 내 안으로 들어온 것 같았다. 얼마나 오랫동안, 얼마나 끔찍하게 나는 영혼에 대해 아무 말도 하지 못했던가! 나는 온갖 이야기를 지껄였고, 심지어 베크에게 카인과 아벨의 이야기까지 늘어놓았다.

베크는 재미있다는 표정으로 내 이야기에 귀를 기울였다. 마침내 내가 누군가에게 무언가를 준 것이다! 그는 내 어깨를 두드리며 나를 굉장한 녀석이라고 불렀다. 나는 그동안 이야기하고 속을 털어놓고 싶은 욕구를 마음껏 발산하고, 상급생에게 인정받고 대접받는 환희에 가슴이 한껏 부풀어 올랐다. 그가 나를 천재적인 녀석이라고 불렀을 때, 그 말은 달콤하고 강렬한 와인처럼 내 영혼으로 흘러들어왔다. 세상은 새로운 색채로 불타올랐고, 수많은 생각의 원천으로부터 새로운 생각들이 흘러나왔으며, 정신과 불꽃이 내 안에서 활활 타올랐다. 우리는 선생님들과 학우들에 대해 이야기를 나눴고, 서로를 기가 막히게 잘 이해하는 것 같았다. 우리는 그리스인들과 이교도에 대해서도 이야기를 나누었다. 그리고 베크는 어떻게 해서든 나로 하여금 사랑에 대한 모험담을 털어놓게 하려고 했지만, 그 점에서 나는 털어놓은 게 없었다. 아무 경험도 없었고, 이야기할 만한 것이 없었다. 그동안 마음속으로 느끼고 상상해왔던 것이 내면에서 불타올랐지만, 와인을 아무리 마셔도 그 이야기는 나오지 않았다. 베크는 나보다 여자에 대해 훨씬 더 잘 알고 있었고, 나는 그의 동화 같은 이야기에 열렬히 귀를 기울였다. 나로서는 믿을 수 없는 일들을 들었다. 절대 가능하지 않을 것이라고 여겼던 일들이 평범한 현실에 등장하고 당연한 일이 되었다. 알폰스 베크는 열여덟 살쯤 되었는데 벌써 여러 경험을 한 것이다. 특히 그는 여자애들과 얽힌 일을 이야기해 주었는데, 여자애들은 그저 자신만을 위하거나 떠받들어 주기를 바랐다. 그것도 꽤 괜찮은 일이긴 했지만, 여자들과 함께여서 진짜 좋은 것은 따로 있었다. 여인들로부터 더 많은 것을 얻을 수 있고, 그것들이 더 실속 있다고 했다. 예를 들면 공책이나 연필을 파는 문구점 주인 야겔트 부인과는 이야기가 잘 통하기도 하지만, 그녀의 카운터 뒤에서는 책에는 절대 나오지 않는 별의별 일이 일어난다는 것이다.

나는 그런 말들에 푹 빠져 몽롱하게 앉아 있었다. 물론 나는 절대 야겔트 부인을 사랑할 수 없을 것이다. 그래도 어쨌든 그건 대단한 일이었다. 나보다 나이가 많은 사람들에게는 내가 꿈도 꾸어 보지 못한 환희의 샘물이 흐르는 것 같았다. 거기엔 물론 진실하지 못한 구석도 있었다. 내가 생각했던 진실한 사랑에 비해 하찮고 진부한 느낌이 들었다. 하지만 그게 현실이고 삶이고 모험이었다. 그 모든 것을 체험하고 당연하게 여기는 사람이 바로 내 옆에 앉아 있었다.

우리의 대화는 조금 시들해졌고 공허해졌다. 이제 나는 천재적인 녀석이 아니라 그냥 어른의 말을 경청하고 있는 소년에 불과했다. 그렇다고 해도 그동안의 내 삶에 비하면 그것은 더없이 멋졌고 낙원과도 같았다. 그리고 우리가 술집에 앉아 있다는 사실에서부터 우리가 나눈 이야기까지 그 모든 것들이 엄중하게 금지되어 있는 것임을 나는 서서히 깨닫기 시작했다. 나는 거기서 혁명을, 새로운 정신을 맛보았다.

나는 그날 저녁을 아주 또렷이 기억한다. 우리 둘이 늦은 시간에 흐릿하게 타오르는 가로등을 지나, 차갑고 축축한 밤에 기숙사로 돌아오는 길에 접어들었을 때, 나는 처음으로 술에 취해 있었다. 기분 좋은 일은 아니었다. 사실 몹시 고통스러웠다. 그러나 거기엔 무언가가 있었다. 달콤한 반항심, 무절제한 삶과 정신이 있었다. 베크는 나더러 애송이라고 하면서도 성심껏 나를 돌봐 주었다. 그는 나를 반쯤 업어서 기숙사에 데려왔고, 열린 복도 창문 너머로 몰래 들어오는 데 성공했다.

그러나 아주 잠깐 눈을 붙인 후 나는 두통과 끔찍한 슬픔을 느끼며 깨어났다. 침대에서 일어나 앉아 보니 나는 전날 입었던 셔츠를 그대로 입고 있었고, 다른 옷가지와 신발은 바닥에 나뒹굴고 있었다. 방에서는 온통 담배와 구토 냄새가 났다. 두통과 메슥거림과 극심한 갈증 사이로 오랫동안 떠오르지 않았던 모습이 눈앞에 보였다. 부모님의 집과 고향, 아버지와 어머니, 누이들과 정원이 보였다. 내 고향 집과 조용한 침실이 보였고, 학교와 시장, 데미안과 견진성사 수업 시간이 보였다. 그 모든 것은 밝게 빛났고, 광채로 둘러싸였으며, 모든 것이 훌륭하고 신적이고 순수했다. 그리고 나는 그 모든 것이 어제까지만 해도, 불과 몇 시간 전까지만 해도 내 것이었고 나를 기다리던 것이었음을 깨달았다. 하지만 이제 이 순간, 이토록 추락하고 저주받은 이 순간부터는 그 모든 것이 나의 것이 아니라는 것을 깨달았다. 그 모든 것이 나를 내뱉고 역겹다는 듯이 바라보았다! 내가 깊이 사랑했던 것, 머나먼 어린 시절의 황금빛 정원에서 부모님으로부터 받은 온갖 정겹고 친밀했던 것들, 어머니의 모든 사랑스러운 입맞춤, 모든 크리스마스의 정겨움, 고향에서 맞이했던 경건하고 밝은 일요일 아침, 정원의 모든 꽃, 그 모든 것들이 황폐해지고 말았다. 나는 그 모든 것을 발로 짓밟은 것이다! 만약 그 순간 저승사자가 쫓아와 내 팔과 다리를 포박한 다음, 나는 인간쓰레기이며 성전을 모독했다는 죄로 나를 교수대로 끌고 간다고 해도, 나는 그것이 적절하고 올바른 것이라 여기며 두말없이 그를 따라갔을 것이다.

나의 내면은 이런 상태였다! 세상을 비웃고, 오만하며, 데미안의 생각을 함께 나누던 나! 나는 인간쓰레기이자 불결한 놈이었으며, 술에 취하고 더럽고 역겹고도 비열한 충동에 사로잡힌 상스러운 짐승과도 같았다. 온갖 순수함과 광채와 사랑스러운 애정이 넘치는 정원에서 온 내가 아니던가. 바흐의 음악과 아름다운 시를 사랑하던 내가 아니던가. 그랬던 내가 이런 모습이라니. 나는 혐오감과 분노에 사로잡혀 귓가에 울리는 나 자신의 웃음소리를 들었다. 술에 취해 자제력을 잃은 채 간헐적으로 내뱉은 야릇한 웃음소리. 그게 바로 나였다!

그럼에도 불구하고 이러한 고통에 시달리는 것이 다른 한편으로는 일종의 쾌감을 주었다. 나는 너무 오랫동안 눈을 가린 채 무감각하게 헤매왔고, 내 마음은 침묵 속에서 오랫동안 초라하게 웅크리고 있었다. 그래서 내 영혼이 느끼는 이런 자기비판과 공포 같은 끔찍한 감정조차 반갑게 느껴졌다. 최소한 어떤 감정을 느끼고 있었고, 불꽃이 타오르며, 심장이 꿈틀거렸다! 나는 이런 비참함 가운데서 해방감과 봄기운 같은 것을 느끼고 몹시 당혹스러웠다.

한편 겉으로만 보면 나는 착실하게 내리막길을 걷고 있었다. 처음으로 술에 취한 일은 한 번으로 끝나지 않게 되었다. 우리 학교에서는 떠들썩하게 술을 마시며 소란을 피우는 일이 자주 일어났는데, 나는 그곳에서 어울리는 아이들 중에 가장 나이가 어린 편이었다. 머지않아 나는 얼렁뚱땅 그 자리에 끼어든 꼬마가 아니라 술자리를 이끄는 주동자이자 스타가 되었고, 유명하고 대담한 술꾼이 되었다. 나는 또다시 어두운 세계, 악마의 편에 속하게 되었고 그곳에서 멋진 녀석으로 통했다.

그와 동시에 나는 비참한 기분이 들었다. 나는 자기 파괴적인 방탕한 생활을 누리고 있었고, 학우들 사이에서 주동자, 굉장한 녀석, 용감하고 재치 있는 놈으로 통하는 동안에도 마음속 깊은 곳에는 두려움에 가득 찬 영혼이 팔랑거리며 숨어 있었다. 어느 일요일 오후에 술집을 나서면서, 말끔히 빗은 머리와 나들이 옷차림을 하고 뛰어노는 밝고 행복한 길거리 아이들을 보며 눈물이 핑 돌았던 일이 아직도 생생하다. 허름한 술집의 지저분한 탁자에 앉아 맥주를 마시면서 대담하고 신랄하게 친구들을 즐겁게 해주고 놀라게 하는 동안에도, 내 마음속 깊은 곳에서는 내가 조롱하는 모든 것에 대한 경외심을 여전히 품고 있었다. 마음속에서는 눈물을 흘리며 나의 영혼과 과거, 어머니와 하느님 앞에 무릎을 꿇고 있었다.

나는 함께 어울리던 패거리들과 결국 하나가 되지 못했다. 그들과 함께 있어도 나는 여전히 외로웠고, 그래서 괴로웠다. 거기에는 그럴만한 이유가 있었다. 나는 술집의 영웅이었고, 가장 거친 녀석들의 인정을 받는 독설가였다. 나는 선생님들과 학교, 부모, 교회 등에 대해 거칠고 용감한 생각들을 보여주었다. 음담패설도 아무렇지 않게 해댔으며, 그럴듯하게 내용을 보태기도 했지만, 녀석들이 여자들을 찾아가는 자리에는 한 번도 끼지 않았다. 나는 혼자였고, 사랑에 대한 불타는 갈망으로 가득 차 있었다. 비록 내가 떠드는 말대로라면 무심한 향락주의자여야 마땅했겠지만, 사실은 가망 없는 갈망으로 가득 차 있었다. 나만큼 쉽게 상처받고 수줍어하는 사람도 없었다. 그리고 이따금 예쁘고 깔끔하며 밝고 단아한 젊은 양갓집 아가씨가 내 앞에서 걸어가는 모습을 볼 때면,

그들은 경이롭고 순수한 꿈처럼 느껴졌다. 나에 비하면 수천 배나 선량하고 순수해 보였다. 나는 오랫동안 야겔트 부인의 문구점에 가지 못했다. 그녀를 볼 때면 알폰스 베크에게 들은 이야기가 떠올라 얼굴이 빨개졌기 때문이다.

내가 새로운 모임에서도 늘 외롭고 다른 학우들과는 다른 존재라는 것을 깨달을수록 그곳에서 더욱 벗어나지 못했다. 그렇게 술을 퍼마시고 허풍을 치는 일이 당시 나에게 정말로 기쁨을 주었는지는 잘 모르겠다. 그리고 나는 술을 마시는 것도 결코 익숙해지지 않아서 술을 마신 다음 날이면 항상 고통스러운 후유증을 겪어야만 했다. 그 모든 것이 마치 누군가 강요해서 일어나는 일인 것만 같았다. 나는 달리 무엇을 해야 할지 몰랐기 때문에 그렇게 할 수밖에 없었다. 나는 혼자 시간을 보내는 것이 두려웠고, 시도 때도 없이 나를 덮쳐서 내 마음을 끌어당기는 부드럽고 부끄러운 내면의 감정 변화가 두려웠다. 그리고 그토록 자주 떠오르는 달콤한 사랑에 대한 생각이 두려웠다.

내가 가장 아쉬웠던 것은 친구였다. 내가 좋아하는 두세 명의 친구들이 있었지만, 그들은 착실한 학생들이었고 나의 방탕한 행실은 이미 널리 알려져 있었다. 그들은 나를 피했다. 모두 나를 살얼음판을 걷고 있는 가망 없는 문제아로 취급했다. 선생님들도 내 습관에 대해 알고 계셨고, 나는 자주 처벌을 받았다. 모두 내가 곧 퇴학을 당하리라 생각했다. 나 자신도 그 사실을 알고 있었다. 이미 오래전에 나는 착한 학생들의 대열에서 벗어났으며, 이런 생활을 오래 지탱할 수 없다는 느낌을 지닌 채 하루하루를 힘들게 버텼다.

하느님이 우리를 고독하게 만들어 우리 자신에게로 인도하는 방법에는 여러 가지가 있다. 하느님은 나를 위해 이런 길을 택하셨다. 그것은 마치 악몽과 같았다. 더러움과 찐득찐득함, 깨진 맥주잔과 냉소적인 수다로 떠들어댄 밤들…. 그 너머로 내 모습이 보였다. 추방당한 몽상가가 불안과 괴로움에 시달리며 추하고 더러운 길을 기어가는 모습이다. 공주를 만나러 가는 꿈에서 악취와 쓰레기로 가득 찬 뒷골목의 흙탕물 속에 빠져 꼼짝을 못하게 되는 경우가 있다. 그 당시 내처지가 바로 그랬다. 나에게는 이토록 섬세하지 못한 방식으로 고독의 길이 주어졌다. 나와 어린 시절 사이를 냉혹한 광채를 뿜는 파수꾼들이 에덴동산의 문을 영원히 닫은 채 지키고 있었다. 그것은 새로운 시작이었으며 예전의 나를 향한 부질없는 그리움의 시작이었다.

어쨌든 아버지가 사감 선생님의 경고 편지를 받고 처음으로 성 ○○ 시에 오셔서 내 앞에 불쑥 나타나셨을 때, 나는 몹시 놀랐고 두려움에 떨었다. 아버지가 그해 겨울이 끝나갈 무렵 다시 방문하셨을 때에는 난 이미 아버지에게조차 냉담하고 무심한 상태였다. 아버지가 나를 나무라고 간청하면서 제발 어머니 생각을 하라고 말씀하셔도 무신경했다. 아버지는 결국 화가 머리끝까지 나서 내가 변하지 않으면 모욕과 망신을 주어 학교에서 퇴학시키고 감화원에 넣어 버리겠다고 말씀하셨다. 좋으실 대로! 아버지가 돌아가실 즈음에 나는 그가 불쌍하게 느껴질 지경이었다. 아버지는 아무것도 이루지 못했고, 더는 내 마음을 움직일 수 있는 방법을 찾아내지 못했다. 그리고 나는 가끔 아버지가 그렇게 된 것이 당연하다고 느꼈다.

내 인생이 어떻게 되든 아무 상관 없었다. 나는 나만의 이상하고 불쾌한 방식으로, 술집에 앉아 오만한 태도로 세상과 싸웠다. 그것은 세상에 저항하는 내 방식이었다. 그 과정에서 나는 나 자신을 망가뜨렸지만, 이따금 이런 식으로 생각했다. 만약 세상에 나 같은 사람이 필요 없다면, 나 같은 사람들을 위한 더 나은 장소나 더 높은 임무를 제공하지 않는다면, 그렇다면 나 같은 사람들이야 별 수 없다고. 그래 봤자 세상만 손해라고.

그해의 크리스마스 방학은 전혀 즐겁지 않았다. 어머니는 집에 돌아온 나를 보고 기겁하셨다. 나는 키가 부쩍 더 컸고, 야윈 얼굴은 잿빛처럼 까칠하고 생기 없이 축 늘어졌으며, 눈가에는 염증이 생겨 있었다. 코밑에는 수염이 거뭇거뭇하게 나기 시작했고, 얼마 전부터 안경을 쓰기 시작했기 때문에 어머니에게는 내 모습이 더욱 낯설어 보였다. 누이들은 뒤로 물러나 키득거렸다. 모든 게 불쾌했다. 서재에서 아버지와 나눈 대화도 불쾌하고 씁쓸했으며, 몇몇 친척들과의 인사도 불쾌했다. 그리고 특히 크리스마스 이브가 불쾌했다. 내가 기억하는 한, 크리스마스 이브는 우리 집에서 가장 큰 행사였다. 그것은 사랑과 즐거움과 감사가 넘쳐나고, 부모님과 나 사이의 유대가 새로워지는 저녁이었다. 그러나 이번에는 모든 것이 음울하고 심지어 당혹스러울 뿐이었다. 늘 그랬듯이 아버지는 들판의 양치기들에 대한 복음을 읽으셨다. "그들이 양 떼를 지키고 있었다." 언제나 그랬듯 누이들은 선물 탁자 앞에 환한 얼굴로 서 있었다. 그러나 아버지의 목소리는 즐겁게 들리지 않았고, 얼굴은 수심이 가득하고 늙어 보였다. 어머니는 슬퍼했다. 나에게는 선물과 축복, 복음과 크리스마스 트리, 그 모든 것이 당혹스럽고 달갑지 않았다. 반면, 크리스마스 쿠키가 달콤한 향을 풍겼고, 더욱 감미로운 추억의 뭉게구름을 내뿜었다. 전나무는 향기를 풍기며 이제는 지나간 것들에 대해 이야기했다. 나는 그날 저녁이, 크리스마스 휴일이 빨리 지나가기만을 간절히 바랐다.

그해 겨울은 내내 그런 식으로 지나갔다. 얼마 전에 나는 교무위원회에서 두 번째 경고를 받아 퇴학 처분의 기로에 서게 되었다. 이제 얼마 남지 않았다. 아무렴 어떤가.

나는 특히 막스 데미안에게 원망을 품었다. 내가 고향에 있는 동안 나는 그를 한 번도 보지 못했다. 성 ○○시에서의 학창 시절 초반에 나는 그에게 두 번 편지를 보냈지만, 답장을 받지 못했다. 그래서 나도 방학 동안에 그를 찾아가지 않았던 것이다.

가시나무 울타리가 초록빛으로 물들기 시작한 이른 봄, 내가 지난 늦가을 알폰스 베크를 만났던 그 공원에서 한 소녀가 내 눈길을 끌었다. 나는 온갖 생각과 근심에 사로잡혀 혼자 산책을 하고 있었다. 건강이 안 좋아진 데다가 끊임없이 돈 문제에 시달리고 있었다. 학교 친구들에게 빚을 졌고, 몇몇 가게에서 담배나 이런저런 물건들에 대한 외상값이 점점 늘어나고 있었다. 집에서 돈을 더 얻어내기 위해 이런저런 평계를 만들어내야 했다. 그렇다고 심각하게 고민을 했던 것은 아니다. 이곳에서의 생활이 머지않아 끝나고 내가 물에 뛰어들거나 감화원에 보내지면, 이런 사소한 일쯤은 문제가 되지 않을 것이었다. 그러나 나는 그런 불쾌한 일들에서 여전히 벗어나지 못한 채 시달리고 있었다.

그 봄날 공원에서 나는 매력적인 한 젊은 숙녀와 마주쳤다. 그녀는 키가 크고 날씬하며 우아한 옷차림에 영리한 소년 같은 얼굴을 하고 있었다. 나는 그녀가 한눈에 마음에 들었다. 그녀는 내가 좋아하는 타입이었고, 곧 내 상상력을 자극했다. 그녀는 나보다 나이가 그리 많은 것 같지는 않았지만, 훨씬 더 성숙하고 우아해 보였고, 벌써 숙녀티가 났다. 하지만 얼굴에는 무모한 소년 같은 구석이 있었는데, 나는 그

점이 무엇보다도 마음에 들었다.

나는 마음에 들었던 소녀에게 한 번도 가까이 다가가 본 적이 없었고, 이번에도 마찬가지였다. 그러나 그녀는 다른 누구보다도 나에게 깊은 인상을 남겼고, 그것은 내 삶에 지대한 영향을 미쳤다.

그 순간 갑자기 내 앞에 또다시 어떤 형상이 나타났다. 고귀하고 존경스러운 모습. 숭배하고 숭상하고 싶은 그 모습! 나는 그토록 깊고 강렬하게 무언가를 갈망했던 적이 없었다. 나는 그녀를 베아트리체(이탈리아 4대 시인 중 한 명인 단테가 9세 때 사랑에 빠진 후 평생을 바쳐 사모한 여인. 단테의 〈신곡〉에 등장한 천사와 같은 순결한 처녀로 숭고한 사랑을 상징한다. - 옮긴이 주)라고 불렀다. 단테의 글을 읽어본 적은 없지만, 어떤 영국 그림에서 본 베아트리체에 대해 알고 있었기 때문이다. 나는 그 그림의 복제품을 갖고 있었다. 영국 라파엘 전파(前派)의 화가가 그린 소녀의 그림이었는데, 팔다리가 길고 날씬하며, 얼굴은 길고 갸름하며 두 손과 표정에는 영혼이 깃들어 있었다. 공원에서 만난 아름다운 그 아가씨는 그림 속의 모습과 똑같지는 않았지만 내가 좋아하는 소년 같은 날씬한 모습을 갖고 있었고, 얼굴에는 그림과 마찬가지로 영혼이 깃들어 있었다.

나는 베아트리체와 말을 한마디도 나누지 못했다. 그러나 그녀는 그 당시 나에게 깊은 영향을 미쳤다. 그녀는 내 눈앞에 자신의 모습을 세워 놓고 나에게 성스러운 신전의 문을 열어주었고, 나를 신전에서 기도하게끔 해주었다. 하루 만에 나는 술을 마시고 밤늦게까지 돌아다니는 것을 그만두었다. 나는 다시 혼자만의 시간을 보낼 수 있게 되었다. 다시 책을 읽고 산책하는 것을 즐기게 되었다.

이런 나의 갑작스러운 변화 때문에 나는 수없이 많은 조롱의 대상이 되었다. 그러나 상관없었다. 나에게는 다시 사랑하고 숭배할 대상이 생겼기 때문이다. 다시 이상을 품게 되었고, 삶은 다시 다채롭고 비밀스러운 여명으로 가득 찼다. 나는 비록 그녀의 환영을 숭배하고 섬기는 노예가 되긴 했지만, 다시 내 모습을 되찾게 되었다.

그 시절을 돌이켜 볼 때마다 마음이 뭉클해진다. 나는 내 삶이 부서진 시기의 파편들을 모아 '밝은 세계'를 일구기 위해 안간힘을 쓰고 있었다. 내 삶은 내 안의 어둡고 사악한 것을 떨쳐 낸 다음, 신들 앞에 무릎 꿇고 완전히 빛 속에 머물고자 하는 한 가지 소망만을 품고 있었다. 어쨌든 그 시절의 '밝은 세계'는 어느 정도 나 스스로 만들어 낸 것이었다. 더는 어머니에게로 도망쳐 안전함을 찾는 무책임한 짓을 하지 않았다. 이제 나는 무언가 새로운 것을 추구하고 있었다. 그것은 나 자신이 만들고 요구한 새로운 책무였으며, 책임과 자기 자율을 갖춘 것이었다. 줄곧 나를 괴롭히고 도망쳐야만 했던 성적 욕구는 이 성스러운 불길 속에서 정신적 경건함으

로 승화되었다. 나는 어둡고 추한 모든 것으로부터 자유로워
졌다. 신음으로 밤을 새우고, 외설스러운 그림을 보며 가슴이
두근거리며, 금지된 문 앞에서 귀를 기울이는 음탕함은 이제
사라졌다. 그 모든 것들 대신 베아트리체의 환영을 위한 나
만의 제단을 세웠다. 나 자신을 베아트리체에게 바침으로써
나를 영혼과 신들에게 바친 것이다. 나는 어두운 힘으로부터
가져온 삶의 일부를 밝은 힘에게 바쳤다. 이제 나의 목적은
쾌락이 아니라 순결함이었으며, 행복이 아니라 아름다움과
정신이었다.

베아트리체를 향한 숭배는 내 삶을 완전히 바꾸어 놓았다.
어제만 해도 조숙하고 냉소적이었던 나는 이제 성자가 되려
는 목표를 가진 신관이었다. 나는 익숙했던 불량한 삶을 완
전히 끊어냈을 뿐만 아니라, 모든 것을 바꾸기 위해 노력했다.
먹고 마시고 말하고 옷을 입는 것과 같은 모든 행동에 순결
함과 고귀함과 품위를 불어넣으려고 했다. 찬물로 몸을 씻는
것으로 아침을 시작했다. 처음에는 몹시 어려웠지만 얼마 지
나지 않아 자연스러워졌다. 나는 진지하고 품위 있게 행동했
으며, 자세를 반듯하게 했고 여유 있고 우아하게 걸음을 옮겼
다. 다른 사람들이 보기에는 우스꽝스러웠을지도 모르지만,
나에게는 그것이 하느님에게 드리는 예배와도 같았다.

나의 새로운 신념을 표현하기 위해 새롭게 훈련하는 과정
에서 한 가지가 특히 중요해졌다. 나는 그림을 그리기 시작했

다. 처음에는 내가 갖고 있던 영국의 베아트리체 그림이 그녀와 많이 닮지 않아서 시작한 일이었다. 나는 그녀의 모습을 직접 그려보고 싶었다. 나는 새로운 기쁨과 희망으로 가득 차서 내 방에 - 그 당시 혼자 쓰는 방이 생겼기에 - 근사한 종이와 물감과 붓을 모아놓고 팔레트와 유리컵, 접시, 연필을 준비했다. 새로 산 작은 튜브 안에 든 템페라 물감이 나를 몹시 들뜨게 했다. 그중에는 강렬한 크롬산 초록색이 있었다. 그 물감이 처음으로 하얗고 작은 접시에서 빛을 발하던 모습이 아직도 눈에 선하다.

나는 조심스럽게 시작했다. 얼굴을 그리는 것이 어려워서 다른 것들을 시험 삼아 그려보기로 했다. 장식 문양, 꽃, 예배당 옆의 나무, 사이프러스 나무가 늘어선 로마의 다리 같은 작은 상상 속 풍경들을 그렸다. 때때로 나는 마치 크레파스를 선물 받은 행복한 어린아이처럼 이 장난스러운 행위에 완전히 몰입했다. 그리고 마침내 나는 베아트리체를 그리기 시작했다.

몇 장은 완전히 실패로 돌아가서 그것들을 내버렸다. 이따금 거리에서 마주치던 소녀의 얼굴을 자세히 기억하려고 하면 할수록 더 마음대로 되지 않았다. 나는 결국 그런 노력을 포기하고 상상력을 좇아 얼굴을 그리기 시작했고, 물감과 붓이 이끄는 대로 따라갔다. 그렇게 한 결과 내가 꿈꾸던 얼굴이 완성되었고, 나는 그것에 상당히 만족했다. 그러나 나는 즉각 다시 그림을 그리기 시작했다. 새로 그리는 그림마다 베아트리체는 점점 더 뚜렷하게 윤곽을 드러냈고 실제 모습과는 달랐지만, 점점 그것에 가까워졌다.

나는 선을 그리고, 몽환적으로 붓을 놀려 색을 칠한 다음, 유희적으로 그림을 그려 나아가는 데 차츰 익숙해졌다. 내 그림들은 모델을 보고 그리는 것이 아니라 무의식으로부터 비롯되었다. 그러던 어느 날 의식적으로 노력을 하지는 않았지만, 먼저 그린 것들보다 강렬하게 내 마음을 울리는 얼굴을 마침내 완성했다. 그것은 공원에서 만났던 소녀의 얼굴이 아니었다. 이미 오래전에 그것을 그리는 것은 포기했었다. 그것은 무언가 다른 것이었고 무언가 비현실적이지만 소중한 것이었다. 소녀의 얼굴이라기보다는 젊은이의 얼굴이었다. 머리카락은 공원에서 만난 아름다운 소녀의 밝은 금발이 아니라 붉은빛이 도는 갈색이었고, 턱은 강하고 단호했으며 입술은 밝은 붉은빛이었다. 전체적으로 어딘지 모르게 약간 뻣뻣하고 가면을 쓴 것 같은 느낌이었지만, 인상적이고 신비로운 생동감이 넘쳤다.

나는 완성한 그림 앞에 앉아서 그것을 바라보며 이상한 느낌을 받았다. 그것은 일종의 신상(神像)이나 성스러운 가면처럼 보였다. 절반은 남자 같기도 했고 절반은 여자 같기도 했으며, 나이를 초월했고 의지가 강하면서도 몽환적이었다. 경직되어 있으면서도 동시에 은밀한 생동감이 넘쳤다. 이 얼굴은 나에게 무언가 할 말이 있었다. 그것은 내 것이었고 나에게 무언가를 요구했다. 그리고 누군지는 알 수 없었지만 분명 누군가를 닮아 있었다.

그 초상은 한동안 내 모든 생각을 따라다니며 내 삶과 함께했다. 나는 누군가 그것을 훔쳐보고 나를 놀리지 않도록 그림을 서랍에 숨겨 놓았다. 그러나 방에 혼자 있게 되면 곧바로 그것을 꺼내서 함께 시간을 보냈다. 밤이면 그것을 핀으로 침대 맞은편 벽에 고정해 놓고 잠들 때까지 바라보았고, 아침에 눈을 뜨자마자 제일 먼저 바라보았다.

그 무렵 어렸을 때 그랬던 것처럼 나는 다시 꿈을 많이 꾸기 시작했다. 여러 해 동안 꿈을 전혀 꾸지 않았던 것 같다. 이제 완전히 새로운 종류의 형상들이 나를 찾아왔고, 내가 그린 초상도 꿈속에 자꾸 나타났다. 꿈속에서 초상은 살아 있었고 말을 하며, 나와 친구가 되거나 적이 되었다. 가끔은 인상을 쓰기도 하고 가끔은 한없이 고귀하고 조화롭고 아름다웠다.

어느 날 아침 이런 꿈을 꾸다가 깨어났을 때 문득 나는 그림 속 얼굴을 알아보았다. 그것은 놀라울 만큼 친숙한 모습으로 나를 바라보았다. 마치 내 이름을 부르고 있는 것만 같았다. 어머니처럼 나를 잘 아는 듯했고, 그동안 줄곧 나를 바라보고 있었던 것만 같았다. 나는 두근거리는 가슴으로 그림을 바라보았다. 숱 많은 갈색 머리카락, 언뜻 보면 여성스러운 입술, 선이 굵고 기이하게 빛나는 눈썹(그림이 마르면서 저절로 그렇게 되었다). 그리고 나는 그것이 누구인지 차츰차츰 깨닫고 재발견하고 알게 되었다.

나는 침대에서 벌떡 일어나 그 얼굴 앞에 서서, 초록빛의 커다란 눈을 똑바로 바라보았다. 오른쪽 눈이 왼쪽보다 약간 더 높이 올라가 있었다. 그 순간 갑자기 오른쪽 눈이 가볍고 섬세하게, 하지만 뚜렷하게 찡긋했다. 그와 동시에 나는 그것이 누구의 얼굴인지 알게 되었다….

어떻게 이제야 그것을 알아본단 말인가! 그것은 데미안의 얼굴이었다.

나중에 나는 내가 기억하고 있는 데미안의 실제 얼굴과 그 그림을 자주 비교해 보았다. 비슷했지만 똑같지는 않았다. 그러나 그것은 역시나 데미안이었다.

언젠가 초여름 저녁에 햇빛이 내 방의 서쪽 창문으로 비스듬히 붉게 비쳤다. 방 안이 어둑어둑했다. 나는 베아트리체 혹은 데미안의 초상을 핀으로 창틀에 고정하고 저녁 햇살이 그림을 통과하면 어떻게 보이는지 볼 생각이었다. 얼굴은 윤곽이 없이 흐릿해졌지만, 붉은색으로 테두리를 그린 두 눈과 이마의 밝은 빛, 그리고 진한 붉은빛 입술은 종이에서 깊고 강렬하게 빛났다. 나는 어두워진 후에도 한참 동안 그림을 마주 보며 앉아 있었다. 그러다가 서서히 이 그림이 베아트리체도 데미안도 아닌 바로 나 자신이라는 느낌이 들었다.

그림은 나를 닮지는 않았지만 - 그럴 리 없다고 나도 느꼈다 - 그것은 내 삶이자 내 영혼, 나의 운명이자 악령이었다. 언젠가 다시 나에게 친구가 생긴다면 그런 모습일 것이었다. 언젠가 나에게 사랑하는 연인이 생긴다면 그런 모습일 것이었다. 나의 삶과 죽음도 그런 모습일 것이었다. 그것은 내 운명의 선율이자 리듬이었다.

그 무렵 나는 전에 읽었던 어떤 것보다도 깊은 감명을 주었던 책을 읽기 시작했다. 그 후로는 그런 식으로 깊은 감동을 선사한 책은 많지 않았다. 아마 니체 정도나 그랬을까. 그것은 편지와 격언이 담긴 노발리스의 책이었다. 책 내용의 대부분은 이해하지 못했지만 어쨌든 그 책은 나를 매료시켰다. 순간 격언 하나가 머릿속에 떠올랐다. 나는 그것을 펜으로 초상화 아래에 적었다. "운명과 마음은 하나의 개념에 대한 두 개의 이름이다." 나는 그제야 그 뜻을 이해했다.

나는 내가 베아트리체라고 불렀던 그 소녀를 그 뒤로도 여러 번 마주쳤다. 그러나 더는 감정의 동요를 느끼지 않았고, 다만 부드러운 조화와 어떤 예감만을 느꼈다. '너는 나와 연결되어 있어. 네가 아니라 네 환영뿐이긴 하지만. 넌 내 운명의 일부야.'

막스 데미안을 향한 그리움이 다시 강렬해졌다. 수년 전부터 그에 대한 소식을 전혀 듣지 못했다. 다만, 방학 때 딱 한

번 그를 만난 적이 있었다. 이 글을 쓰면서 지금까지 그와의 짧은 만남에 대해 이야기하지 않았다. 그것은 부끄러움과 허세 때문이었다. 늦었지만 그 부분을 이야기해야겠다.

그러니까 언젠가 방학 때 나는 술집을 돌아다니던 시절의 거만하고 피곤한 얼굴로 고향 도시를 여기저기 돌아다니고 있었다. 산책용 지팡이를 휘두르며 예나 지금이나 변함없이 경멸스러운 늙은 속물들의 얼굴을 바라보고 있을 때 옛 친구가 나에게 다가왔다. 나는 그를 보는 순간 움찔했다. 프란츠 크로머 생각이 번개처럼 빠르게 뇌리를 스쳤다. 데미안이 그 이야기를 전부 잊었다면 얼마나 좋을까! 그에게 이런 빚을 지고 있다는 것이 몹시 거북했다. 사실 그냥 어린 시절의 별것 아닌 일화일 뿐이었지만 여전히 빚은 빚이었다.

그는 내가 자신에게 인사하길 기다리는 것 같았다. 그리고 내가 되도록 자연스럽게 인사를 건네자 나에게 손을 내밀었다. 그의 악수는 역시 예전과 똑같았다! 힘차고 따뜻하고 그러면서도 단호하고 남자다웠다!

그는 내 얼굴을 살펴보며 말했다. "많이 컸구나, 싱클레어." 그는 하나도 변하지 않은 듯 보였다. 여전히 나이 들어 보이면서도 젊어 보였다.

그는 나와 동행했고 우리는 산책을 하며 사소한 이야기를 나누었다. 과거에 대해서는 한마디도 하지 않았다. 그때 그에게 편지를 몇 차례 썼지만, 답장을 받지 못했던 것이 기억났다. 아, 그가 그것도 잊었으면 좋으련만. 그 멍청하고 시시한 편지들! 그는 그것에 대해 아무 말도 하지 않았다.

그 무렵은 아직 베아트리체도 초상화도 없었고, 한창 방황하던 때였다. 시내로 돌아가기 전에 나는 그에게 술집에 가자고 권했고, 데미안도 동의했다. 나는 거들먹거리며 와인 한병을 주문해 그에게 한 잔을 따라주고 건배를 했다. 그리고학생들의 음주 문화에 얼마나 익숙한지 보여주고 싶어 첫 잔을 단숨에 들이켰다.

"술집에 자주 다니나 보지?"

"그렇지 뭐." 나는 심드렁하게 대답했다. "이거 말고 할 게 뭐가 있겠어? 결국 이게 가장 재밌는 일이지."

"그렇게 생각해? 그럴 수도 있지. 아주 근사한 점도 있긴 해. 술에 취하는 것, 바쿠스(제우스와 세멜레의 아들로, 로마 신화의 포도나무와 포도주의 신, 풍요의 신이자 황홀경의 신. 그리스 신화의 디오니소스에 해당한다. - 옮긴이 주)적인 것! 하지만 내가 보기엔 술집에서 시간을 많이 보내는 사람들은 대부분 그런 근사한 면은 잃어버리는 것 같아. 늘 술집을 돌아다니는 거야말로 속물적인 것 같아. 물론 하룻밤 정도 횃불을 밝히고밤새 진탕 마시고 화끈하게 노는 거야 좋지. 하지만 계속 한잔, 또 한 잔. 그건 정말 멋진 게 아니잖아? 파우스트가 저녁마다 단골 술집에 앉아 있는 모습을 상상할 수 있겠어?"

나는 와인을 들이키며 그에게 적대감에 찬 눈빛을 보냈다.

"그렇긴 하지만 누구나 파우스트가 될 수 있는 건 아니니까." 나는 짧게 말했다.

그는 멈칫하며 나를 바라보았다.

그리고는 호탕하고 우월함 넘치는 웃음을 터뜨렸다.

"그래, 이런 일로 다투진 말자! 경우에 따라서는 술꾼이나 탕자의 삶이 흠잡을 데 없는 모범 시민의 삶보다 더 활기찰 수도 있으니까. 그리고 어딘가에서 읽었는데 탕자의 삶이 신비주의자가 되기 위한 최고의 준비 과정이라고 하더라. 예언자가 되는 사람은 늘 성 아우구스티누스 같은 사람들이니까. 그도 한때는 쾌락을 즐기는 세속적인 사람이었지."

내 마음은 그에 대한 불신으로 가득 찼고, 그의 말에 넘어가는 것만은 피하고 싶었다. 그래서 나는 거들먹거리며 말했다. "그래, 다들 각자 입맛대로 사는 법이야. 솔직히 말해서 난 예언자 같은 것이 되는 건 전혀 관심 없어."

데미안은 가느스름하게 뜬 눈으로 나를 잘 안다는 듯이 바라보았다.

"이봐 싱클레어." 그는 천천히 말했다. "널 불쾌하게 만들 생각은 없었어. 그리고 어쨌든 우리 둘 다 네가 술을 마시는 진짜 이유는 모르고 있으니까. 하지만 네 안에서 네 삶의 방향을 조종하는 무언가는 이미 그 이유를 알고 있겠지. 우리 마음속에 모든 걸 다 알고 모든 걸 원하고 우리보다 모든 걸 더 잘 해내는 무언가가 있다는 사실을 깨달으면 도움이 될 거야! 자, 미안하지만 난 이제 집에 가야겠어."

우리는 짧게 작별 인사를 나누었다. 나는 몹시 불쾌한 기분으로 앉아서 술병을 몽땅 비워냈다. 그리고 돌아가려고 했을 때 데미안이 이미 술값을 냈다는 것을 알게 되었다. 그것이 나를 더욱더 화나게 했다.

나는 이 짧은 만남을 돌이켜 볼 수밖에 없었다. 머릿속이 온통 데미안 생각뿐이었다. 그리고 교외에 있는 그 술집에서 그가 했던 말들이 다시 기억났다. 마치 그가 지금 막 그 말을 한 것처럼 생생하게 떠올랐다. "우리 마음속에 모든 걸 다 알고 모든 걸 원하고 우리보다 모든 걸 더 잘 해내는 무언가가 있다는 사실을 깨달으면 도움이 될 거야!"

나는 데미안이 무척이나 그리웠다. 그에 대한 소식을 전혀 듣지 못했다. 그는 내가 닿을 수 없는 곳에 있었다. 그저 그가 어딘가에서 대학에 다니고 있을 것이며, 고등학교를 마친 후, 그의 어머니도 우리 도시를 떠났다는 것만 알았다.

나는 막스 데미안에 대한 모든 기억을 떠올리려고 했다. 심지어 크로머와의 과거 이야기까지 돌이켜 보았다. 그가 나에게 했던 수많은 말들이 다시 귓가에 울렸다. 여전히 의미가 있었고 현실이었으며 나와 관련된 이야기들이었다! 별로 유쾌하지 않았던 마지막 만남에서 데미안이 탕아와 성자들에 대해 했던 말들까지도 불현듯 환하게 내 영혼 앞에 나타났다. 나에게 바로 그런 일이 일어나지 않았던가? 술에 취해

오물 속을 뒹굴고 정신이 마비되어 타락한 삶을 살던 내가 마침내 새로운 삶의 충동을 느끼고 정반대의 삶을 사는 나로 다시 태어나지 않았던가? 순수함에 대한 열망과 성자에 대한 동경과 함께.

나는 계속 지난 기억을 더듬었다. 밤이 깊어지고 밖에는 비가 내리고 있었다. 기억 속에서도 비 내리는 소리가 들렸다. 예전에 데미안이 나에게 프란츠 크로머에 대해 물어보고, 내 첫 비밀들을 알아내던 밤나무 아래서의 일이 생각났다. 하나씩 하나씩 차례대로 기억이 떠올랐다. 학교에 가는 길에 나눈 대화들, 견진성사를 준비하던 수업 시간, 그리고 마지막으로 막스 데미안과 처음 만났던 기억이 떠올랐다. 우리는 그때 무슨 이야기를 나누었던가? 바로 생각나지는 않았지만, 온전히 과거로 돌아가 거기에 몰두했다. 그러자 그것도 다시 생각났다. 그가 내게 카인에 대한 견해를 들려준 후, 함께 우리 집 앞에 서 있었다. 그리고 그는 우리 집 문 위에 있던 낡고 오래된 문장에 대해 이야기하고 있었다. 그 문장은 아래에서 위로 올라갈수록 점점 넓어지는 쐐기돌에 새겨져 있었다. 그는 그것이 흥미롭다고 말했고, 그런 것들에 관심을 가져야 한다고 했다.

그날 밤 나는 데미안과 그 문장들에 대해 꿈을 꿨다. 문장은 끊임없이 변했다. 데미안이 그것을 손에 쥐고 있었다. 그것은 때로는 작고 회색빛이었다가, 때로는 어마어마하게 크고 다채로운 색깔이었다. 그는 나에게 그것은 결국 하나의 같은 문장이라고 설명했다. 그러더니 나에게 그것을 먹으라고 했다. 내가 그것을 삼켰을 때 끔찍하게도 그것에 그려진 새가 내 안에서 살아나 나를 가득 채우고, 나를 안에서부터 쪼아 먹기 시작하는 것을 느꼈다. 나는 죽음의 공포에 사로잡혀 침대에서 벌떡 일어났다.

그리고 나는 곧 완전히 잠에서 깼다. 아직 한밤중이었고 내 방으로 비가 들이치는 소리가 들렸다. 창문을 닫으려고 일어섰다가 바닥에 떨어진 어떤 희미한 물체를 발로 밟았다. 오전에 보니 그것은 내가 그린 그림이었다. 바닥에 고인 빗물에 젖어 부풀어 있었다. 나는 그것을 말리기 위해 그림을 펼치고 압지 사이에 끼워 두툼한 책 속에 넣어 놓았다. 다음 날 그림을 다시 보니 잘 말라 있었다. 그러나 그림이 변해 있었다. 붉은 입술이 빛이 바래고 얇아져 있었다. 이제 완전히 데미안의 입술이었다.

나는 그림을 또 그리기 시작했다. 문장에 그려져 있던 새였다. 그것이 어떤 모습이었는지 잘 기억나지 않았다. 가까이에서 본다고 해도 그 모습은 잘 알아볼 수 없을 것이라는 걸알고 있었다. 오래되어 여러 번 덧칠했기 때문이었다. 새는 꽃이나 바구니나 둥지, 혹은 나무 우듬지 같은 무언가 위에서 있거나 앉아 있었다. 나는 그런 데 신경 쓰지 않고 뚜렷하게 생각나는 것부터 그리기 시작했다. 막연한 충동에 곧바로 강렬한 색을 쓰기 시작했다. 내 그림에서 새의 머리는 황금빛이었다. 나는 기분 내키는 대로 그 작품에 몰두했고 며칠 만에 그림을 완성했다.

그것은 날카롭고 대담한 새매의 머리를 지닌 맹금류였다. 몸의 절반은 어두운 색깔의 흙 속에 박혀 있었고, 마치 거대한 알에서 나오듯 그곳에서 나오기 위해 몸부림치고 있었다. 그림을 살펴보면 볼수록 꿈에서 보았던 화려한 색채의 문양처럼 보였다.

데미안의 주소를 알았다고 해도 그에게 편지를 쓰기란 불가능했을 것이다. 그러나 나는 당시 늘 그랬듯 꿈결 같은 예감을 좇아 그에게 이 새매 그림을 보내기로 마음먹었다. 그가 그것을 받아 보든 받아 보지 못하든 상관없었다. 그림에 아무것도 쓰지 않고, 심지어 내 이름도 적지 않은 채 가장자리를 조심스럽게 잘라내고, 큰 종이봉투를 사서 내 친구의 옛 주소를 적었다. 그리고는 그것을 우편으로 보냈다.

시험이 다가왔고 평소보다 더 공부를 열심히 해야 했다. 선생님들은 내가 행실을 고친 이후 나를 다시 너그럽게 받아주었다. 당시에도 좋은 학생은 아니었지만, 이제 나를 포함한 그 누구도 내가 불과 6개월 전만 해도 퇴학을 당하기 직전이었다는 생각을 하지 않았다.

아버지는 예전처럼 나에게 다시 편지를 보내셨고, 질책하거나 위협적인 말씀은 전혀 하지 않으셨다. 그러나 나는 내 변화가 어떻게 일어나게 된 것인지 아버지나 다른 누군가에게 설명하고 싶은 생각이 전혀 없었다. 내 변화가 부모님이나 선생님들의 바람과 맞아떨어진 것은 순전히 우연이었다. 그 변화가 나를 그 누구와 가까워지게 해주지는 않았다. 오히려 나를 더욱 고독하게 만들었다. 그 변화는 어딘가로 향해 있었다. 데미안에게로, 멀리 있는 운명에게로. 그 변화가 어디로 갈지 나 자신도 아직 잘 몰랐다. 나는 변화의 한가운데에 서 있었다. 변화는 베아트리체로 시작했지만, 얼마 전부터 나는 내가 그린 그림들과 데미안에 대한 생각과 더불어 완전한 비현실적 세계에 살고 있었다. 그리고 결국 베아트리체마저 내 시야와 생각에서 완전히 사라졌다. 설령 내가 원했다고 해도 내 희망과 꿈과 내면의 변화에 대해 그 누구에게도 한마디도 할 수 없었을 것이다.

어떻게 내가 그럴 수 있었겠는가!

새는
알을
깨고
나오
려
투쟁
한다

내가 그린 꿈속의 새는 내 친구를 찾아 길을 떠났다. 그리고 몹시 이상한 방식으로 답장이 왔다.

언젠가 학교에서 쉬는 시간이 끝난 후, 내 책상에 놓인 책에 쪽지가 꽂혀 있는 것을 보았다. 그것은 수업 시간에 종종 친구들이 주고받던 쪽지와 똑같은 방식으로 접혀 있었다. 나는 학교에서 그 누구와도 그런 것을 주고받을 만한 친구가 없었기에 대체 누가 이런 쪽지를 보냈는지 의아했다. 학생들이 흔히 하는 장난에 참여하자고 권유하는 쪽지일 것이라고 생각했다. 어쨌든 그런 일에는 끼고 싶지 않아서 나는 그 쪽지를 책 앞쪽에 읽지 않은 채 꽂아 두었다. 수업이 시작하고 나서야 우연히 다시 그 쪽지를 손에 쥐었다.

종이를 만지작거리다가 아무 생각 없이 펼쳤는데 거기에 몇 마디 글자가 적혀 있는 것이 보였다. 나는 흘낏 그 글을 바라보다가 어떤 한 단어에 시선이 꽂혔고, 깜짝 놀라 그 글을 읽는 동안 마치 혹독한 추위를 만난 것처럼 심장이 움츠러들었다.

"새는 알을 깨고 나오려 힘겹게 싸운다. 알은 세계이다. 태어나려는 자는 한 세계를 깨뜨려야 한다. 새는 신에게로 날아간다. 그 신의 이름은 아브락사스다."

나는 그 구절을 몇 번이나 다시 읽었고 깊은 생각에 빠져들었다. 의심의 여지가 없었다. 그것은 데미안에게서 온 답장이었다. 나와 데미안 말고는 그 새에 대해 아는 사람이 아무도 없었다. 그는 내가 보낸 그림을 받은 것이다. 그는 그 그림을 이해했고 내가 그 뜻을 해석하도록 도와주는 것이었다. 그러나 이 모든 것이 어떻게 된 일일까? 게다가 특히 나를 가장 신경 쓰이게 했던 것은 아브락사스라는 단어의 의미였다. 나는 그 말을 단 한 번도 들어본 적도, 읽어 본 적도 없었다. "그 신의 이름은 아브락사스(인간의 몸에 수탉의 머리, 뱀으로 이루어진 다리가 있으며 모든 정령을 관할하는 그노시스파의 신. 선과 악, 밝음과 어두움, 신적인 것과 악마적인 것 등 양면적인 것들이 하나의 존재 안에 통합된 고차원적인 존재. 정통파 기독교에서는 사악한 물질세계를 탄생시킨 악마로 여기고 있지만, 많은 사람들이 보호를 목적으로 부를 수 있는 존재로 여기기도 함. - 옮긴이 주)다!"

그 쪽지 때문에 수업 내용이 하나도 귀에 들리지 않은 채 끝났다. 오후 수업의 마지막 시간이 시작되었다. 대학을 갓 졸업한 보조 교사 폴렌 선생님이 맡은 수업이었다. 우리는 젊고 권위적이지 않은 폴렌 선생님을 좋아했다.

폴렌 선생님은 헤로도토스에 대해 가르치고 있었다. 그것은 내 흥미를 끄는 몇 안 되는 과목 중 하나였다. 그러나 그 날만큼은 도무지 집중할 수가 없었다. 기계적으로 책을 펼쳤지만, 번역을 따라가지 않고 내 생각에 잠겨 있었다. 오래 전 종교 수업 시간에 데미안이 나에게 했던 말이 얼마나 옳은지 나는 이미 여러 번 경험했다. 무언가를 강렬하게 원하면 이루어진다는 말이었다. 수업 시간에 나 자신만의 생각에 몰두해 있으면 나는 아주 조용해지고 선생님도 나를 그대로 내버려 두었다. 물론 산만해지거나 졸고 있으면 선생님은 갑자기 내 앞에 와서 서 있곤 했다. 나에게도 그런 일이 가끔 일어났다. 그러나 정말 집중하고 있거나 생각에 깊이 몰두해 있으면 무사했다. 그리고 데미안처럼 상대방을 뚫어지게 응시하는 것도 시험해 보았다. 그것 역시 효과적이라는 것을 알게 되었다. 전에 데미안과 함께 지내던 시절에는 성공하지 못했지만, 이제는 눈빛과 생각만으로도 많은 일을 할 수 있다는 것을 느낄 수 있었다.

그때도 나는 그렇게 앉아서 헤로도토스와 학교로부터 멀리 떨어진 곳에 가 있었다. 그러나 선생님의 목소리가 번개처럼 별안간 내 의식을 뚫고 들어오는 바람에 화들짝 놀라서 깨어났다. 선생님의 목소리가 들렸고, 선생님은 내 바로 옆에서 계셨다. 나는 선생님이 내 이름을 불렀다고 생각했는데 그는 나를 쳐다보고 있지 않았다. 나는 안도의 숨을 내쉬었다.

그러다가 다시 선생님의 목소리가 들렸다. 큰 소리로 "아브락사스"라고 말했다.

폴렌 선생님은 내가 놓친 부분에 이어 설명을 계속해 나갔다. "우리는 고대 종파들과 신비주의 교단의 견해를 합리주의적 관점으로 단순하게 생각해서는 안 됩니다. 고대에는 우리가 생각하는 의미의 학문이 전혀 존재하지 않았어요.

그 대신 철학적이고 신비주의적인 진리 탐구가 매우 높은 수준으로 발전했지요. 그것으로부터 종종 사기와 범죄로 발전한 마술과 유희가 생겨나기도 했어요. 하지만 이 마술도 고귀한 근원과 심오한 사상이 있어요. 앞에서 예로 들었던 아브락사스교의 가르침이 그러한 경우입니다. 그 이름은 그리스의 마법 주문과 연관 지어 언급되는데, 오늘날에도 미개한 종족들이 섬기는 악마의 이름 정도로 여겨지고 있어요. 하지만 아브락사스는 훨씬 더 많은 것을 의미합니다. 우리는 이 이름을 신적인 것과 악마적인 것을 결합하는 상징적 의무를 지닌 어떤 신의 이름이라고 생각할 수도 있어요."

키가 자그마하고 박식한 폴렌 선생님은 섬세하고 열정적으로 설명을 이어나갔다. 그러나 학생들은 별로 관심을 보이지 않았다. 그리고 아브락사스라는 이름이 더 이상 언급되지 않아서 나 역시 곧 다시 다른 생각에 빠졌다.

"신적인 것과 악마적인 것의 결합"이라는 말이 귓가를 맴돌았다. 나는 여기서 이번 일과 이 수업의 연관성을 찾을 수 있었다. 그것은 우정의 끝 무렵에 데미안과의 대화를 통해 익숙해진 말이었다. 데미안은 당시 우리가 숭배하는 하느님이란 멋대로 나누어놓은 세계의 절반(공식적이고 허용된 세계, 즉 밝은 세계 말이다)만을 나타낸다고 말했다. 그러나 우리는 세상 전체를 숭배할 수 있어야 하며, 그러려면 신이면서 동시에 악마이기도 한 신을 숭배하든지, 아니면 신에 대한 예배와 동시에 악마에 대한 예배도 드려야 한다고 했다. 그리고 바로 여기에 악마이면서 동시에 신이기도 한 존재가 있었다, 아브락사스.

나는 얼마간 아브락사스의 흔적을 열심히 추적해 보았지만, 전혀 진전이 없었다. 아브락사스를 찾아 도서관을 샅샅이 뒤져보았지만, 성과가 없었다. 하지만 나의 천성은 그런 식으로 무언가를 직접적이고 의도적으로 탐색하는 것과 잘 맞지 않았다. 처음에는 학문적인 진리를 발견했다고 생각하지만 결국 부질없는 것만 남는 그런 탐구 말이다.

내가 한동안 그토록 깊은 관심을 쏟았던 베아트리체의 모습은 서서히 사라져갔다. 아니, 오히려 내게서 천천히 멀어지면서 점점 수평선으로 다가가더니 희미해지고 멀어지고 흐릿해졌다는 표현이 맞을 것이다. 그녀는 더 이상 내 영혼을 충족시키지 못했다.

이제 내가 마치 몽유병 환자처럼 지속하던, 독특하게 내면에 둥지를 튼 삶의 방식에 새로운 것이 형성되기 시작했다. 삶을 향한 동경, 아니 오히려 사랑을 향한 동경이 피어났다. 한동안 베아트리체를 향한 숭배로 해소할 수 있었던 성적 충동은 새로운 환영, 새로운 목표를 요구했다. 나는 여전히 그것을 충족시킬 수 없었다. 나는 그런 동경을 기만했다. 나는 동료들이 행복을 얻기 위해 찾아가던 여자들에게서 무언가를 기대하지도 못했다. 그것은 예전보다도 불가능한 일

이 되었다. 나는 다시 격렬하게 꿈을 꾸었고, 밤보다 낮에 오
히려 더 많은 꿈을 꾸었다. 여러 가지 상상들과 모습들, 소망
들이 내 안에서 솟구쳐 나를 외부 세계로부터 멀리 떼어놓
았다. 나는 현실보다 내 안에 있는 그런 모습들, 꿈이나 그림
자들과 더 생생하게 교류하게 되었다.

어떤 특정한 꿈 혹은 유희가 거듭 반복되면서 그것들이
나에게 중요한 의미를 지니게 되었다. 그것은 내 삶에서 가
장 중요하고 가장 지속적인 꿈이었는데, 이런 내용이었다. 꿈
속에서 나는 아버지의 집으로 돌아가고 있었다. 현관문 위에
서 새 문장이 푸른 바탕을 배경으로 노랗게 빛났다. 어머니
는 집에서 나와 나에게 다가오셨는데, 내가 집 안으로 들어
가 어머니를 안으려고 하자, 그것은 어머니가 아니라 한 번도
본 적 없는 사람이었다. 키가 크고 강인해 보였으며, 막스 데
미안이나 내가 그린 인물과 닮은, 그러면서도 다른 모습이었
다. 강인하면서도 더없이 여성적인 모습이었다. 그 인물은 나
를 끌어당겨서 가슴이 떨리는 사랑의 포옹으로 나를 감싸
안았다. 환희와 공포가 뒤섞인 그 포옹은 신을 향한 예배이
면서 끔찍한 범죄였다. 나를 감싸 안은 그 인물에는 어머니
에 대한 수많은 기억들, 내 친구 데미안에 대한 수많은 기억
들이 깃들어 있었다. 그녀의 포옹은 모든 경외심을 위반하는
것이었지만, 동시에 더없는 행복이었다. 나는 때로는 깊은 행
복감에 취해 그 꿈에서 깨어나기도 했고, 때로는 끔찍한 죄

를 지었을 때처럼 극강의 공포와 양심의 가책에 시달리며 깨어나기도 했다.

온전히 내면에서 생겨난 이 형상과 내가 찾고 있던 신에 대한 외부의 암시 사이에서 서서히 어떤 결합이 생겨나기 시작했다. 그 결합은 점점 긴밀해지고 내밀해졌다. 그리고 나는 이 예감으로 가득 찬 꿈속에서 아브락사스라는 이름을 부른 것을 깨닫기 시작했다. 환희와 공포, 남자와 여자가 뒤섞여 있었으며, 가장 신성한 것과 추한 것이 한데 뒤섞여 있었고, 깊은 죄책감이 가장 섬세한 순수함을 번개처럼 관통했다. 꿈속에서 내 사랑의 모습은 그랬고, 아브락사스도 그랬다. 사랑은 이제 내가 두려워하며 느끼던 동물적인 어두운 충동이 아니었다. 또한, 사랑은 베아트리체의 모습에 바치던 경건하게 승화된 모습도 아니었다. 사랑은 두 가지 모두였다. 두 가지 모두인 동시에 그 이상의 것이었다. 천사의 모습이자 악마였고, 남자인 동시에 여자였고, 인간인 동시에 동물이었고, 최고의 선이자 극단적인 악이었다. 이런 삶을 사는 것이 내 운명이었고 이를 맛보는 것이 숙명이었다. 나는 운명을 갈망했고 동시에 그것을 두려워했지만, 운명은 늘 내 곁에, 내 위에 있었다.

이듬해 봄에 나는 고등학교를 마치고 대학에 진학하게 되었지만, 아직도 어디에서 무엇을 공부해야 할지 막막했다. 입술 위로 수염이 거뭇거뭇 자랐고 성인이 되었는데도 어떻게 해야 할지 전혀 몰랐다. 삶의 목적도 없었다. 오로지 한 가지만이 확실했다. 그것은 내 안의 목소리, 꿈의 영상을 따라야겠다는 것이었다. 나는 그것이 이끄는 대로 무조건 따라가는 것이 내 임무라고 생각했다. 그러나 그것은 힘든 일이었고 나는 매일같이 저항했다. 나는 종종 내가 미쳤다고, 내가 다른 사람과는 다르다고 생각했다. 그러나 나는 다른 사람들이 하는 일을 전부 할 수 있었다. 약간의 노력만 기울이면 플라톤을 읽을 수 있었고 삼각법 문제를 풀거나 화학 분석도 이해할 수 있었다. 다만 못하는 것이 한 가지 있었다. 그것은 다른 학생들처럼 내 안에 어둡게 감춰져 있는 목표를 끄집어내서, 그것을 내 앞 어딘가에 또렷하게 그려보는 일이었다. 즉, 다른 학생들은 자신이 교수나 판사, 의사나 예술가가 되고 싶다는 것을 확실하게 알고 있었고, 그것이 얼마나 오래 걸릴지, 어떤 이점이 있을지도 알고 있었다. 하지만 나는 그러지 못했다. 나도 언젠가는 그런 인물이 될 수도 있겠지만, 그것을 내가 어떻게 알 수 있겠는가? 어쩌면 수년간 찾고 또 찾아도 나는 아무것도 되지 못하고 목표에 이르지 못할지도 모른다. 어쩌면 목표에 도달했지만, 그것이 사악하고 위험하고 끔찍한 것일지도 모른다.

나는 그저 내 마음속에서 저절로 우러나오는 삶을 살고자 했을 뿐이다. 그것이 어째서 그리도 어려웠을까?

나는 내 꿈속에 나타나는 강렬한 사랑의 모습을 그림으로 그려보려고 여러 번 시도했다. 그러나 한 번도 성공하지 못했다. 만약 성공했다면 데미안에게 그 그림을 보냈을 것이다. 그는 어디에 있었을까? 나는 알지 못했다. 다만 그가 언제나 나와 결합되어 있다는 사실만 알고 있었다. 그를 언제 다시 만날 수 있을까?

베아트리체가 가져다준 몇 주, 몇 달간의 안락한 평온은 금세 사라지고 말았다. 한때 나는 평온의 섬에 도달했다고 생각했다. 그러나 항상 그런 식이었다. 내가 어떤 상황에 익숙해지고 꿈이 쾌적해지면, 그것은 금방 퇴색되고 쓸모가 없어졌다. 그것에 대해 불평해 보아도 소용없었다. 나는 이제 채워지지 않는 욕망과 긴장된 기다림의 불길 속에서 살았고, 그로 인해 종종 몹시 거칠고 거의 미쳐 날뛰는 상태가 되었다. 눈앞에 꿈속에서 본 연인의 환영이 자주 나타나, 무척이나 생생하게 보였다. 나 자신의 손보다도 더 뚜렷하게 나타났다. 나는 그 모습과 이야기를 나누고 그 앞에서 울고 저주를 퍼부었다. 그 모습을 어머니라 부르고 눈물을 흘리며 그 앞에 무릎을 꿇었다. 그 모습을 연인이라 부르며, 모든 것을 충족시켜주는 입맞춤을 예감했다. 그 모습을 악마이자 창녀, 흡혈귀와 살인자라고 불렀다. 그것은 가장 섬세한 사랑의 꿈으로 나를 유혹했고, 난잡한 음탕함으로 나를 이끌었다. 그 어떤 것도 지나치게 좋거나 소중하지 않았고, 지나치게 나쁘거나 저급하지도 않았다.

나는 그해 겨울을 형용할 수 없는 내면의 폭풍 속에서 보냈다. 이미 오래전에 고독에 익숙해졌고, 외로움은 더 이상 나를 압박하지 않았다. 나는 데미안과 새매, 그리고 내 운명이자 연인인 꿈속의 거대한 형상과 함께 살았다. 나에게는 그것만으로도 충분했다. 내 삶의 모든 것이 거대하고 드넓은 것을 바라보았고, 모든 것이 아브락사스를 향해 있었기 때문이다. 그러나 이런 꿈들과 생각 중에 그 어떤 것도 내 것이 아니었다. 나는 내 의지대로 그것을 불러낼 수 없었고 내가 원하는 색채를 부여할 수 없었다. 그것들이 와서 나를 소유했다. 나는 그것들의 지배를 받고 그것들이 내 삶을 결정했다.

나는 최소한 바깥세상에서 두려워하는 것이 없었다. 나는 아무도 두려워하지 않았고, 학우들도 그것을 알았다. 그들은 내게 은밀한 존경심을 보냈고, 나는 그것이 때로는 우습게 느껴졌다. 나는 내가 원하면 언제든 학우들의 속마음을 꿰뚫어 볼 수 있었고, 그래서 가끔 그들을 놀라게 할 수 있었다. 그러나 그러고 싶은 생각이 별로, 아니, 거의 사라져 버렸다. 나는 항상 나 자신에게만 열중했다. 그러나 언젠가는 제대로 살아보고 싶다는 갈망이, 내 안에 있는 무언가를 세상에 내주고 세상과 관계를 맺고 싸워 보고 싶은 강렬한 갈망이 솟구쳤다. 이따금 불안한 마음으로 한밤중까지 기숙사로 돌아가지 못했을 때면 나는 이렇게 생각했다. 내 연인이 바로 옆 길모퉁이를 지나가겠지, 다음 창문에서 나를 부르겠지. 때로는 이 모든 것이 참을 수 없을 만큼 고통스럽게 느껴졌고, 스스로 목숨을 끊을 생각까지 했다.

그러다가 나는 독특한 마음의 피난처를 소위 '우연히' 찾아냈다. 그러나 그런 일에 우연이란 없는 법이다. 누군가 자신에게 필요하다고 생각한 것을 찾게 되면, 그것은 우연에 의한 것이 아니라 그 자신이, 그의 갈망과 필연이 그곳으로 그를 이끈 것이다.

도시를 이리저리 돌아다니던 길에 나는 교외의 작은 교회에서 오르간 연주 소리를 두세 번 들었다. 그 소리에 곧바로 걸음을 멈추지는 않았다. 다음에 그곳을 지날 때 나는 또다시 음악 소리를 들었고 바흐를 연주하고 있다는 것을 알았다. 문으로 다가가 봤지만 잠겨 있었다. 인적이 드물었기에 나는 교회 모퉁이의 갓돌 위에 앉아 외투 깃을 세우고 음악을 들었다. 뛰어나지는 않았지만 좋은 오르간이었고 연주는 매우 훌륭했다. 극히 개성 있고 독특하게 표현하는 소리가 마치 기도처럼 들렸다. 나는 그 연주자가 이 음악 속에 숨겨진 보물에 대해 알고 있고, 마치 자신의 생명이라도 된 듯 그것을 얻기 위해 건반을 두드리며 노력하고 있다고 느꼈다. 나는 기술적인 측면에서 음악에 대해 많이 알지 못했지만, 어렸을 때부터 본능적으로 그런 영혼의 표현에 대해 이해했고, 내 안에 음악적 재능이 자연스럽고 분명하게 있다고 느껴왔다.

그 연주자는 이어서 현대적인 곡을 연주했다. 막스 레거의 곡인 것 같았다. 교회는 거의 어둠에 잠겨 있었고, 옆에 있는 창문을 통해 희미한 불빛 한 줄기가 비추었다. 나는 곡이 끝날 때까지 기다렸고, 오르간 연주자가 밖으로 나올 때까지 주변을 서성거렸다. 그는 젊긴 했지만 나보다는 나이가 많았고, 땅딸막하고 다부져 보였다. 그는 힘차면서도 무언가 내키지 않는 듯 한달음에 서둘러 그곳을 떠났다.

그때부터 나는 가끔 저녁 시간에 교회 앞에 앉아 있거나 이리저리 서성였다. 한번은 교회 문이 열려 있는 것을 보고, 연주자가 위층의 희미한 불빛 아래에서 오르간을 연주하는 동안 30분쯤 추위에 벌벌 떨면서도 행복해하며 의자에 앉아 있었다. 그가 연주하는 모든 곡에서 곡 그 이상의 것을 들었다. 마치 그가 연주하는 모든 것이 서로 통하며 비밀스럽게 관련이 있는 것 같았다. 그가 연주하는 모든 것에는 신앙심과 헌신과 경건함이 깃들어 있었다. 그러나 그것은 교회 신도들이나 성직자들처럼 경건한 것이 아니라 중세의 순례자들이나 걸인들처럼 경건했다. 모든 종파를 넘어서는, 초월적인 감정을 위해 가차 없이 헌신하는 경건함이었다. 그는 바흐 이전의 대가들과 옛날 이탈리아 작곡가들의 곡을 열심히 연주했다. 그리고 그 곡들은 전부 같은 것을 말했다. 연주자가 자신의 영혼에 간직하고 있는 것을 말했다. 그리움, 세상과의 더없이 내밀한 만남 그리고 더없이 난폭한 작별, 자신의 어두운 영혼을 향한 열렬한 귀 기울임, 헌신에의 도취, 경이로운 것이 대한 호기심을.

한번은 오르간 연주자가 교회를 나오자 그를 몰래 따라간 적이 있다. 그가 외진 교외의 작은 술집으로 들어가는 모습이 보였다. 나는 참지 못하고 그를 따라 술집으로 들어갔다. 그곳에서 그를 처음으로 자세히 살펴보았다. 그는 작은 술집 구석에 있는 탁자에 앉아 있었다. 머리에는 검은 펠트 모자를 쓰고 있었고, 와인잔을 앞에 두고 있었다. 얼굴은 내가 예상한 그대로였다. 못생기고 약간 거칠었으며, 무언가를 탐색하는 것 같은 고집스러운 의지가 넘쳤다. 그러나 입 주변은 부드럽고 천진해 보였다. 남성적이고 강인한 면모는 모두 눈과 이마에 몰려 있었고, 얼굴 아래쪽은 여리고 어리숙하며 통제되지 않고 연약해 보였다. 우유부단해 보이는 턱은 마치 이마와 눈에 항변하는 듯 소년스러움이 있었다. 나는 강렬하고 자부심으로 가득 찬 그의 짙은 갈색 눈이 마음에 들었다.

나는 아무 말 없이 그의 맞은편에 앉았다. 우리 말고는 술집에 아무도 없었다. 그는 마치 나를 쫓아 버리려는 듯이 바라보았다. 그러나 나는 동요하지 않고 그대로 그를 마주 보았다. 마침내 그가 퉁명스럽게 말했다. "뭘 그리 쳐다보는 거요? 나한테 뭘 바라는 거요?"

"바라는 건 없습니다." 나는 말했다. "하지만 전 이미 당신에게 많은 것을 받았어요."

그가 눈살을 찌푸렸다.

"그럼 음악에 심취했나 보군. 음악에 열광한다는 건 끔찍한 일이오."

나는 그 말에도 고개를 끄떡하지 않았다.

"당신이 교회에서 연주하는 걸 여러 번 들었어요," 나는 말했다. "귀찮게 하려던 건 아니었어요. 정확히 뭔지는 모르겠지만, 그냥 당신에게서 뭔가 특별한 걸 찾을 수 있을 거라고 생각했어요. 제 말에 신경 쓰지 마세요! 전 교회에서 당신 음악을 들으면 됩니다."

"난 늘 문을 걸어 잠그고 연주하는데…."

"얼마 전에 깜빡 잊으셨어요. 그래서 교회 안에 앉아 있었죠. 평소엔 밖에 서 있거나 갓돌에 앉아 있곤 해요."

"그래요? 다음엔 안으로 들어와요. 안이 더 따뜻해요. 그냥 노크하면 됩니다. 하지만 세게 두드려요. 단, 내가 연주하는 동안에는 두드리지 말아요. 자, 어서 말해 봐요. 뭘 말하고 싶은 거죠? 당신은 아주 젊군요. 고등학교 학생이나 대학생 같은데. 음악가요?"

"아닙니다. 전 그냥 음악 듣는 걸 좋아해요. 하지만 당신이 연주하는 것 같은 절대적인 음악을 좋아하죠. 그러니까 천상과 지옥을 뒤흔드는 게 느껴지는 그런 음악 말이에요. 저는 음악이 도덕과 별로 관계가 없어서 좋아하는 것 같아요. 다른 건 전부 도덕적이거나 부도덕하죠. 전 그렇지 않은 걸 찾고 있어요. 도덕적인 것 때문에 늘 괴롭기만 했거든요. 무슨 말을 하고 있는지 표현하기가 어렵네요. 천사이면서 동시에 악마인 신이 있어야 한다는 걸 아시나요? 그런 신이 있었다고 들었거든요."

연주자는 모자를 조금 뒤로 젖히고 넓은 이마에서 검은 머리카락을 쓸어 올렸다. 그는 탁자 너머 내 쪽으로 몸을 내밀며 나를 뚫어지게 바라보았다.

목소리를 낮추더니 그는 나에게 물었다. "당신이 말한 그 신의 이름이 무엇이오?"

"저도 그 신에 대해 아는 게 거의 없어요. 실은 이름이 아브락사스라는 것만 알고 있죠."

연주자는 누가 우리가 하는 말을 엿듣고 있기라도 한 듯 주변을 경계하며 둘러보았다. 그리고 나에게 가까이 다가와 속삭였다. "그럴 줄 알았어요. 당신은 누구요?"

"고등학교 학생입니다."

"아브락사스에 대해서는 어떻게 알게 되었어요?"

"우연히요."

그가 주먹으로 탁자를 세게 내리치는 바람에 와인이 잔에서 쏟아졌다.

"우연이라고! 젊은 친구, 그런 빌어먹을 소리 그만하시오! 아브락사스에 대해서는 우연히 알 수 없는 법이오. 내가 그에 대해 좀 더 말해 주도록 하지요. 내가 좀 아니까."

그는 침묵한 채 의자를 조금 뒤로 밀었다. 내가 기대에 가득 차 그를 바라보자, 그는 얼굴을 찡그렸다.

"여기서 말고! 다음번에. 자, 받아요!"

그러더니 그는 입고 있던 외투 주머니에서 군밤 몇 개를 꺼내 내게 던졌다.

나는 아무 말도 하지 않았다. 그저 군밤을 받아서 먹었고 매우 만족스러운 기분이 들었다.

"자 그럼," 그가 잠시 뒤에 속삭였다. "그에 대해선 어떻게 알게 되었소?"

나는 망설이지 않고 그에게 말했다.

"혼자 한참 방황하고 있을 때 어린 시절 친구가 생각났어요." 나는 이야기했다. "그는 아주 현명하거든요. 흙 속을 뚫고 나오는 새의 그림을 그려서 그에게 보냈어요. 그리고 답장이 오지 않을 거라고 생각하고 포기할 때쯤 쪽지를 하나 받았어요. 거기엔 〈새는 알을 깨고 나오려 힘겹게 싸운다. 알은 세계이다. 태어나려고 하는 자는 세계를 깨뜨려야 한다. 새는 신에게로 날아간다. 그 신의 이름은 아브락사스다.〉라고 써 있었어요."

그는 아무 대답도 하지 않았다. 우리는 밤껍질을 벗겨서 와인과 함께 먹었다.

"한 잔 더 하겠소?" 그는 물었다.

"고맙지만 사양할게요. 술을 별로 좋아하지 않아서요."

그는 약간 실망한 듯 웃음을 터뜨렸다.

"좋을 대로! 난 그렇지 않으니. 여기 좀 더 있겠소. 어서 가 봐요!"

다음번에 그의 연주를 들으러 갔을 때 그는 별다른 말을 하지 않았다. 그 대신 그는 나를 오래된 골목길에 있는 어느 고풍스럽고 웅장한 저택의 크고 음침하고 삭막한 방으로 데려갔다. 피아노 말고는 음악을 암시하는 것은 없었고, 큰 책장과 책상이 학자의 방 같은 분위기를 자아냈다.

"책이 많네요!" 나는 감탄하며 말했다.

"일부는 아버지 서재에서 가져온 거요. 난 여기서 아버지와 함께 살고 있소. 그래요, 젊은 친구. 나는 아버지 어머니와 함께 살고 있지만, 그분들에게 당신을 소개할 수는 없소. 내 교우관계는 이 집에서는 그다지 존중받지 못하고 있어요. 우리 아버지는 대단히 존경스러운 분이오. 이 도시에서 저명한 목사이자 설교자니까. 그리고 참고로 말하자면 난 그분의 재능 많고 장래가 촉망되는 아들이었는데, 불행히도 잘못된 길로 들어서서 살짝 미쳐버린 거지. 나는 원래 신학 대학에 다녔는데 국가고시를 보기 직전에 그 잘난 학교를 때려치웠소. 사실 난 여전히 그 분야에 대해 연구하고 있소, 어쨌든 개인적으로 말이오. 난 늘 시대와 지역에 따라 사람들이 저마다 탄생시킨 신들이 무척이나 흥미롭고 중요한 주제라고 생각하고 있소. 그리고 지금은 음악가인데 곧 소박한 교회의 오르간 연주자 자리를 하나 얻게 될 거요. 그럼 결국 다시 교회에 있게 되겠지."

나는 책장에 꽂힌 책들을 살펴보았다. 책상에 놓인 작은 램프의 희미한 불빛 속에서 그리스어, 라틴어, 히브리어 제목들이 보였다. 그 사이 그 남자는 어둠 속에서 벽 근처 바닥에 엎드려 무언가를 하고 있었다.

"이리 와요." 잠시 후 그가 말했다. "이제 철학에 대해 좀 이야기해봅시다. 입은 다물고 배를 깔고 엎드려서 생각하는 거요."

그는 성냥을 긋더니 자기 앞에 있는 벽난로 속 종이와 장작에 불을 붙였다. 불꽃이 솟아올랐고 그는 아주 신중하게 부채질을 하며 불길을 살려냈다. 나는 그의 옆에 가서 낡은 양탄자 위에 엎드렸다. 그는 불길을 뚫어지게 바라보았고, 나도 곧 불꽃에 사로잡혔다. 우리는 엎드려서 아무 말 없이 요동치는 불길을 한 시간쯤 바라보았다. 불길은 이글이글 타오르다가 가라앉았고, 가물거리고 꿈틀거리다가 마침내 조용히 바닥에 가라앉아 어둡게 빛나며 벽난로 바닥에 잠겼다.

"불꽃 숭배가 인간이 지금까지 생각해 낸 것 중 가장 어리석은 것은 아니었어." 그는 혼자 중얼거렸다. 그것 말고는 우리 둘 다 아무 말도 하지 않았다. 나는 불꽃을 뚫어지게 바라보며 꿈과 정적 속으로 빠져들었고, 연기가 만들어내는 모양과 재가 빚어내는 형상들을 보았다. 그러다가 나는 소스라치게 놀라기도 했다. 그가 장작에 송진 한 조각을 던져 넣자 작은 불꽃이 위로 솟구쳐 올랐고, 그 속에서 노란 새매의 머리를 한 그 새가 보였다. 벽난로의 스러져가는 불 속에서 황금빛 실들이 그물을 이루며 철자와 그림들을 나타냈다. 그와 동시에 얼굴, 동물, 식물, 벌레, 뱀에 대한 기억들이 떠올랐다. 내가 정신을 차리고 옆에 있던 그를 바라봤을 때 그는 두 주먹으로 턱을 괸 채 완전히 넋을 잃고 재를 들여다보고 있었다.

"이제 가야겠어요." 나는 조용히 말했다.

"그래요, 어서 가요. 또 봅시다!"

그는 일어나지 않았고 램프가 꺼져버린 바람에 나는 어두운 방과 컴컴한 복도를 거쳐 나온 다음, 계단을 간신히 더듬어서 마법에 걸린 고택을 빠져나왔다. 길에 나와 멈춰 서서 그 집을 다시 바라보았다. 불이 켜진 창문이 하나도 없었다. 불빛 속에서 문 옆에 달린 작은 황동 문패가 반짝였다. "피스토리우스, 주임 목사."라고 적혀 있었다.

기숙사에 돌아와 내 작은 방에서 혼자 저녁 식사를 하기 위해 앉았을 때야 비로소 나는 아브락사스나 피스토리우스에 대해서 알게 된 것이 없다는 것을 깨달았다. 우리는 열 마디도 채 나누지 않았기 때문이다. 그래도 나는 그의 집을 방문한 일이 몹시 만족스러웠다. 그는 나에게 다음에는 아주 훌륭한 옛날 오르간 음악 한 곡을 들려주겠다고 약속했다. 북스테후데의 파사칼리아였다.

내가 미처 깨닫지도 못한 사이에 오르간 연주자 피스토리우스는 벌써 나에게 첫 가르침을 준 셈이었다. 음울한 은둔자인 그가 방바닥 벽난로 옆에 엎드려 있을 때.

불길을 바라보는 것은 나에게 많은 도움이 되었다. 그것은 내가 내면에 항상 지니고 있으면서도 한 번도 보살피지 못한 여러 성향을 확인시켜주고 강화해 주었다. 나는 서서히 그러한 사실을 일부나마 깨닫게 되었다.

나는 이미 어렸을 때부터 항상 자연의 기묘한 형태들을 주시하는 성향이 있었다. 그것을 연구하고 분석하는 것이 아니라 그 독특한 마법에, 그리고 혼란스럽고 심오한 언어에 몰입했다. 단단하게 목화(木化)된 긴 뿌리, 암석을 타고 흐르는 여러 색깔의 광맥들, 물 위에 떠다니는 기름 얼룩, 유리의 균열, 이런 모든 것들이 그 당시 나를 강렬하게 사로잡았다. 그중 특히 물과 불, 연기, 구름, 먼지, 그리고 무엇보다도 눈을 감으면 보이는 빙글빙글 도는 갖가지 빛깔의 무늬들이 그랬다. 피스토리우스를 처음 방문하고 나서 며칠 동안 나는 이런 것들을 다시 기억하기 시작했고, 일종의 기쁨과 활력, 더 깊은 자각을 느낄 수 있었다. 그것은 우리가 오랫동안 불꽃을 바라본 덕분이라는 사실을 깨달았다. 그것은 놀랍도록 마음을 편안하고 풍요롭게 해주었다.

그래서 내 삶의 진정한 목적을 향한 여정에서 이 새로운 경험이 그때까지 겪은 얼마 안 되는 경험에 더해졌다. 이런 형상들을 관찰하다 보면, 그러니까 불규칙적이고 이상하고 꿈틀대는 자연 형태에 몰두하다 보면, 이런 형태들을 존재하게 한 의지와 우리의 내면이 일치한다는 느낌이 생긴다. 우리는 그것들을 우리 자신의 기분으로, 자신의 창조물로 여기고 싶은 유혹을 느낀다. 그 순간 우리 자신과 자연 사이의 경계가 흔들리면서 무너지는 것을 보게 되고, 우리의 망막에 비친 형상들이 외부의 인상에서 오는 것인지 우리의 내면에서 오는 것인지 구분할 수 없는 상태를 겪게 된다. 우리가 얼마나 창조적인지, 우리의 영혼이 얼마나 끊임없이 세계의 창조에 동참하는지 쉽고 간단하게 알아낼 수 있는 방법은 이 훈련 외에는 그 어디에도 없다. 나뉠 수 없는 동일한 신이 우리 내면에서, 그리고 자연에서 활동하고 있다.

만약 외부 세계가 붕괴한다면 우리 중 한 명이 다시 그것을 세울 수 있을 것이다. 산과 강, 나무와 잎, 뿌리와 꽃, 자연의 모든 형태가 우리 안에 새겨져 있고, 그 본성은 영원한 영혼에서 유래한다. 우리는 그 영혼의 본성에 대해 모르지만, 그것은 우리에게 대개는 사랑의 힘, 창조의 힘으로 다가온다.

여러 해가 지난 후에야 비로소 나는 이러한 관찰 내용이 이미 어떤 책에서 입증되어 있음을 발견했다. 그것은 다름 아닌 레오나르도 다빈치의 책이었다. 그는 수많은 사람이 침을 뱉은 벽을 바라보는 것이 얼마나 훌륭하고 깊은 자극을 주는지에 대해 이야기하고 있었다. 그는 벽에 생긴 축축한 자국 앞에서 피스토리우스와 내가 불길을 바라봤을 때와 같은 것을 느꼈다.

다음에 만났을 때 오르간 연주자는 이렇게 설명했다. "우리는 늘 내면의 경계를 너무 좁게 잡아요! 우리는 개인적이거나 무형인 것으로 분류할 수 있는 것만을 개성이라고 말하죠. 하지만 우리는 모두 세계를 구성하는 모든 요소들로 이루어져 있어요. 우리의 몸이 물고기보다도 훨씬 더 이전까지 거슬러 올라가는 진화의 계보를 품고 있는 것처럼, 우리의 영혼에는 인간의 영혼이 경험한 모든 것이 담겨 있죠. 그리스 사람이든 중국인이든 줄루족이든 과거에 존재했던 모든 신과 악마는 전부 우리 안에 있어요. 가능성으로, 소망으로, 탈출구로 존재하는 거죠. 만약 인류가 어느 정도 재능을 타고났지만 교육받지 못한 어린아이 한 명만 남기고 전부 멸종한다고 해도, 그 아이는 만물의 모든 과정을 다시 찾아낼 거예요. 그리고 신들, 악마들, 낙원, 계명, 금기, 신약과 구약성서, 이 모든 걸 전부 다시 만들어 낼 수 있을 거예요."

나는 그의 의견에 반대했다. "좋아요. 하지만 개인의 가치란 건 뭘까요? 모든 게 전부 우리 안에 완성되어 있다면, 우리는 무엇 때문에 노력해야 하는 거죠?"

"잠깐!" 피스토리우스가 격하게 외쳤다. "내면에 세계를 그냥 지니고 있는 것과 그 세계를 알고 있는 것에는 아주 큰 차이가 있어요! 미친 사람도 플라톤이 떠올릴 만한 생각을 해낼 수 있고, 혜른후트파 학교의 경건한 어린 학생도 그노시스파나 조로아스터에게 나타나는 심오한 신비주의적 관계를 독창적으로 펼칠 수 있어요. 하지만 그 어린 학생은 그런 것에 대해 아무것도 모르고 있어요! 그걸 모르는 한 그는 나무나 돌, 고작해야 짐승에 불과하죠. 하지만 인식의 첫 불꽃이 타오르면 그는 비로소 인간이 돼요. 직립 보행을 하고 새끼를 아홉 달 동안 배 속에 품고 있다고 해서 두 발로 걷는 길거리의 모든 존재가 인간이라고 여겨지지는 않죠? 그들 중 얼마나 많은 이들이 물고기나 양, 벌레, 거머리이고, 얼마나 많은 이들이 개미이고 꿀벌인지 알 수 있어요! 그들은 모두 인간이 될 가능성을 갖고 있지만, 그건 그들이 그 가능성을 예감하고 어느 정도는 스스로 노력하는 법을 배워야만 비로소 진정한 인간이 될 수 있는 거예요."

우리의 대화는 이런 식이었다. 그 대화는 나를 놀라게 하지도, 완전히 새로운 것을 깨닫게 하지도 않았다. 그러나 모든 대화, 심지어 극히 평범한 대화까지도 내 안의 같은 곳을 부드럽고 지속적으로 두드렸다. 모든 대화가 내 자아의 형성을 도와 허물을 벗은 다음 껍질을 깨뜨리고 나오도록 도와주었고, 그럴 때마다 나는 머리를 조금 더 위로, 조금 더 자유롭게 들어 올렸다. 나의 노란 새가 부서진 껍질에서 아름다운 머리를 치켜들 때까지.

우리는 서로의 꿈에 대해서도 자주 이야기를 나누었다. 피스토리우스는 꿈을 해석할 줄 알았다. 그중에 놀라운 예 하나가 기억 속에 남아 있다. 한번은 꿈속에서 나는 하늘을 날 수 있었다. 그러나 그건 탄력이 붙어서 허공에 나뒹구는 것일 뿐, 내가 조절할 수 있는 것은 아니었다. 날아오르는 느낌은 상쾌했지만 내 의지와는 상관없이 상당한 높이에 이르자 그 상쾌함이 두려움으로 변했다. 그 순간 나는 숨을 참거나 내쉬는 것을 통해 올라가고 내려가는 것을 조절할 수 있다는 사실을 깨닫고 안도했다.

피스토리우스는 그 꿈에 대해 이렇게 말했다. "당신을 날게 만든 도약은 우리 모두가 갖고 있는 인류의 큰 자산이에요. 그것은 모든 힘의 근원과 연결되어 있죠. 하지만 그 사실은 누구에게나 두려움을 갖게끔 해요! 아주 위험한 일이니까요! 그래서 사람들이 대부분 나는 것을 포기하고 법이 정한 대로 인도를 걷는 쪽을 선호하는 거예요. 하지만 당신은 그렇지 않아요. 용감한 젊은이라면 그렇듯이, 당신은 계속 날고 있어요. 그리고 그러다 보면 놀라운 걸 발견하게 되죠. 점점 나는 힘을 조절할 수 있게 되는 거죠. 하늘을 향해 당신을 내던져 주는 거대하고 보편적인 힘과 동시에 당신만의 섬세하고 작은 힘, 기관, 방향키를 얻게 되는 거예요. 정말 멋진 일이죠! 그것이 없는 사람들은, 예를 들어 미친 사람들은 자신의 의지와는 상관없이 허공을 떠돌게 돼요. 인도를 걷는 사람들보다 더 강한 직감이 주어졌지만, 그들은 그것을 조절할 수 있는 열쇠나 방향키가 없기 때문에 끝없는 나락으로 추락하게 되죠. 하지만 싱클레어, 당신은 잘 해내고 있어요! 어떻게? 아직 모르겠어요? 당신은 새로운 기관, 호흡을 조절하는 기관으로 그걸 해내고 있는 거예요. 자, 이제 당신의 영혼이 저 깊은 곳에선 '개인적'인 것이 아니라는 걸 알 수 있겠죠? 어쨌든 당신의 영혼이 이 기관을 발명한 건 아니니까요. 그건 새로운 게 아니에요! 당신은 그걸 빌려 온 거죠. 수천 년 전부터 존재했으니까요. 그건 물고기들이 균형을 잡을 때 사용하는 평형 기관, 부레 같은 거예요. 사실 오늘날에도 부레가 일종의 폐 역할을 하는 몇몇 특이하고 오래된 물고기들이 있어요. 그 물고기들은 경우에 따라 물에서 호흡할 수 있어요. 말하자면 당신이 꿈속에서 비행용 부레로 사용했던 폐랑 똑같은 거죠!"

그는 동물학 책 한 권을 가져와서 나에게 이 원시적 물고기의 이름과 그림을 보여주었다. 그리고 나는 내 안에 진화 시대의 기능이 여전히 존재한다는 사실에 묘한 전율을 느꼈다.

야곱
의
싸움

그 별난 음악가 피스토리우스로부터 아브락사스에 대해 알게 된 내용을 간단히 정리할 수는 없다. 그러나 그에게서 배운 가장 중요한 것은 나 자신에게로 가는 여정에서 한 걸음 앞으로 나아간 것이었다. 나는 당시 열여덟 살쯤 된 독특한 젊은이였다. 많은 면에서 조숙했지만 다른 면에서는 매우 뒤떨어지고 어설펐다. 이따금 내 또래 다른 사람들과 나 자신을 비교해 볼 때면 자부심을 느끼고 우쭐할 때도 있었지만, 또 그만큼 기가 죽고 침울할 때도 있었다. 나는 스스로가 천재로 느껴질 때도 많았고, 반미치광이로 느껴질 때도 많았다. 또래들과 어울려 즐거움을 나누는 것이 나에게는 불가능했고, 그들로부터 아무 희망 없이 멀리 떨어져 있어서 내게는 삶이 닫혀있는 것 같다는 자책과 근심으로 괴로웠다.

마찬가지로 완전히 괴짜였던 피스토리우스는 나에게 용기를 주며 자존감을 가르쳤다. 그는 내가 하는 말, 내 꿈과 생각과 상상에서 늘 가치 있는 것을 찾아내었고, 그것들을 진지하게 받아들이고 진중하게 논하는 것으로 나에게 모범을 보여주었다.

"당신은 음악이 도덕과 관련이 없어서 좋아한다고 말했던 적이 있었죠." 그가 말했다. "좋아요. 하지만 당신 스스로가 도덕주의자가 되어서는 안 돼요! 자신을 다른 사람들과 비교하지 말아요. 자연이 당신을 박쥐로 만들었다면 자신을 타조로 만들려고 해선 안 돼요. 당신은 가끔 자신이 다른 사람들 사이에서 소속감이 없다고 느끼고 대다수와는 다른 길을 걷는 것에 대해 자책하고 있죠? 그런 습관은 버려야 해요. 불을 보고 구름을 바라봐요. 그리고 생각이나 영감이 떠오르고 영혼 안에 있는 목소리가 말하기 시작하면 그것을 믿어요. 선생님이나 아버지나 어떤 신이 그걸 좋아할지에 대해 걱정하지 말아요! 그게 바로 사람을 망가뜨리는 거예요. 그러다 보면 그저 인도를 걸어 다니는 장삼이사가 되는 거예요. 그냥 화석 중 하나가 되는 거죠. 친애하는 싱클레어, 우리 신의 이름은 아브락사스예요. 그 신은 신인 동시에 악마이고, 밝은 세계와 어두운 세계를 둘 다 품고 있어요. 아브락사스는 당신의 그 어떤 생각이나 꿈에도 반대하지 않아요. 절대 그걸 잊지 말아요. 만약 당신이 흠잡을 데 없는 평범한 사람이 되면 오히려 그 신은 당신을 떠날 거예요. 당신을 떠나 자기 생각을 담아 요리할 줄 아는 새로운 그릇을 찾겠죠."

성(性)에 대한 어두운 꿈은 내 모든 꿈 중에 가장 꾸준히 등장하는 꿈이었다. 나는 여러 번 그 꿈을 꾸었다. 나는 옛날 집에 있는 새 문장을 지나 어머니를 포옹하려고 했지만, 어느새 어머니 대신 절반은 남자이며 절반은 여자인 커다란 여자를 끌어안고 있었다. 나는 그녀가 두려웠지만 동시에 그녀를 향한 강렬한 욕망에 사로잡혔다. 그러나 피스토리우스에게 이 꿈에 대해 절대 이야기할 수 없었다. 그에게 다른 것은 전부 이야기했지만, 이 꿈에 대해서만큼은 이야기하지 못했다. 이 꿈은 나의 사적인 공간, 비밀, 그리고 은신처였다.

나는 우울할 때마다 피스토리우스에게 북스테후데의 파사칼리아를 연주해 달라고 했다. 저녁 무렵 나는 어두운 교회에 앉아 그 특이하고 내면적이고 자아도취적인 음악에 빠져들었다. 그 음악은 마치 자신의 소리에 귀 기울이는 것만 같았고, 그것을 들을 때마다 나는 편안해지고 내면의 목소리를 따를 수 있었다.

우리는 이따금 오르간 연주 소리가 멈춘 후에도 한동안 교회에 앉아, 높고 뾰족한 아치형 창문들을 통해 희미한 빛이 비치다 서서히 사라지는 모습을 바라보았다.

"내가 한때 신학을 공부했고 목사가 될 뻔했다는 게 이상하죠?" 피스토리우스는 말했다. "하지만 그건 그냥 내가 형식상의 잘못을 저질렀던 것뿐이에요. 목사가 되는 건 내 소명이고 목적이에요. 난 단지 너무 쉬운 길을 선택하고 아브락사스를 알기 전에 나 자신을 여호와에게 바쳤을 뿐이에요. 아, 모든 종교는 아름다워요. 종교는 영혼이에요. 기독교의 성찬식에 참여하든, 메카를 향해 순례를 떠나든 상관없이 말이죠."

"그렇다면 당신은 결국 목사가 될 수도 있었겠군요." 나는 말했다.

"아니에요, 싱클레어. 그랬다면 난 거짓말을 해야만 했을 거예요. 우리 시대의 종교는 마치 종교가 아닌 것처럼 행해지고 있어요. 이성에 기반하는 것처럼 굴고 있죠. 필요하다면 가톨릭 신자는 될 수 있었을 거예요. 하지만 개신교 목사라? 절대 아니죠. 신앙심이 깊은 몇몇 사람들은 성경 말씀의 의미를 문자 그대로 받아들여요. 나도 그런 사람들을 알고 있어요. 난 그런 사람들에게 그리스도가 인간이 아니라 신화적인 영웅이고, 인류가 영원이라는 벽에 자신의 모습을 그려놓은 거대한 그림자상이라고 말할 수는 없어요. 그리고 교회에 와서 현명한 설교를 듣고 의무를 수행하고자 하는 사람들에게 뭐라고 말할 수 있겠어요? 그들을 전도해야 할까요? 난 전혀 그럴 생각이 없어요! 성직자는 전도하고 싶은 것이 아니라 자신처럼 믿음이 있는 사람들 사이에 살면서 우리 인간이 신을 만든 감정을 지니고 그걸 표현하는 사람이 되고 싶을 뿐이에요."

피스토리우스는 말을 멈췄다가 다시 이었다. "이봐요, 친구. 우리가 아브락사스라는 이름을 부여한 이 새로운 신앙은 멋진 거예요. 우리가 가진 것이 가장 좋은 것이죠. 하지만 아직은 시작 단계에 있어요. 아직 날개가 돋지 않았어요. 그래서 고독한 종교이고 아직 진실한 것이 못 돼요. 종교는 공동체를 이루고 예배, 열광, 축제와 비밀 종교의식 같은 것이 있어야 해요…"

그는 깊은 생각에 잠겼다.

"비밀 종교의식은 혼자서나 몇몇이 모여 소규모로도 할 수 있지 않을까요?" 나는 망설이며 물었다.

"가능해요." 그는 고개를 끄덕였다. "나도 이미 오래전부터 그렇게 하고 있어요. 하지만 내가 하는 종교의식들에 대해 만약 사람들이 알게 된다면 몇 년 동안 감옥에 가두어 둘 거예요. 물론 그게 올바른 게 아니라는 건 알고 있어요."

피스토리우스가 갑자기 내 어깨를 툭 치는 바람에 나는 움찔했다. "이봐요." 그가 절실하게 말했다. "당신에게도 비밀이 있잖아요. 나에게 말하지 않는 꿈을 꾸고 있다는 걸 알아요. 난 그게 뭔지 알고 싶지 않아요. 하지만 이 말만은 하고 싶어요. 그 꿈대로 살아요. 그 꿈들을 실천하고 그것을 위한 제단을 만들어요! 그게 이상적인 건 아니지만 하나의 길이니까요. 시간이 지나면 우리가, 당신과 나와 몇몇 다른 사람들이 세상을 새롭게 만들 수 있는지 알 수 있을 거예요. 하지만 우리는 스스로 매일매일 세상을 개혁해야 해요. 그렇지 않으면 아무것도 이루지 못할 거예요. 이걸 명심해요! 싱클레어, 당신은 열여덟 살이에요. 길거리의 매춘부들을 쫓아다니지는 않지만, 성적인 꿈을 꾸고 욕망이 있을 거예요. 그걸 두려워하고 있을 수도 있겠죠. 그러지 말아요! 그건 당신이 가지고 있는 최고 의 것들이에요! 내 말을 믿어요. 난 당신 나이였을 때 그런 꿈들을 제거해버렸고, 그 바람에 많은 걸 잃었어요. 당신은 그러지 말아요. 아브락사스에 대해 안다면 그래서는 안 돼요. 우리는 영혼이 소망하는 그 어떤 것도 두려워하거나 금지된 것으로 여겨서는 안 돼요."

나는 깜짝 놀라서 이에 반대했다. "하지만 생각나는 대로 모든 걸 다 할 수는 없어요! 누군가가 싫다고 해서 그 사람을 죽일 수는 없잖아요."

그는 내게 가까이 다가왔다.

"경우에 따라서는 그럴 수도 있어요. 하지만 대부분 그건 잘못된 거죠. 그리고 머릿속에 떠오르는 걸 전부 다 그대로 하라는 뜻은 아니에요. 다만, 그 생각들에 좋은 의도가 있다면, 그걸 억지로 몰아내거나 도덕적 잣대로 저울질해서 해치지는 말라는 거죠. 스스로나 타인을 십자가에 못 박는 대신, 생각의 잔에 담긴 와인을 마시면서 제물의 신비에 대해 생각할 수 있어요. 자신의 욕구와 유혹을 존중과 사랑으로 대할 수 있어요. 그런 행동들을 직접 행하지 않아도 말이에요. 그렇게 하면 그것들은 숨은 뜻을 드러내요. 그것들은 모두 의미가 있으니까요. 싱클레어, 언젠가 미친 짓이나 추잡한 짓을 하고 싶어지면, 예를 들어 누군가를 죽이고 싶다거나 다른 끔찍한 일을 하고 싶어지면 잠깐 멈춰요. 그리고 그것이 당신의 내면에서 작용하는 아브락사스라는 걸 생각해요! 당신이 죽이고 싶은 사람은 아무개 씨가 아니라 분명 그 아무개 씨의 위장일 뿐일 거예요. 우리가 누군가를 미워한다는 것은 사실 우리 자신 안에서 우리가 만들어낸 그 사람을 닮은 무언가를 미워하는 거예요. 우리 자신 안에 없는 건 우리를 자극하지 않는 법이죠."

피스토리우스가 했던 말 중 내 안에 있는 은밀한 비밀을 그렇게 깊이 파고든 것은 없었다. 나는 대답을 할 수 없었다. 하지만 가장 강하고도 이상하게 내 마음을 건드린 것은 그의 이런 격려가 내가 수년 동안 마음속에 지니고 다닌 데미안의 말과 일치한다는 사실이었다. 둘은 서로의 존재를 전혀 몰랐지만 나에게 같은 말을 했다.

"우리가 보는 것들은," 피스토리우스가 부드럽게 말했다. "우리 안에 있는 것과 같은 것들이에요. 우리 안에 있는 현실 말고 다른 현실은 존재하지 않죠. 그렇기 때문에 대부분이 그토록 비현실적으로 사는 거예요. 그들은 외부의 형상들을 현실이라고 여기고, 내면에 있는 본래의 세계는 말할 기회를 주지 않아요. 그렇게 살아도 행복할 수는 있겠지만 또 다른 길이 있다는 사실을 알게 되면, 대부분이 택하는 길로 갈 수 없게 돼요. 대다수가 가는 길은 쉬운 길이에요, 싱클레어. 우리가 가는 길은 어려운 길이죠. 우린 그 길을 가려고 노력하고 있는 거예요."

며칠 후, 나는 그를 두 번이나 기다려도 만나지 못하다가 늦은 저녁에 거리에서 그와 마주쳤다. 그는 술에 취해 비틀거리며 차가운 밤바람에 밀려온 것처럼 혼자 외롭게 길모퉁이를 돌아 나왔다. 나는 그를 부르고 싶지 않았고, 그는 나를 못 본 채 지나쳤다. 나는 마치 미지의 곳에서 들려오는 어두운 부름을 좇아가듯이 이글거리는 고독한 눈으로 앞을 뚫어지게 응시했다. 나는 그를 따라갔다. 그는 눈에 보이지 않는 줄에 연결된 것처럼 광적이면서도 흐느적거리는 걸음걸이로 유령처럼 움직였다. 나는 슬픔에 잠겨 집으로, 나의 이루지 못한 꿈으로 돌아왔다.

'저런 식으로 자신 안의 세계를 새롭게 바꾸는군!' 나는 생각했다. 그리고 동시에 이런 생각이 저급하고 도덕적인 판단임을 깨달았다. 내가 그의 꿈에 대해 무엇을 알겠는가? 어쩌면 술에 취한 그는 두려움에 떠는 나보다 더 확실한 길을 걷고 있는지도 모른다.

학교에서 쉬는 시간에 그동안 한 번도 주목하지 않던 학우가 내 주변을 서성대는 것을 알게 되었다. 숱이 적은 붉은 빛이 도는 금발 머리의 그는 키가 작고 마르고 허약해 보이는 청년이었다. 그의 행동이나 눈빛에는 무언가 특이한 점이 있었다. 어느 날 저녁 기숙사로 걸어가는데 그가 길에서 서성대며 나를 기다리고 있었다. 그는 내가 지나쳐가도록 기다리더니 나를 좇아와 우리 기숙사 현관 앞에 멈춰 섰다.

"뭐 볼 일이라도 있어?" 나는 물었다.

"그냥 너랑 이야기하고 싶어." 그가 수줍게 말했다. "나랑 함께 조금 걸으면 어떨까."

나는 그를 따라가며 그가 몹시 흥분했고 기대감으로 차 있다는 것을 느낄 수 있었다. 그의 손이 떨렸다.

갑자기 그가 물었다. "너 심령론자야?"

"아냐, 크나우어." 나는 웃으며 말했다. "전혀. 왜 그렇게 생각했어?"

"그럼 접신론자야?"

"그것도 아냐."

"그렇게 감추지 말고! 넌 뭔가 다르다는 게 분명히 느껴져. 네 눈을 보면 알 수 있어. 넌 분명 정령들과 교류하고 있을 거야… 그냥 호기심에서 묻는 게 아냐, 싱클레어. 아니고말고! 나도 탐구자거든. 그리고 너무 외로워."

"그럼 나에게 털어놔 봐!" 나는 그에게 용기를 주었다. "나는 정령들에 대해선 아는 게 없어. 난 그냥 내 꿈속에서 살고 있는 것뿐인데, 네가 그걸 느꼈나 봐. 다른 사람들도 꿈속에서 살긴 하지만 자기 자신의 꿈속에서 살진 않거든. 그게 다른 점이야."

"그래, 네 말이 맞아," 그는 속삭였다. "문제는 어떤 꿈속에서 사느냐는 거지… 너 백주술(白呪術)에 대해서 들어본 적 있어?"

나는 한 번도 그런 말을 들어본 적이 없었다.

"그건 스스로를 다스리는 법을 가르쳐 줘. 불멸의 존재가 되고 마법도 부릴 수가 있지. 넌 그런 훈련을 해 본 적이 없어?" 그가 말했다.

내가 그 훈련에 대해 호기심이 생겨 다시 물어보자 그는 처음에는 큰 비밀이라도 되는 듯이 굴다가, 내가 기숙사에 들어가려고 하자 그제야 털어놓았다. "예를 들어, 나는 자고 싶거나 무언가에 집중하고 싶을 때 그 훈련을 해. 단어나 이름, 아니면 기하학 도형 같은 걸 생각한 다음, 온 힘을 다해 그걸 내 안으로 밀어 넣는 생각을 하는 거야. 그게 내 안에 정말로 있다고 느껴질 때까지 머릿속에서 그걸 생각하지. 그런 다음 그걸 목구멍 밑으로 끌어내려. 그렇게 계속 내가 완전히 채워질 때까지 하는 거야. 그러면 난 아주 단단해져서 무슨 일이 일어나도 끄떡없어."

나는 그가 무슨 말을 하는지 어느 정도 알 것 같았다. 하지만 여전히 그가 다른 할 말이 있다는 것을 느낄 수 있었다. 그는 묘하게 흥분된 상태였고 조급하게 굴었다. 나는 그가 마음을 편히 가질 수 있도록 도와주려고 했다. 그러자 그는 원래 하고 싶었던 말을 털어놓았다.

"너도 금욕을 하지?" 그는 주저하며 물었다.

"무슨 뜻이야? 그러니까 성적인 것 말이야?"

"그래, 그거 말이야. 난 그 가르침에 대해 알게 된 후로 2년 동안 금욕을 하고 있어. 그 전엔 방탕하게 살았지. 무슨 말인지 알겠지? 넌 아직 여자랑 자본 적 없어?"

"없어." 나는 말했다. "맞는 여자를 못 찾았거든."

"하지만 네 맘에 꼭 맞는 사람을 찾는다면 같이 잘 거야?"

"그야 물론이지, 여자가 반대하지만 않는다면 말이야." 나는 약간 조롱하는 어투로 말했다.

"오, 그렇다면 그건 잘못된 길이야! 내면의 힘을 기를 수 있는 유일한 방법은 철저하게 금욕 생활을 하는 거야. 난 2년 동안 그렇게 지내 왔어. 2년 하고 한 달 조금 넘게! 정말 힘든 일이야! 가끔은 더 이상 못 참을 것 같다는 생각이 들어."

"이봐, 크나우어. 난 금욕이 그렇게 엄청나게 중요한 것 같진 않아."

"알아." 그가 내 말을 가로막았다. "다들 그렇게 말해. 하지만 너마저 그렇게 말할 줄은 몰랐어! 고차원적이고 이성적인 길을 가려는 사람은 무조건 순수해야 해!"

"그래, 그럼 그렇게 해! 하지만 난 자신의 성적 욕구를 억제하는 사람이 다른 사람들보다 '더 순수하다'는 걸 이해할 수 없어. 넌 네 모든 생각과 꿈에서 성적인 것을 몰아낼 수 있어?"

그는 절망적인 표정으로 나를 바라보았다.

"아니, 못해! 맙소사. 하지만 그렇게 해야 해. 난 밤이면 나 자신에게도 말할 수 없는 꿈들을 꿔! 끔찍한 꿈이지!"

나는 피스토리우스가 나에게 했던 말이 생각났다. 그러나 그 말이 아무리 옳다고 해도 그것을 다른 사람에게 말할 수는 없었다. 내 경험에서 나오지 않은 것, 나 자신도 실천할 수 없다고 느끼는 조언을 할 수는 없었다. 나는 침묵했고 자존심이 상했다. 누군가 나에게 조언을 구했는데 나는 충고를 해 줄 수가 없었다.

"난 할 수 있는 건 다 해봤어!" 크나우어는 내 옆에 서서 한탄했다. "전부 다 해봤어. 찬물, 눈(雪), 운동, 달리기. 하지만 아무것도 도움이 안 돼. 매일 밤 다시 떠올리기도 싫은 꿈을 꾸다가 깨어나. 끔찍한 건 그동안 이성적으로 배운 걸 전부 잊고 있다는 거야. 더 이상 집중도 안 되고 잠도 안 와. 가끔은 밤새 깨어 있기도 해. 이대로는 못 견디겠어. 하지만 내가 결국 이 싸움을 감당하지 못하게 돼서 포기하고 나 자신을 더럽히게 되면, 아예 싸워보지도 않았던 사람들보다 더 나쁜 사람이 되겠지. 무슨 말인지 이해하지?"

나는 고개를 끄덕였지만 대꾸할 말이 없었다. 사실은 지루하다는 생각이 들기 시작했다. 그의 고통과 절망에 대해 더 이상 공감하지 못하는 나 자신에 대해 놀라기는 했지만, 나는 너를 도와줄 수 없어, 오직 이런 생각만 들었다.

"그럼 넌 아무것도 해 줄 말이 없다는 거야?" 마침내 그는 지치고 암담한 표정으로 말했다. "아무것도? 분명 무슨 방법이 있을 거야! 넌 어떻게 하고 있어?"

"너한테 해 줄 말이 아무것도 없어, 크나우어. 이런 일은 서로 도울 수가 없어. 나도 아무에게도 도움을 받지 못했어.

그냥 너 스스로에 대해 돌아보고 네 본성에서 우러나오는 대로 하는 수밖에 없어. 다른 방법은 없어. 너 자신을 찾지 못하면 내가 보기엔 그 어떤 정령도 찾지 못할 거야."

그 키 작은 녀석은 낙담해서 갑자기 입을 다물고 나를 바라보았다. 그러더니 갑자기 악의로 가득 찬 눈빛을 이글거리며 얼굴을 찌푸리고 분노하며 외쳤다. "그래, 거룩한 성자 나셨군! 너라고 지저분한 짓 안 하겠어, 난 다 알고 있어! 넌 똑똑한 척하면서 나랑 다른 사람들이랑 똑같은 오물 속에서 몰래 뒹굴고 있어! 너는 돼지야. 나랑 똑같은 돼지라고. 우린 전부 돼지야!"

나는 그를 그곳에 두고 자리를 떠났다. 그는 나를 두세 걸음 따라오더니 걸음을 멈추고 몸을 돌려 달려가 버렸다. 연민과 혐오감이 뒤섞여 구역질이 났다. 기숙사에 돌아와 내 작은 방에서 그림 몇 장을 주위에 세워 놓고 간절하게 내 꿈에 몰입할 때까지 이런 감정을 떨쳐내려 노력했다. 내 꿈은 곧바로 나타났다. 집의 현관문과 문장, 어머니와 낯선 여인. 그 여인의 얼굴이 또렷하게 보여서 그날 밤 나는 그녀의 얼굴을 그리기 시작했다.

며칠이 마치 꿈속에서 흐른 15분처럼 흘러, 몽롱하고 무의식적인 상태에서 그림이 완성되었을 때 나는 그것을 벽에 걸어놓고 그 앞에 등불을 켰다. 그리고 마치 결판이 날 때까지 맞서 싸워야만 하는 정령이라도 된 것처럼 그림 앞에 섰다.

그것은 예전에 그린 얼굴과 비슷했고, 내 친구 데미안의 모습과도 비슷했으며, 일부는 나 자신과도 닮은 모습이었다. 한쪽 눈이 반대쪽과 비교해 눈에 띄게 높이 있었다. 운명으로 점철된 아득한 눈길은 나를 넘어 어딘가를 응시하고 있었다.

나는 그 앞에 서서 내적인 긴장감이 가슴속까지 차가워지는 느낌이 들었다. 나는 그림에게 질문하고 그림을 원망하고 그림을 쓰다듬고 그림에게 기도했다. 나는 그림을 어머니라 부르고 연인이라 부르고 창녀와 매춘부라고 부르고 아브락사스라고 불렀다. 어느 순간 피스토리우스의 ─ 아니면 데미안이었던가? ─ 말이 떠올랐다. 언제 그 말을 들었던 것인지는 기억나지 않았지만 처음 듣는 것은 아닌 것 같았다. 야곱이 하느님의 천사와 싸울 때 했던 말이었다. "나를 축복해주지 않으면 너를 보내지 않겠다."

등불에 비친 그림 속 얼굴은 이름을 부를 때마다 모습이 달라졌다. 그것은 밝고 빛이 나다가 다시 검고 어두워졌다. 생기 없는 눈 위로 창백한 눈꺼풀을 감았다가, 다시 눈을 떠서 빛나는 눈길로 바라보기도 했다. 그것은 여자이자 남자이고, 소녀이고 어린아이이고 짐승이었으며, 작은 얼룩처럼 흐릿했다가 다시 크고 뚜렷해졌다. 나는 내면의 목소리를 좇아 두 눈을 감고 마음속으로 그림을 보았다. 그림이 더 힘차고 강해 보였다. 그림 앞에 무릎을 꿇고 싶었지만, 그림은 내 마음속 깊이 들어와 내게서 떨어지지 않았다. 마치 그것이 순수하게 나 자신이 된 것 같았다.

그때 봄날의 폭풍처럼 어둡고 강한 바람 소리가 들려왔다. 나는 말로 표현할 수 없는 두려움과 새로운 체험에 대한 기대감에 몸을 떨었다. 별들이 내 앞에서 빛나다가 꺼지고, 까맣게 잊고 있던 어린 시절까지, 아니 존재 이전의 시기, 생성의 첫 단계에까지 이르는 기억들이 물밀듯이 나를 스쳐 지나갔다. 내 삶 전체를 반복하는 것처럼 보이는 이 기억들은 어제나 오늘에서 멈추지 않고 미래를 보여주었고, 나를 오늘에서 떼어내 새로운 삶의 형식으로 이끌었다. 그 모습들은 밝고 눈부셨지만, 나중에는 아무것도 정확히 기억나지 않았다.

나는 그날 밤 옷을 입고 침대에 가로로 누워있다가 깊은 잠에서 깨어났다. 불을 켜고 뭔가 중요한 것을 해야 한다는 것을 기억해냈다. 그러나 지난 몇 시간 동안 무슨 일이 있었는지 전혀 기억나지 않았다. 불을 켜자 서서히 기억이 돌아왔다. 나는 그림이 어디 있는지 찾아보았지만, 그것은 벽에도, 책상 위에도 없었다. 그러다가 내가 그것을 불에 태운 기억이 어렴풋이 떠올랐다. 그림을 손바닥에 놓고 태우고 그 재를 먹었던 것은 꿈이었을까?

나는 극심한 불안감에 휩싸여 방에서 나섰다. 모자를 쓰고 서둘러 집에서 나와 마치 누군가에게 쫓기듯 길거리를 이리저리 헤매면서 광장들을 가로질렀다. 내 친구의 컴컴한 교회 앞에 서서 귀를 기울였고, 어두운 충동에 휩싸여 무엇을 찾는지도 모른 채 찾고 또 찾았다. 사창가가 있는 변두리도 지나갔다. 그곳에는 불이 군데군데 켜져 있었다. 더 멀리 교외로 벗어나자 새로 짓는 집들과 잿빛 눈으로 뒤덮인 벽돌 더미가 보였다. 내가 아닌 외부의 무엇인가로 인해 떠밀려 마치 몽유병 환자처럼 그 황량한 곳을 배회하다가, 고향 도시 외곽에 있는 건축 현장에서 나를 괴롭히던 크로머가 우리의 첫 번째 거래를 위해 문틈 안으로 나를 잡아끌었던 기억이 났다. 내 앞에 그것과 비슷한 건물이 서 있었고, 어두컴컴한 문이 구멍을 쩍 벌리고 있었다. 그 구멍은 나를 안으로 잡아 끌었다. 그곳에서 달아나고 싶었지만, 모래와 돌 더미에 발이 걸려 비틀거렸다. 하지만 안으로 잡아끄는 힘이 너무 강했다. 나는 그 안으로 들어갈 수밖에 없었다.

나는 널빤지와 깨진 벽돌을 넘어 황량한 공간으로 들어섰다. 축축한 습기와 돌 냄새가 코를 찔렀다. 모래 더미가 뿌연 잿빛 얼룩처럼 있었고, 그 밖에는 어둠뿐이었다.

그때 놀란 목소리가 나를 불렀다. "맙소사, 싱클레어. 대체 어떻게 된 거야?"

어둠 속에서 누군가 내 옆에 와서 섰다. 마치 유령처럼 키가 작고 야윈 녀석이었다. 머리가 쭈뼛 섰지만, 동급생 크나우어라는 걸 알아볼 수 있었다.

"여긴 대체 왜 왔어?" 그는 몹시 흥분해서 물었다. "날 어떻게 찾은 거야?"

나는 무슨 소린지 알 수 없었다.

"널 찾던 게 아니야." 나는 멍해져서 말했다. 한 마디 한 마디가 죽은 듯이 얼어붙은 무거운 입술 사이로 힘겹게 흘러나왔다.

크나우어는 나를 빤히 바라보았다.

"날 찾고 있던 게 아니라고?"

"그래. 무언가에 이끌려서 여기 왔어. 네가 날 부른 거야? 네가 날 부른 게 틀림없어. 여기서 대체 뭘 하는 거야? 이런 밤중에!"

그는 마른 두 팔을 뻗어 다급하게 나를 끌어안았다.

"그래, 밤이야. 곧 아침이 오겠지. 오, 싱클레어. 넌 날 잊지 않았어! 날 용서해 줄 수 있어?"

"뭘 용서하란 말이야?"

"내가 너무 끔찍하게 굴었잖아!"

그제야 나는 우리가 나눴던 대화가 기억났다. 4~5일 전이었던가? 그 후로 한평생이 지난 듯했다. 그 순간 나는 모든 것을 깨달았다. 우리 사이에 있었던 일뿐만 아니라, 내가 왜 이곳에 왔고 크나우어가 여기서 무엇을 하려고 했는지도.

"크나우어, 너 죽을 생각이었지?"

그는 추위와 두려움에 몸을 떨었다.

"그래, 그러고 싶었어. 그런데 해낼 수 있었을지 모르겠어. 해가 뜰 때까지 기다릴 생각이었어."

나는 그를 밖으로 끌고 나왔다. 이루 말할 수 없이 차갑고 무심한 최초의 빛줄기가 잿빛의 공기를 가르며 빛났다.

나는 그의 팔을 잡고 한참을 걸었다. 그리고 이런 말이 입에서 나왔다. "이제 그만 집으로 가. 그리고 아무한테도 이 얘기를 하지 마! 넌 잘못된 길을 간 거야, 잘못된 길을! 그리고 우린 네가 말한 것처럼 돼지가 아니야. 우린 인간이야. 우리는 신들을 만들고 그들과 싸우고 있어. 그리고 신들은 우리를 축복해줘."

우리는 말없이 걷다가 헤어졌다. 집에 왔을 때는 이미 날이 밝은 뒤였다.

내가 성 ○○시에서 지내는 동안 가장 좋았던 것은 피스토리우스와 함께 오르간 연주를 듣거나 벽난로 앞에서 보낸 시간이었다. 우리는 아브락사스에 대한 그리스어 서적을 함께 읽었다. 피스토리우스는 베다 경전의 번역본 몇 구절을 나에게 읽어주었고, 신성한 옴(Om)을 발음하는 것도 가르쳐주었다. 그러나 이런 학문적인 지식이 내 영혼에 힘을 실어주었던 것이 아니었다. 오히려 그 반대였다. 내게 도움이 되었던 것은 내가 나의 내면을 향해 나아가고 있다는 것, 내 꿈과 생각과 예감을 더욱 신뢰하게 된 것, 그리고 내 안에 품고 있는 힘에 대해 더욱 잘 알게 된 것이었다.

피스토리우스와 나는 모든 면에서 서로를 이해했다. 그에 대해 집중해서 생각하기만 하면, 그가 직접 오거나 그에게서 연락이 왔다. 데미안과 마찬가지로 그가 없을 때도 나는 그에게 질문할 수 있었다. 그의 모습을 머릿속에서 떠올리고 집중해서 질문하면, 그 질문에 쏟아부은 영혼의 힘이 대답이 되어 내게 돌아왔다. 다만 내가 머릿속에 떠올렸던 것은 피스토리우스도, 막스 데미안도 아니었다. 나는 내가 그리고 꿈꿔온 형상, 남자인 동시에 여자인 내 꿈속 악령의 형상을 불러냈다. 그것은 이제 살아 있었다. 더 이상 내 꿈속이나 종이의 그림으로만 있는 것이 아니라 나 자신의 승화된 모습으로 내 안에 살아 있었다.

자살에 실패한 크나우어가 나를 대하는 태도는 묘하고 가끔은 우습기도 했다. 내가 그를 구한 그날 밤 이후, 그는 마치 충성스러운 하인이나 개처럼 내게 매달려 나를 맹목적으로 따라다니고 자신의 삶과 내 삶을 연결하려고 했다. 그는 내게 온갖 이상한 질문과 요구를 했다. 정령을 보고 싶다거나 카발라(중세 유대교의 신비주의. 신을 신앙의 대상이 아닌 인식의 대상으로 보고, 신에게 직접 다가가고 창조의 의미, 창조자와 피조물의 영적 관계성을 이해하고자 했던 학문적 성향을 지님. ─ 옮긴이 주)를 배우고 싶어 했다. 나는 그런 것에 대해 전혀 모른다고 했지만, 그는 나를 믿지 않았다. 그는 내게 온갖 능력이 있다고 믿었다. 그러나 이상하게도 기이하고 어리석은 질문을 안고 나에게 찾아올 때마다 나 역시 해결해야 하는 의문들이 있었다. 그리고 그의 종잡을 수 없는 발상과 관심들이 내게 해결의 원동력이 되곤 했다. 나는 때로 그가 부담스러워서 거만한 태도로 쫓아버렸지만, 그가 무엇인가로 인해 나에게 보내졌다는 것을 느꼈다. 내가 그에게 준 것이 두 배가 되어 내게로 돌아왔다. 그도 내 안내자이자 길 그 자체였다. 그가 내게 가져오는 이상한 책들과 문헌들은 그를 치유해 주었고, 내가 당시 느꼈던 것 이상으로 나에게도 가르침을 주었다.

이 크나우어는 나중에 내가 느끼지도 못하는 사이에 내 길에서 사라져버렸다. 그와는 논쟁할 필요가 없었다. 피스토리우스와는 달랐다. 성 ○○시에서의 학창 시절이 끝나갈 무렵 나는 그 친구와 다시 한번 이상한 것을 체험했다.

악하지 않은 사람들도 살면서 한두 번 정도는 경건함이나 고마움 같은 아름다운 미덕과 갈등을 겪게 된다. 누구나 한 번은 아버지와 선생님들에게서 멀어지는 발걸음을 내디뎌야 한다. 그때 우리는 고독이라는 가혹함을 맛보지 않을 수 없다. 물론 대부분은 그것을 오래 견디지 못하고 다시 숨을 곳을 찾아 기어든다.

나는 부모님과 나의 평온했던 어린 시절의 '밝은' 세계와 격렬하게 싸우며 결별한 것이 아니었다. 나는 서서히, 거의 눈에 띄지 않게 그것으로부터 멀어졌고 점점 더 그것이 낯설어졌다. 나는 그것이 유감스러웠고 집에 방문할 때면 종종 힘든 시간을 겪곤 했다. 그러나 그 감정은 가슴속 깊은 곳까지 파고들지는 않았고 그럭저럭 견딜 만했다.

그러나 우리 내면의 주도적인 흐름이 진심으로 사랑했던 대상이나 사람으로부터 멀어지려고 한다는 것을 깨닫게 되면 괴롭고 가혹하다. 특히 그것이 무의식적 관행이 아니라 내면에서 우러난 충동에 의해 깊은 사랑과 존경심을 바쳤던 대상이나 더없는 진심으로 제자이자 친구로 여겼던 대상이라면 더욱 그렇다. 만약 그런 순간이 찾아오면 친구나 스승을 거부하는 모든 생각이 우리의 심장을 똑바로 겨누고 있는 독침이 된다. 그리고 그 독침의 일격이 모조리 자신의 얼굴로 되돌아온다. 그러면 스스로 보편타당한 윤리관을 지녔다고 믿는 사람들에게 '배신'과 '배은망덕' 같은 말들이 수치스러운 외침이나 낙인처럼 떠오른다. 또, 놀란 가슴은 두려움에 가득 차 어린 시절 미덕이 깃든 사랑의 골짜기로 도망가고 싶어한다. 그리고 언젠가는 그렇게 관계가 결렬되어야 하고, 유대가 끊겨야 한다는 것을 쉽사리 믿지 못한다.

시간이 지나면서 서서히 내 안에서 내 친구 피스토리우스에 대한 생각도 바뀌었다. 그가 모든 일에 있어 나의 안내자라는 생각에 반기를 드는 감정이 생겨난 것이다. 그와의 우정, 그의 조언, 위로, 친밀함이 내 청소년기의 가장 중요한 몇 달을 채워주었다. 하느님은 그를 통해 나에게 말을 전했다. 내 꿈은 그의 입을 통해 나에게 전달되었고 명확해졌으며 해석되었다. 그는 나 자신에 대한 믿음을 갖게 해주었다. 그런데 이제 나는 서서히 그를 향한 반감이 커가는 것을 느꼈다.

그는 나에게 너무 많은 것을 가르치려 들었고, 그가 나의 일부만을 완전히 이해한다는 느낌이 들었다.

우리 사이에 싸움이나 불쾌한 언쟁은 없었다. 따로 결별하거나 관계를 청산하는 것도 없었다. 나는 다만 그에게 아무 악의 없는 한마디만을 했을 뿐이다. 그러나 그것은 우리 사이의 환상이 산산이 부서져 형형색색의 유리 조각들로 부서진 순간이었다.

나는 꽤 오랫동안 막연한 예감으로 인해 가슴이 답답했다. 그리고 어느 일요일 그의 낡은 서재에서 그것이 뚜렷한 감정으로 발전하였다. 우리는 벽난로 앞에 누워있었고, 그는 자신이 연구하고 갈망해온 종교의식과 종교 형태에 대해 이야기했다. 그는 그것들의 미래에 대해 깊이 생각해왔다. 그러나 나에게는 그 모든 것이 삶의 중요한 요소라기보다는 호기심을 자극하고 흥미를 끄는 것에 불과했다. 그의 말은 내게 현학적으로 들렸고, 옛날 세계의 폐허들을 힘들게 파헤쳐내는 것 정도로만 들렸다. 그래서 갑자기 그 모든 것에 대해 반감이 느껴졌다. 신비주의에 대한 이런 숭배, 과거로부터 전래된 신앙 형태들을 모자이크처럼 짜 맞추는 놀이에 대해.

"피스토리우스," 내가 불쑥 말했다. 나조차도 놀랄 만큼 악의에 찬 말투였다. "다시 당신의 꿈 이야기나 해줘요. 밤에 꾸는 진짜 꿈 말이에요. 지금 당신이 말하고 있는 건, 뭐랄까, 너무 고리타분해요!"

그는 한 번도 내가 그런 식으로 말하는 것을 들은 적이 없었다. 그리고 내가 그의 심장을 향해 날린 화살이 사실은 그의 무기고에서 나왔다는 것임을 번개처럼 깨달은 순간 나는 수치심과 두려움을 느꼈다. 그가 가끔 반어적으로 자책하던 말을 내가 더욱 뾰족한 형태로 다듬어 그에게 악의적으로 쏘아붙인 것이다.

그는 순간적으로 그 사실을 알아채고 조용해졌다. 나는 두려운 마음으로 그를 바라보았고, 그의 얼굴이 몹시 창백해지는 것을 보았다.

무거운 침묵이 흐른 후, 그가 새 장작을 불에 올려놓으며 조용히 말했다. "당신 말이 맞아요, 싱클레어. 당신은 영리한 친구요. 이제 그런 고리타분한 이야기로 귀찮게 하지 않겠소."

그는 매우 차분하게 말했지만 나는 그의 말에서 상처받은 고통을 들을 수 있었다. 내가 대체 무슨 짓을 한 건가!

눈물이 나올 것만 같았다. 진심으로 그에게 다가가 용서를 구하고 내 사랑과 고마움을 전하고 싶었다. 감동적인 말들이 떠올랐다. 그러나 그 말은 할 수가 없었다. 나는 그곳에 누워서 불길을 바라보며 아무 말도 하지 않았다. 그도 침묵했다. 우리는 그렇게 누워있었고, 꺼져가는 불길과 함께, 다시는 돌아오지 않을 진실한 아름다움이 사라져 가는 것을 느꼈다.

"내 말을 오해한 건 아닐지 걱정돼요." 나는 중압감을 이기지 못해 메마르고 쉰 목소리로 마침내 말했다. 마치 신문에 연재된 소설을 낭독할 때처럼 멍청하고 의미 없는 말이 입술에서 기계적으로 흘러나왔다.

"난 당신 말을 정확하게 이해했어요." 피스토리우스는 나직이 말했다. "당신이 옳아요." 그는 잠시 뜸을 들이더니 천천히 말을 이었다. "한 사람이 다른 사람과 맞서 정당할 수 있는 경우에 한해서 말이에요."

아니, 아니에요! 내 내면의 목소리가 외쳤다. 내가 틀렸어요! 그러나 나는 아무 말도 할 수 없었다. 그 사소한 한마디 말로 그의 본질적인 약점, 그의 고민과 상처를 건드렸다는 것을 알 수 있었다. 자신을 믿지 못하는 그 지점을 내가 건드린 것이다. 그의 이상은 '고리타분'했고, 그는 과거를 탐색하는 사람이자 낭만주의자였다. 피스토리우스는 그가 내게 했던 역할이나 나에게 주었던 것을 정작 스스로에게는 하거나 줄 수 없었던 것임을 나는 뼈저리게 깨달았다. 그는 인도자인 자신마저 버리지 않으면 안 되는 길로 나를 인도했던 것이다.

어떻게 내 입에서 그런 말이 나올 수 있는지 누가 알겠는가! 나는 일부러 모질게 말한 것이 아니었고, 내 발언이 그토록 불행한 결말에 이르게 할 줄은 전혀 몰랐다. 나는 말하면서도 전혀 이해할 수 없는 말을 내뱉었다. 순간적으로 조금 심술궂게 굴었을 뿐이었다. 그러나 그것은 운명이 되고 말았다. 내 부주의한 잔인함이 그에게는 심판이 되었다.

아, 차라리 그가 나에게 화를 내고 자신을 변호하기를, 내게 고함치기를 얼마나 바랐던가! 그러나 그는 그렇게 하지 않았다. 나는 마음속에서 그 모든 것을 스스로 해야 했다. 그는 할 수만 있었다면 미소를 지었을 것이다. 그가 미소를 짓지 못하는 것을 보며, 내가 얼마나 그에게 큰 상처를 주었는지 알 수 있었다.

피스토리우스는 아무 말도 하지 않음으로써, 내가 옳다고 받아들임으로써, 건방지고 고마움을 모르는 제자의 일격을 묵묵히 받아들였다. 그리고 나로 하여금 나 자신을 증오하게 했고, 내 무분별함을 수천 배 더 크게 만들었다. 그를 공격했을 때 나는 상대가 튼튼하고 강하다고 생각했다. 그러나 사실 그는 나약하고 조용하며 괴로운 사람일 뿐이었다. 침묵으로 모든 것에 항복하는 사람이었던 것이다.

우리는 꺼져가는 불길 앞에서 오랫동안 머물러 있었다. 그 불길 속에서 불꽃이 빛나는 모습 하나하나, 타들어가는 장작의 재 하나하나가 행복하고 아름다우며 풍요로웠던 시간을 기억하게 했고, 내가 피스토리우스에게 빚진 것을 점점 더 크게 쌓아 올렸다. 마침내 나는 더 견딜 수 없게 되었다. 나는 일어나서 그곳을 떠났다. 오랫동안 그의 문 앞 어두운 계단에서 머물렀고, 그가 혹시 뒤쫓아 오지 않을까 기대하며 집 밖에서 기다렸다. 그러고 나서 걸음을 옮겨 저녁이 될 때까지 시내와 교외, 공원과 숲을 몇 시간 동안 돌아다녔다. 나는 그때 처음으로 내 이마에 카인의 표식이 있음을 느꼈다.

그제야 나는 무슨 일이 있었는지 깊이 생각해볼 수 있게 되었다. 내 모든 생각은 나 자신을 비난하고 피스토리우스를 방어하려고 했지만, 결과는 모조리 정반대로 끝났다. 나는 수천 번이라도 내 성급한 발언에 대해 반성하고 전부 취소할 각오가 되어있었다. 그러나 사실 내가 했던 말은 전부 사실이었다. 이제야 비로소 나는 피스토리우스를 완전히 이해하고, 그의 모든 꿈을 눈앞에서 맞춰볼 수 있었다. 그의 꿈은 사제가 되어 새로운 종교를 선포하고 새로운 형식의 찬양, 사랑, 숭배를 정립하고, 새로운 상징을 구축해 내는 것이었다. 그러나 그것은 그의 능력도 아니었고, 그럴 직분도 없었다. 그는 과거의 것에 지나치게 안주했고, 지난 것에 대해 너무 많이 알고 있었다. 이집트, 인도, 미트라스 신과 아브락사스에 대해 너무 많이 알고 있었다. 그의 사랑은 이미 세상이 목격한 모습에 묶여 있었다. 그러나 그는 새로운 세상이 다르고 새로워야 한다는 사실을, 박물관이나 도서관에서 만들어지는 것이 아니라 새로운 땅에서 샘솟아야 한다는 사실을 마음속 깊이 알고 있었다. 어쩌면 그의 진정한 직분은 내게 그렇게 해 주었듯이 사람들로 하여금 자기 자신에게 이르도록 도와주는 것이었는지도 모른다. 그들에게 완전히 새로운 것, 새로운 신을 제시하는 것은 그의 직분이 아니었다.

그날의 일로 인해 누구에게나 '직분'이 있지만, 그 누구도 자신의 직분을 스스로 선택하고 규정하거나 임의로 수행할 수 없다는 깨달음이 내 안에서 맹렬한 불꽃처럼 타올랐다. 새로운 신을 원하는 것은 잘못된 것이었다. 세계에 무언가를 주고자 한다는 것은 완전히 잘못된 일이었다! 깨달음을 얻은 인간에게는 단 한 가지 의무만 있었다. 즉, 자기 자신을 찾고 내면을 확고하게 다지고, 결국 어디로 향하든 자신만의 길을 더듬어 앞으로 나아가는 것, 그것 외에는 그 어떤 의무도 결코 없었다. 이 깨달음은 나를 깊이 뒤흔들었다. 그리고 이 경험에서 내가 얻은 것은 바로 이것이었다. 나는 자주 내 미래의 모습들을 상상해 보았고, 내가 언젠가 부여받을지 모를 역할들, 예를 들어 시인이나 예언가, 화가 같은 역할들을 생각해보았다. 그러한 소명 이외의 모든 것들은 아무런 의미가 없었다. 나는 글을 쓰거나 설교를 하거나 그림을 그리기 위해 존재하는 것이 아니었다. 그것은 나뿐만 아니라 그 누구도 마찬가지였다. 그런 것들은 전부 부수적인 일이었다. 우리 각자에게 주어진 소명은 진정한 자신에게 도달하는 것뿐이다. 마지막에 시인이나 광인, 예언자나 범죄자가 되어 있을 수도 있다. 이것은 자신의 책임이 아니고, 결국 중요한 것도 아니다. 우리에게 중요한 것은 다른 사람의 것이 아닌 나 자신의 운명을 찾고, 그것을 자신 안에서 흐트러짐 없이 충실하게 실현하며 살아가는 것이다. 나머지는 모두 반쪽이자 어설픈 것, 벗어나려는 시도이며, 대중이 꿈꾸는 이상으로의 도피이거나 현실에의 적응, 내면에 대한 두려움일 뿐이다. 이 새로운 사실이 내 앞에 두렵고도 거룩하게 떠올랐다. 이미 수백 번 예감했고 어쩌면 종종 입 밖으로 표현했을지도 모르지만 이제야 직접 체험하는 것이었다.

나는 자연이 미지의 세계로, 새로운 세계로, 무(無)를 향해 내던진 주사위였다. 그리고 태고의 깊이에서 나오는 이 주사위를 던져지게 하고, 내 안에서 그 의지를 느끼고 그것을 온전히 내 것으로 삼는 것만이 나의 소명이었다. 오로지 그것만이!

나는 이미 많은 고독을 맛보았다. 그리고 이제 피할 수 없는 더욱 깊은 고독이 있다는 것을 깨닫기 시작했다.

나는 피스토리우스와 화해하려고 시도하지 않았다. 우리는 여전히 친구였지만 우리 관계는 예전 같지 않았다. 우리는 딱 한 번 그 일에 대해 이야기를 나누었다. 사실은 피스토리우스가 먼저 이야기를 꺼냈다. 그는 이렇게 말했다. "당신도 알다시피 내 소망은 사제가 되는 거예요. 특히 우리가 이렇게 오랫동안 꿈꿔온 새로운 종교의 사제가 되고 싶었죠. 하지만 난 그렇게 될 수 없을 거예요. 난 이미 알고 있어요. 나 자신에게 완전히 고백하지는 않았지만 이미 오래전부터 알고 있었어요. 나는 오르간이나 아니면 다른 방식으로 사제로서의 일을 할 수 있을 거예요. 하지만 나는 항상 음악이나 비밀 종교의식, 상징, 신화 같은 것, 그러니까 아름답고 성스러운 것들로 둘러싸여 있어야 해요. 난 그게 필요하고 그걸 포기하고 싶지 않아요. 그게 바로 내 약점이에요. 나도 이미 알고 있어요, 싱클레어. 새로운 종교의 사제가 되고 싶은 욕구를 가지면 안 된다고, 그건 사치이자 약점일 뿐이라는 걸 이따금 깨달아요. 아무 요구 사항 없이 운명에 순응하는 것이 더 나을 거라는 걸 알아요. 그게 더 진실한 길이라는 것도 알죠. 하지만 그렇게 할 수가 없어요. 내가 할 수 없는 유일한 일이에요. 어쩌면 당신은 언젠가 그렇게 할 수 있을지도 몰라요. 그건 어려운 일이에요. 이 세상에 존재하는 유일하게 힘든 일이죠, 싱클레어. 난 그렇게 하는 꿈을 여러 번 꾸었지만 그럴 능력이 없어요. 그래서 두려워요. 난 완전히 벌거벗고 홀로 서 있을 수 없어요. 나도 다른 사람과 똑같아요. 온기와 먹이가 필요하고 때로는 같은 족속과 가까이 있다는 걸 느끼고 싶은 연약한 개에 지나지 않아요. 진정 자신의 운명 외에 아무것도 바라지 않는 사람에게 자신과 같은 족속이라는 것은 존재하지 않아요. 그는 완전히 혼자이고 주변에는 오직 차가운 우주만이 있을 뿐이죠. 당신도 알다시피 겟세마네 동산에서 예수가 그랬어요. 십자가에 기꺼이 못 박힌 순교자들이 있었지만, 그들도 영웅은 아니었어요. 그들은 자유롭지 못했고 익숙하고 편안한 것을 버리지 못했죠. 본보기가 있었고 이상이 있었어요. 오직 운명만을 원하는 사람에게는 본보기도, 이상도, 좋아하는 것도, 위안이 되는 것도 없는 법이에요! 그게 우리가 걸어가야 할 길이겠죠. 우리 같은 사람들은 매우 고독해요. 하지만 우리에겐 서로가 있어요. 다른 사람과는 다르고 세상에 반기를 들고 특이한 것을 원한다는 은밀한 쾌감이 있어요. 하지만 끝까지 자신만의 길을 가고자 한다면 그것 역시 버려야 해요. 혁명가나 본보기, 순교자가 되려고 해서는 안 돼요. 그건 생각할 필요도 없는 일이에요."

그렇다, 그것은 생각할 필요도 없는 일이었다. 그러나 꿈을 꾸고 느끼고 예감할 수는 있었다. 나는 완전한 정적이 감도는 순간 몇 차례 그것을 느꼈다. 그때 나는 내면을 바라보고, 내 운명은 내 눈을 똑바로 보았다. 그 눈은 지혜로 넘치거나 광기로 가득 차 있었을 수도 있다. 사랑 혹은 악의로 빛날 수도 있었다. 나에게는 어느 쪽이든 상관이 없었다. 그중 어떤 것도 선택할 수 없었고, 무엇인가를 원해서도 안 되었다. 오로지 자기 자신만을, 자신의 운명만을 원할 수 있었다. 피스토리우스는 내가 거기에 도달할 수 있도록 잘 인도해 주었다.

그 시절 나는 마치 눈먼 사람처럼 사방을 헤매고 다녔다. 내 안에는 폭풍이 휘몰아쳤고, 내딛는 한 걸음 한 걸음이 위태로웠다. 내 앞에는 심연의 어둠 외에 아무것도 보이지 않았다. 지금까지의 모든 길이 그 어둠 속으로 빨려 들어가 사라졌다. 그리고 내면에서는 데미안을 닮은 안내자의 모습이 보였고, 그의 눈에 내 운명이 서려 있었다.

나는 종이에 이렇게 적었다. "안내자가 나를 떠났습니다. 나는 완전한 어둠 속에 서 있습니다. 혼자서는 한 걸음도 옮길 수가 없습니다. 도와주소서!"

그 종이를 데미안에게 보내고 싶었지만 그렇게 하지 않았다. 보내려고 할 때마다 어리석고 무의미하다는 생각이 들었다. 그러나 나는 이 짧은 기도문을 외웠고 혼자 자주 암송했다. 그것은 한시도 나를 떠나지 않았다. 나는 기도가 무엇인지 서서히 알게 되었다.

고등학교 시절이 끝났다. 나는 아버지의 계획대로 방학 동안 여행을 하기로 예정되어 있었다. 그 후 대학교에 진학할 예정이었다. 어떤 학과를 선택할지는 미정이었다. 다만, 한 학기 동안 철학 강의를 듣는 것을 허락 받았다. 물론 다른 강의를 들었어도 만족했을 것이다.

에바
부인

방학 동안 나는 데미안과 그 어머니가 예전에 살던 집을 한 번 찾아갔다. 나이 든 부인이 정원에서 산책을 하고 있었다. 나는 그녀에게 말을 걸었고, 그 집이 그녀의 소유임을 알게 되었다. 나는 데미안 가족에 대해 물었다. 그녀는 그들을 잘 기억하고 있었다. 그러나 지금 그들이 어디에 살고 있는지는 알지 못했다. 그녀는 내가 데미안 가족에게 관심이 많은 걸 알아채고는 나를 집 안으로 데리고 들어가서 사진 앨범을 꺼내왔고, 데미안의 어머니 사진을 보여주었다. 나는 그녀가 거의 기억나지 않았는데, 그 작은 사진을 본 순간 심장이 멎을 것만 같았다. 그것은 바로 내가 꿈속에서 보았던 모습이었다! 바로 그녀였다. 키가 크고 거의 남성적인 여인의 모습, 아들과 닮았으면서도 모성을 지닌, 엄격함과 정열적인 모습을 갖춘 모습이었다. 아름답고 매혹적이며 다가갈 수 없는, 악령인 동시에 어머니, 운명인 동시에 연인의 모습이었다. 바로 그녀였다!

내 꿈속의 모습이 이 세상에 살아 있다는 것을 알게 된 것은 나에게 마치 기적처럼 느껴졌다! 실제로 그런 모습의 여자가 존재하다니, 내 운명의 생김새를 지닌 여자가 존재하다니! 그녀는 어디에 있을까? 어디에? 그런데 그녀가 바로 데미안의 어머니였다.

그 일이 있고 난 얼마 후 나는 여행을 떠났다. 몹시 이상한 여행이었다! 나는 이곳저곳을 기분 내키는 대로 옮겨 다니며 그 여자를 찾아다녔다. 그녀를 연상시키는 그녀와 비슷한 모습들만 만나는 날들도 있었다. 복잡한 꿈에서처럼 나는 그 모습들에 이끌려 낯선 도시의 골목길들로, 기차역으로, 열차 칸으로 유랑했다. 또 어떤 날들은 그녀를 찾아다니는 것이 부질없는 짓임을 깨닫기도 했다. 그럴 때면 나는 공원이나 호텔 성원, 대합실 같은 곳에서 앉아 아무것도 하지 않고 나 자신을 돌이켜보며 내 안에 있는 모습을 생생하게 살려내려고 했다. 그러나 그 모습은 부끄러워하며 내 앞에서 달아났다. 나는 잠을 제대로 잘 수가 없었다. 낯선 풍경을 지나는 기차에서 십오 분쯤 조는 게 전부였다. 한번은 취리히에서 어떤 여자가 나를 따라왔다. 그녀는 예쁘장했지만 약간 뻔뻔스러웠다. 나는 공기를 대하듯이 그녀를 무시하고 지나쳐버렸다. 단 한 시간이라도 다른 여자에게 관심을 보이느니 차라리 당장 죽는 게 나았다.

내 운명이 나를 끌어당기는 게 느껴졌다. 곧 내 운명이 이루어질 것을 느꼈다. 나는 아무것도 할 수 없다는 사실에 초조하고 미칠 것만 같았다. 한번은 어느 기차역에서, 아마도 인스부르크 역이었을 것이다. 막 출발하는 기차의 차창에서 그녀를 연상시키는 모습을 보았다. 나는 며칠 동안 몹시 괴로웠다. 다시 한번 그녀의 모습이 밤 중 꿈속에 나타나기 시작했고, 나는 그 여자를 찾아다니는 일이 무의미하다는 부끄럽고 삭막한 감정을 느끼며 잠에서 깨어났다. 나는 다음 기차를 타고 곧바로 집으로 돌아왔다.

몇 주 후 나는 H대학교에 등록했다. 모든 게 실망스러웠다. 내가 수강한 철학사 강의는 그곳에서 공부하는 젊은 학생들의 소란스러움만큼이나 알맹이 없고 대량 생산된 상품처럼 획일적이었다. 모든 것이 진부하게 흘러갔고, 모두 똑같이 행동했다. 소년의 얼굴처럼 붉게 상기된 표정은 공허하고 가식적인 즐거움으로 보였다!

그러나 그 무렵 나는 자유로웠고 종일 나 자신을 위해 시간을 보냈다. 교외의 조용하고 낡은 집에서 지냈다. 테이블 위에는 니체의 책 몇 권이 있었다. 나는 니체와 함께 살며 니체가 느꼈던 영혼의 고독을 공감했고, 그를 끊임없이 몰아친 운명 때문에 두려웠다. 나는 그와 함께 고통받는 동시에, 자신의 길을 포기하지 않고 나아간 사람이 존재했다는 사실에 행복했다.

늦은 저녁 가을바람을 맞으며 도시를 이리저리 배회하고 있는데, 술집에서 대학생 동아리 모임의 노랫소리가 들려왔다. 열린 창문으로 담배 연기가 구름처럼 자욱이 흘러나오고, 노랫소리가 크고 우렁차게, 그러나 활기나 생기 없이 단조롭게 울렸다.

나는 길모퉁이에 서서 음악에 귀를 기울였다. 연습을 제법 많이 한 것 같은 학생들의 명랑함이 정확한 박자에 맞춰 밤공기 사이로 울려 퍼졌다. 어디에서나 젊은이들은 유대감이 있었고 자신의 운명을 내려놓은 채 함께 모여앉아 패거리의 따스한 품속으로 도망쳤다!

내 뒤쪽에서 두 남자가 천천히 다가와 나를 지나쳤고, 그들의 대화 일부가 들려왔다.

"흑인 마을에 있는 청년들의 집이랑 똑같지 않아요?" 한 남자가 말했다. "모든 게 정확하게 맞아떨어져요. 심지어 문신처럼 남아 있는 상처까지 말이죠! 바로 이게 젊은 유럽이에요."

그 목소리는 묘하게 무언가를 상기시켰다. 내가 아는 목소리였다. 나는 어두운 골목길로 두 사람을 따라갔다. 그들 중 한 명은 키가 작고 우아한 일본인이었다. 가로등 불빛 아래 미소 짓고 있는 그의 누르스름한 얼굴이 보였다.

그때 상대방 남자가 다시 말을 이었다.

"그거야 당신네 일본도 사정은 마찬가지일 겁니다. 패거리를 쫓아다니지 않는 사람은 어디서나 드물죠. 여기도 몇몇 있긴 해요."

그의 말 한마디 한마디가 즐거운 놀라움을 선사했다. 말하고 있는 사람은 내가 아는 사람이었다. 바로 데미안이었다.

나는 바람이 부는 어두운 골목길로 그와 일본인을 뒤쫓아 갔다. 그들의 대화에 귀를 기울이면서 데미안의 목소리가 내는 울림을 즐겼다. 그 목소리는 예전과 똑같았다. 예전처럼 근사한 자신감과 평온함을 간직한 채 나를 지배하는 힘도 똑같았다. 이제 모든 게 괜찮아질 것이다. 나는 데미안을 찾아냈다.

도시 변두리의 막다른 길에 이르러 일본인은 작별 인사를 하고 현관문을 열었다. 데미안은 길을 되돌아왔다. 나는 길 한복판에 멈춰 서서 그를 기다리고 있었다. 나를 향해 다가오는 그의 모습을 두근거리는 가슴으로 바라보았다. 그는 밤색 비옷을 입고 가느다란 지팡이를 팔에 건 채 반듯하고 경쾌한 자세로 걸어왔다. 그는 똑같은 걸음으로 나에게 곧장 다가와, 모자를 벗고 눈에 익은 환한 얼굴, 단호한 입과 특이하게 빛나는 이마를 드러냈다.

"데미안!" 나는 외쳤다.

그는 나에게 손을 내밀었다.

"여기 있었구나, 싱클레어! 너를 기다리고 있었어."

"내가 여기 있는 걸 알고 있었어?"

"확실하지는 않았지만 그렇게 바라고 있었지. 오늘 저녁에서야 널 보았어. 네가 우리를 따라왔으니까."

"그럼 날 바로 알아보았단 말이야?"

"물론이지. 네 모습이 변하긴 했어. 하지만 너에겐 표식이 있잖아."

"표식이라니? 무슨 표식?"

"네가 기억하고 있을지 모르겠는데, 우린 그걸 카인의 표식이라고 불렀어. 그건 우리만의 특별한 표식이지. 넌 항상 그걸 갖고 있었어. 그래서 너와 친구가 되고 싶었던 거야. 그런데 이제 그 표식이 더 뚜렷해졌어."

"난 몰랐어. 아니다, 사실 알고 있었어. 데미안, 난 전에 네 모습을 그린 적이 있었어. 그게 나와도 닮아서 깜짝 놀랐거든. 그게 표식이었을까?"

"그래 맞아. 네가 와서 좋다! 어머니도 좋아하실 거야."

나는 갑자기 겁이 났다. "어머니? 어머니가 여기 계셔? 하지만 어머닌 나를 모르실 텐데."

"아, 알고 계셔. 말씀드리지 않아도 네가 누군지 알아보실 걸. 왜 오랫동안 소식이 없었던 거야?"

"아, 여러 번 너에게 편지를 쓰고 싶었지만 그러지 못했어. 널 곧 다시 만날 것 같다는 느낌이 들었거든. 날마다 널 만나길 기대했어."

그는 내 팔짱을 끼고 나와 함께 걸었다. 그의 평온함이 내게로 스며들었다. 우리는 곧 예전처럼 이야기를 나누었다. 학창 시절, 견진성사 수업, 그리고 방학 동안 있었던 불행했던 만남을 기억해냈다. 다만 우리를 맨 처음 가장 가깝게 이어주었던 프란츠 크로머 이야기는 이번에도 나오지 않았다.

우리도 모르는 사이에 이상하고도 예감에 가득 찬 대화에 깊이 빠져들었다. 우리는 데미안이 일본인과 나눈 대화와 비슷한, 대학 생활에 대한 이야기를 나누다가 그것과는 전혀 관련이 없어 보이는 것으로 화제를 옮겼다. 그러나 그것은 데미안의 말을 통해 내적 맥락으로 연결되었다.

데미안은 유럽의 정신과 이 시대의 특성에 대해 이야기했다. 그는 어디에서나 동맹이 맺어지고 패거리가 결성되지만, 자유와 사랑은 어디에서도 찾아볼 수 없다고 했다. 대학생 연합과 합창 동아리부터 국가들에 이르기까지 이런 모든 단체는 강제로 형성되었거나 두려움, 공포, 당혹감에서 비롯된 것이라고 했다. 그 내면은 부패하고 늙었으며 붕괴하기 직전이라고 했다.

"함께한다는 건 멋진 일이야." 데미안이 말했다. "하지만 지금 우리 주변에서 번성하고 있는 건 그렇게 멋지지 않아. 진정한 유대 관계는 개개인이 서로를 이해하게 되면 새롭게 생겨날 거야. 그리고 한동안 세계를 변화시키겠지. 지금 존재하는 유대 관계라는 건 그냥 패거리 짓기일 뿐이야. 사람들은 서로가 두려워서 서로에게서 도망치고 있어. 부자들은 여기서 모이고, 노동자들은 저기서 모이고, 학자들은 학자들끼리 다른 곳에서 모이고 있지! 대체 그들은 왜 두려워하는 걸까? 두려움이란 늘 실제 자신이 자기 자신과 일치하지 않을 때 생겨나는 거야. 자기 자신을 전혀 모르기 때문에 두려움을 느끼는 거지. 자기 안에 있는 미지의 것을 두려워하고 있는 공동체라니! 그들은 모두 자신들의 삶의 법칙이 더 이상 맞지 않다는 걸 느끼고 있어. 그리고 자신들이 낡은 규범에 따라 살고 있다는 것도 알고 있지. 그들의 종교도, 윤리도 오늘날 우리에겐 맞지 않아. 백 년 이상 유럽은 오로지 학문을 연구하고 공장을 세우기만 했어! 누군가를 죽이는 데 몇 그

램의 화약이 필요한지는 정확히 알지만, 신에게 기도하는 방법은 모르지. 한 시간을 어떻게 즐겁게 보내야 하는지도 몰라. 대학생들이 다니는 술집들을 한번 살펴봐! 아니면 부자들이 찾아다니는 유흥의 장소들을 둘러봐! 희망이 없어! 이봐, 싱클레어. 그런 것들로부터는 좋은 것이 나올 수가 없어. 두려움 때문에 모여 있는 사람들은 공포와 악의에 가득 차 있어. 서로를 절대 믿지 않아. 더 이상 존재하지 않는 이상에 매달리면서 새로운 이상을 제시하는 사람에게는 돌을 던지지. 서로 충돌하는 게 느껴져. 분명 머지않아 충돌할 거야! 물론 그 충돌이 세계를 '개선'하지는 않을 거야. 노동자들이 공장주를 때려죽이거나 러시아와 독일이 서로 총을 겨눈다고 해도 변하는 건 결국 누가 누구를 소유하느냐의 문제야. 그래도 전부 다 무의미한 건 아닐 거야. 그건 오늘날의 이상들이 가치가 없다는 걸 보여 주고, 구석기 시대의 유물 같은 신들을 제거해 주겠지. 지금 이 세계는 죽고 싶다고 외치고 있고, 분명 그렇게 될 거야."

"그럼 우린 어떻게 되지?" 나는 물었다.

"우리? 아, 우리도 아마 같이 몰락하겠지. 우리 같은 사람들도 총을 맞고 죽을 수도 있을 거야. 하지만 우리는 그렇게 간단하게 끝나진 않을 거야. 우리에게서 남은 것이나 우리 중 살아남은 자들 주변으로 미래의 의지가 모여들 거야. 우리 유럽이 한동안 기술과 학문의 박람회에서 소리쳐 부르짖던 인류의 의지가 드러날 거야. 그러면 인류의 의지라는 게 오늘날의 공동체, 국가와 민족, 협회와 교회의 의지와 전혀 같지 않다는 사실이 드러나겠지. 자연이 우리 인간에게 원하는 건 늘 개인 안에 쓰여 있어. 너와 내 안에 말이야. 예수 안에, 니체 안에 쓰여 있었어. 그런 흐름이 힘을 발휘할 수 있는 여지가 생기려면 현재의 공동체들이 무너져야만 하겠지. 물론 그 모습은 매일 다르게 보일 수 있겠지만 말이야."

우리는 늦은 시간에 강변에 있는 한 정원 앞에서 걸음을 멈췄다.

"우린 여기 살아." 데미안이 말했다. "조만간 한번 와. 네가 오길 기다리고 있거든."

나는 기쁜 마음으로 먼 길을 걸어 집으로 돌아왔다. 밤기운이 서늘해졌고, 여기저기서 집으로 돌아가는 학생들이 떠들며 비틀거렸다. 나는 그들의 우스꽝스러운 즐거움과 내 고독한 삶이 얼마나 대립하는지 자주 느껴왔다. 때로는 결핍을 느꼈고, 때로는 단순히 그들을 조롱하기도 했다. 그러나 그것이 나와는 얼마나 상관없는지, 이 세계가 내게서 얼마나 멀고 잊혀진 것인지를 그날처럼 평온한 마음으로 은밀하게 느낀 적은 없었다.

그 순간 고향 도시의 공무원들이 생각났다. 늙고 품위 있는 신사들은 천국에 대한 추억이나 되듯이 술집에서 보낸 대학 시절의 기억들에 매달렸다. 마치 시인이나 낭만주의자들이 어린 시절을 숭배하듯, 오래전 사라져버린 학창 시절의 '자유'를 숭배했다. 어디나 똑같았다! 어디서나 그들은 '자유'

와 '행복'을 과거에서만 찾았다. 자신에게 주어진 본래의 책임이 주어질까 봐, 본래의 길을 가라는 경고를 받을까 봐 두려워서였다. 몇 년 동안 술을 퍼마시며 흥청망청 지내다가, 무사안일을 찾아 기어들어가 국가에 봉사하는 근엄한 신사가 된 것이었다. 그렇다. 우리 주변은 그렇게 썩어 빠졌다. 그러니 술에 취해 비틀거리는 대학생들의 어리석음은 세상의 수많은 다른 것들에 비하면 덜 어리석고 나쁜 일이었다.

그러나 외떨어진 내 집으로 돌아와 침대에 누웠을 때 이런 생각들은 전부 사라져버렸다. 내 영혼은 설레는 마음으로 그날이 나에게 선사한 커다란 약속에 매달렸다. 내가 원하면, 심지어 당장 내일이라도, 데미안의 어머니를 만날 수 있다는 약속을 받았다. 대학생들이야 술판을 벌이고 얼굴에 문신을 하든 말든, 세상이 썩어 문드러져서 몰락하기를 기다리든 말든, 나와 무슨 상관이랴! 나는 오직 내 운명이 새로운 모습으로 나를 향해 다가오기만을 고대했다.

다음 날은 아침 늦게까지 푹 잤다. 새로운 날이 마치 축제일처럼 밝아왔다. 어린 시절 크리스마스 축제 이후로는 그런 것을 경험하지 못했다. 초조했지만 두렵지는 않았다. 내 삶에 중요한 날이 밝았다는 것이 느껴졌다. 내 주변의 세계는 달라져 있었다. 기대에 차 있었고 의미심장하고 엄숙하게 나를 기다리고 있었다. 가을비도 아름답고 고요했으며, 진지하고 즐거운 음악으로 가득 차 있었다. 내 내면의 세계와 외부 세계가 처음으로 완벽하게 조화를 이루었다. 그것이 바로 영혼의 축제일이고, 이제 살아야 할 보람이 있었다. 골목의 그 어떤 집도, 그 어떤 창문도, 그 누구도 나를 방해하지 않았다. 모든 것이 원래 있어야 하는 모습 그대로였지만, 평범하고 익숙하며 공허한 얼굴이 사라졌다. 그리고 자연이 그 운명을 맞이하기 위해 경외심에 가득 차서 기다리고 있었다. 어렸을 때 크리스마스나 부활절 같은 큰 축제일의 아침에 세상을 그렇게 바라보았다. 이 세상이 여전히 그렇게 아름다울 수 있다는 것을 미처 알지 못했다. 나는 내면에 집중해 사는 것에 익숙해졌고, 외부 세계는 나에게 아무런 의미가 없다는 것을 받아들인 상태였다. 빛나는 색채를 잃어버린 것은 분명 어린 시절의 상실과 관련이 있으며, 말하자면 이 고운 빛을 포기해야만 영혼의 자유와 어른스러움을 얻을 수 있다고 생각했다. 이제야 나는 이 모든 것이 깊이 파묻힌 채 어둠에 덮여 있었을 뿐이며, 어린 시절의 행복을 포기하고 자유를 선택한 사람도 여전히 환하게 빛나는 세상을 볼 수 있고, 어린이처럼 내적 전율을 맛볼 수 있다는 것을 깨닫고 놀랐다.

간밤에 막스 데미안과 헤어진 교외의 정원에 다시 찾아갈 시간이 되었다. 비에 젖은 잿빛의 키 큰 나무들 뒤로 밝고 아늑한 작은 집 한 채가 숨어 있었다. 커다란 유리 벽 너머에는 꽃을 피운 키 큰 관목들이 서 있었고, 반짝이는 창문들 너머 어두운 벽에는 그림들과 책꽂이가 보였다. 현관문을 지나자 곧바로 따스한 복도가 있었는데, 검은 옷에 흰 앞치마를 두른 나이 많은 하녀가 말없이 나를 안으로 안내하고 외투를 받아들었다.

그녀는 복도에 나를 혼자 남겨 두었다. 나는 방 안을 둘러보았고, 그 즉시 나는 내 꿈속 한가운데에 있었다. 문 위쪽으로 어두운 목재 벽에 걸린 검은 테두리의 유리 액자 안에는 눈에 익은 그림이 들어있었다. 세계의 껍데기를 힘차게 뚫고 나오는 황금빛 새매 머리를 한 나의 새 그림이었다. 나는 깊이 감동하여 그대로 서 있었다. 마치 그때까지 행하고 체험한 모든 것이 그 순간 실현되고 답이 되어 내게로 돌아온 듯 기쁘면서도 마음이 아팠다.

그때 번개처럼 빠르게 내 영혼을 스쳐 지나가는 수많은 형상들이 보였다. 현관문 아치 위에 낡은 석조 문장이 있는 고향의 아버지 집, 그 문장을 그리고 있는 소년 데미안, 크로머라는 원수의 사악한 손아귀에 걸려들어 두려움에 떨던 소년 시절의 나, 작은 기숙사 방의 조용한 책상에 앉아 동경하던 새를 그리던 청소년 시절의 나, 제 스스로 만들어 낸 그물에 얽혀든 영혼. 그리고 이 순간에 이르기까지의 모든 것이 내 안에서 다시 울리고, 마침내 내 안에서 응답받고 인정받았다.

나는 눈물에 젖은 눈으로 내 그림을 바라보면서 내 마음을 읽었다. 그리고 더 멀리 내다보자, 새 그림 아래에 있는 열린 문에 검은 옷을 입은 키 큰 여인이 서 있었다. 그녀였다.

나는 아무 말도 할 수 없었다. 자신의 아들처럼 시간과 나이를 초월한 얼굴과 영적인 의지로 충만한 아름답고 기품 있는 그 여인은 나를 향해 친절한 미소를 지었다. 그녀의 눈길은 성취였고, 그녀의 인사는 귀향이었다. 나는 말없이 그녀를 향해 손을 내밀었고, 그녀는 힘차고 따뜻한 두 손으로 내 두 손을 잡았다.

"싱클레어군요. 바로 알아봤어요. 어서 와요!"

그녀의 목소리는 깊고 따뜻했고, 나는 그 목소리를 달콤한 와인처럼 들이마셨다. 그런 다음 눈을 들어 그녀의 고요한 얼굴과 깊이를 헤아릴 수 없는 검은 두 눈, 생기 넘치는 도톰한 입술, 그리고 표식이 찍힌 당당하고 환한 이마를 바라보았다.

"얼마나 기쁜지 모릅니다!" 나는 그녀의 손에 입을 맞추며 말했다. "평생 헤매다가 이제야 집에 돌아온 것 같습니다."

그녀는 어머니처럼 미소를 지었다.

"아무도 집에 돌아가지는 못해요." 그녀는 상냥하게 말했다. "하지만 두 길이 친밀하게 만나는 곳에서는 온 세상이 잠시나마 고향처럼 보일 수 있죠."

그녀가 한 말은 내가 그녀에게 오는 도중 느꼈던 것을 표현했다. 그녀의 목소리와 말은 아들의 것과 매우 비슷하면서도 완전히 달랐다. 모든 것이 좀 더 성숙하고 따뜻했으며 더 분명했다. 그러나 오래전 막스 데미안이 소년처럼 보이지 않았던 것만큼이나 그의 어머니도 다 자란 아들을 둔 어머니처럼 보이지 않았다. 얼굴과 머리카락에 어린 기운은 젊고 달콤했으며, 황금빛 피부는 팽팽하고 주름살이 없었고, 입술은 생기가 넘쳤다. 그녀는 내 꿈속에서의 모습보다 더 당당하게 내 앞에 서 있었다. 그녀와 이처럼 가까이 있다는 것은 사랑의 기쁨이었다. 그녀의 눈길은 충족이었다.

그것이 내 앞에 펼쳐진 내 운명의 새로운 모습이었다. 더 이상 엄격하거나 고독하지 않았고, 성숙한 즐거움으로 가득했다! 나는 그 순간에 그 어떤 결정도 내리지 않았고, 어떤 맹세도 하지 않았다. 나는 하나의 목적지에, 운명으로 향하는 길의 높은 자리에 도달했다. 그곳에서부터 약속의 땅으로 나아가는 길이 저 멀리 찬란하게 보였다. 가까이 다가온 행복의 나무 우듬지들이 그늘을 만들고, 가까이 있는 온갖 즐거움의 정원들이 시원한 즐거움을 주었다. 앞으로 어떻게 되든지 간에 나는 이 여인의 존재에 대해 알게 되었고, 그녀의 목소리를 들이마시고, 그녀 가까이에서 숨을 쉴 수 있다는 축복을 받았다. 그녀가 나의 어머니이든 연인이든 여신이든 내 곁에 있기만 한다면! 내가 가는 길이 그녀의 길과 가깝기만 하다면!

그녀는 내가 그린 새매 그림을 가리켰다.

"저 그림이 우리 데미안에게 큰 기쁨을 주었지요." 그녀는 조심스럽게 말했다. "그리고 나도 마찬가지였어요. 우린 당신을 기다리고 있었어요. 그리고 그림이 왔을 때 당신이 우리에게 오고 있다는 걸 알았죠. 싱클레어, 당신이 어린 소년이었을 때 우리 아들이 어느 날 학교에서 돌아와서 이렇게 말했어요. '이마에 표식이 있는 아이가 있는데, 분명히 내 친구가 될 거야.' 그게 바로 당신이었어요. 당신은 그동안 많이 힘들었을 거예요. 하지만 우린 당신을 믿었어요. 언젠가 당신이 방학 때 집에 돌아와서 막스를 만난 적 있었어요. 열여섯 살때쯤이었을 거예요. 데미안이 내게 그 이야기를 했지요…"

나는 그녀의 말을 끊었다. "아, 데미안이 그때 이야기를 했어요? 제 인생에서 가장 비참한 시절이었거든요!"

"그래요. 데미안이 당신이 몹시 힘든 일을 겪게 될 거라고 했어요. 공동체 속으로 도망치려고 하고 있고, 술집에 드나들고 있다고요. 하지만 난 그렇게는 안 될 거라고 했어요. 싱클레어의 표식은 가려져 있지만, 내면에서는 그것을 은밀히 불태우고 있으니까요. 그랬던 것 아닌가요?"

"정확히 그랬어요. 그러다가 베아트리체를 찾았고, 그러다가 마침내 다시 인도자가 나타났어요. 그의 이름은 피스토리우스였어요. 그제야 저는 왜 제 유년 시절이 막스 데미안과 그토록 연결되어 있는지 깨닫게 됐어요. 친애하는 부인, 사랑하는 어머니, 그때 저는 목숨을 끊어야겠다는 생각을 자주 하곤 했어요. 삶의 여정이란 모든 사람에게 이토록 어려운 건가요?"

그녀는 내 머리카락을 부드러운 산들바람처럼 가볍게 쓰다듬었다.

"한 인간이 태어나 살아간다는 건 언제나 힘든 일이에요. 당신도 알고 있죠? 새는 알에서 밖으로 나오려고 애쓴다는 걸요. 과거를 돌이켜 보고 자신에게 물어봐요. 내가 가는 길은 정말로 그토록 힘들었을까? 오직 힘들기만 했던가? 아름답지는 않았나? 좀 더 아름답고 쉬운 길이 있었기를 바라나요?"

나는 고개를 저었다.

"힘들었어요." 나는 잠결에서처럼 중얼거렸다. "꿈이 나타나기 전까지는요."

그녀는 고개를 끄넉이며 나를 예리한 눈빛으로 바라보았다.

"그래요, 우리는 모두 꿈을 찾아야 해요. 그러면 길이 쉬워지지요. 하지만 영원히 계속되는 꿈은 없어요. 모든 꿈은 새로운 꿈에 밀려나기 마련이에요. 붙잡을 수 있는 꿈은 없어요."

나는 갑자기 두려워졌다. 그건 경고였을까? 방어였을까? 그러나 아무래도 상관없었다. 나는 목적지를 묻지 않고 그녀가 이끄는 대로 따라갈 준비가 되어있었다.

"제 꿈이 언제까지 계속될지 모르겠어요." 나는 말했다. "영원했으면 좋겠어요. 새 그림 아래서 내 운명은 나를 반겨주었어요, 어머니처럼, 연인처럼요. 저는 제 운명에 속해 있어요. 그 밖에 다른 누구에게도 속하지 않아요."

"그 꿈이 당신의 운명인 한 당신은 거기에 충실해야 해요." 그녀는 진지한 목소리로 말했다.

나는 이 마법 같은 시간에 왠지 모를 슬픔에 사로잡혀 이대로 죽고 싶다는 간절한 소망이 생겼다. 내 안에서 눈물이 솟구쳐 올라와 나를 휘몰아치는 것이 느껴졌다. 눈물을 흘려본 지 얼마나 오래되었던가! 나는 그녀로부터 몸을 돌려 창가로 가서 눈물에 가려 잘 보이지 않는 눈으로 화분의 꽃을 바라보았다.

뒤에서 그녀의 목소리를 들었다. 그녀의 목소리는 차분했지만, 가장자리가 와인으로 넘실대는 잔처럼 다정함이 가득 담겨 있었다.

"싱클레어, 당신은 어린아이처럼 굴고 있군요! 당신의 운명은 당신을 사랑해요. 그 운명에 충실하면 삶은 언젠가는 당신이 꿈꾸는 대로 완전히 당신의 것이 될 거예요."

나는 마음을 추슬렀고 그녀를 다시 바라보았다. 그녀는 나에게 손을 내밀었다.

"나에겐 친구들이 몇 명 있어요." 그녀는 미소 지으며 말했다. "나를 에바 부인이라고 부르는 몇 안 되지만 아주 절친한 친구들이죠. 원한다면 당신도 나를 에바 부인이라고 불러도 돼요."

그녀는 나를 안내해 문을 열고 정원을 가리켰다. "저기 데미안이 있을 거예요."

나는 얼이 빠진 상태로 키 큰 나무들 아래 멍하니 서 있었다. 다른 때보다 더 깨어 있는 상태인지 아니면 더 꿈속 같은 상태인지 알 수가 없었다. 나뭇가지에서 빗방울이 부드럽게 떨어졌다. 강변을 따라 멀리 이어지는 정원을 향해 천천히 걸어갔다. 마침내 데미안이 보였다. 그는 사방이 탁 트인 정자에서 웃통을 벗은 채 서서 거기 매달린 샌드백 앞에서 권투 연습을 하고 있었다.

나는 그 자리에 멈춰 섰다. 데미안은 아주 근사해 보였다.

넓은 가슴, 단단하고 남성적인 머리가 보였다. 치켜든 두 팔 근육은 탄탄하고 강해 보였다. 엉덩이와 어깨와 손목의 움직임은 마치 솟구치는 분수대의 물 같았다.

"데미안!" 큰소리로 외쳤다. "여기서 뭘 하고 있어?"

그는 즐겁게 웃음을 터뜨렸다.

"훈련 중이야. 체구가 작은 일본인 친구랑 시합하기로 약속했거든. 그 친구가 고양이처럼 날쌔고 그만큼 음흉하지만, 날 이기지는 못할 거야. 그에게 갚아야 하는 굴욕적인 일이 약간 있었거든."

그는 셔츠와 재킷을 입었다.

"어머니와 벌써 만난 거야?"

"그래, 데미안. 정말 멋진 분이야! 에바 부인! 그 이름이 완벽하게 어울려. 우리 모두의 어머니 같은 분이야."

그는 잠시 생각에 잠겨 내 얼굴을 바라보았다.

"벌써 그 이름을 알았단 말이야? 넌 자랑스러워해도 되겠다. 만나자마자 그 이름을 알려준 사람은 네가 처음이야."

그날부터 나는 마치 아들처럼, 형제처럼, 혹은 애인처럼 그 집을 드나들었다. 대문을 닫고 들어서면, 그렇다, 멀리서 정원의 키 큰 나무들이 보이기만 해도 나는 벌써 마음이 풍요롭고 행복했다.

바깥에는 '현실'이 있었다. 밖에는 거리와 집, 사람들과 건축물, 도서관과 강의실이 있었다. 그러나 그 집 안에는 빛과 영혼이 있었고 동화와 꿈이 살고 있었다. 그렇다고 우리가 세상과 단절하고 살았던 것은 아니다. 우리의 대화와 생각 속에서 우리는 보통 세상의 한가운데에 있었다. 다만 다른 차원에서 살았을 뿐이다. 대다수의 사람들과 우리를 갈라놓는 것은 어떤 경계가 아니라 세상을 보는 방식의 차이였다. 우리가 맡은 과제는 세상에 하나의 섬, 어쩌면 하나의 본보기를 제시하는 것이었다. 우리가 타인에게 본보기가 될 수 있을지는 확실하지 않았지만 어쨌든 살아가는 데 다른 방식이 존재한다는 것을 보여 줄 수는 있었다. 오랫동안 외로웠던 나는 진정한 공동체가 무엇인지 알게 되었다. 완전한 고립을 맛본 사람들만이 알 수 있는 깨달음이었다. 나는 더 이상 행복한 사람들의 식탁이나 유쾌한 사람들의 잔치를 갈망하지 않게 되었다. 사람들이 모여 있는 것을 보고 질투나 과거에 대한 향수에 시달리지 않았다. 나는 서서히 '표식'을 지닌 사람들의 비밀을 전수받고 있었다.

표식을 지닌 우리는 세상 사람들의 눈에 이상하고 심지어 미치거나 위험하다고 여겨질 수도 있다. 그것은 어쩌면 당연한 것이다. 우리는 깨어난 사람들, 혹은 깨어나고 있는 사람들이었다. 우리의 노력은 점점 더 완벽하게 깨어 있는 것을 지향했다.

그에 반해 다른 사람들은 늘 자신들의 의견과 이상, 삶의 의무와 행복을 집단의 것과 맞추려고 했다. 물론 그곳에도 열망이 있었고 힘과 위대함이 있었다. 그러나 표식을 지닌 우리는 새로운 것, 고립된 것, 미래의 것을 향한 자연의 의지를 나타낸다고 느끼는 반면, 다른 사람들은 기존의 것을 고수하려는 의지 속에서 살고 있다고 느꼈다. 그들은 우리만큼이나 인류를 사랑했지만, 그들에게 인류란 늘 보존하고 보호해야 하는 완성된 것이었다. 우리에게 인류란 먼 미래였다. 우리는 모두 그것을 향해 나아가고 있었고, 어떤 모습인지 아무도 알시 못하며, 그 법칙은 어디에도 쓰여 있지 않았다.

에바 부인, 막스 데미안, 그리고 나 외에도 여러 다양한 방식의 탐구자들이 우리의 모임에 속했다. 일부는 가까웠고 일부는 좀 더 소원한 사람도 있었다. 그들 중 일부는 특별한 길을 걸으며 특별한 목표를 세우고, 주류에서 벗어난 견해와 의무를 따랐다. 그들 가운데에는 점성술사와 카발라교도들, 톨스토이 백작을 추종하는 사람들도 있었다. 여리고 소심하고 상처받기 쉬운 사람들, 새로운 종파의 추종자들, 인도 요가 애호가들, 채식주의자들 등등의 사람들이 있었다. 사실 우리는 각자 상대방의 비밀스런 꿈을 존중한다는 점 외에는 그 어떤 정신적인 공통점도 없었다. 우리는 새로운 신과 이상들을 추구했던 인류의 행적을 좇는 사람들과 특히 더 가까워졌다. 그들의 연구는 종종 내 옛 친구 피스토리우스의 연구를 상기시켰다. 그들은 우리에게 책을 가져왔고, 고대 언어로 쓰인 문서들을 번역해 주었으며, 옛 상징들과 의식을 나타낸 그림들을 보여주었다. 그리고 우리에게 인류가 지금까지 가졌던 이상들 전체가 무의식적인 영혼의 꿈들로 이루어졌음을 알려 주었다.

이런 꿈을 통해 인류는 미래의 가능성에 대한 예감들을 더듬더듬 좇았다. 그렇게 우리는 기독교가 나타나기 전까지 고대를 지배했던 수많은 기이한 신들의 무리를 섭렵했다. 또한, 고독하게 신앙에 몰두하는 자들의 믿음을 알게 되었으며, 종교가 민족에서 민족으로 전수되는 과정에서 겪은 변화들에 대해서도 알게 되었다. 우리가 알게 된 모든 것을 토대로 우리 시대와 현재의 유럽에 대해 비판하게 되었다. 현재의 유럽은 엄청난 노력을 기울여 인류의 새롭고 막강한 무기를 만들어냈지만, 결국 정신은 황폐해졌기 때문이다. 유럽은 전 세계를 얻었지만 그 대가로 영혼을 상실했다.

또한, 우리 모임에는 특정한 희망과 구원론을 신봉하는 사람들이 있었다. 유럽을 개종시키려는 불교도들, 톨스토이 추종자들, 또 다른 종파들도 있었다. 우리와 가까운 사람들은 그런 이론들을 귀담아들었지만, 그 어느 것도 상징 이상으로는 받아들이지 않았다. 표식을 지닌 우리는 미래의 모습에 대해 전혀 걱정하지 않았다. 우리에게는 모든 종파, 모든 구원론이 처음부터 죽은 것이었고 무의미한 것이었다. 우리는 각자 온전히 자기 자신이 되어야 했고, 각자의 내면에서 작용하고 있는 자연의 싹에 완전히 부응하여 그 뜻에 맞게 살아야 했다. 그리하여 불확실한 미래에 일어날 수 있는 모든 일에 대비하는 것만이 우리의 유일한 책무이자 운명이라고 느꼈다.

왜냐하면 새로운 탄생과 현존하는 것들의 붕괴가 눈앞에 다가왔고, 그 사실을 이미 느낄 수 있다는 점은 우리 모두가 이미 그것을 입 밖에 내어 말하든 말하지 않든 뚜렷하게 느끼고 있었기 때문이다. 데미안은 가끔 나에게 말했다. "그 누구도 앞으로 어떤 일이 일어날지 예측할 수 없어. 유럽의 영혼은 태고부터 사슬에 묶여 있던 짐승과 같아. 그 짐승이 사슬에서 풀려나 처음으로 움직이게 되면, 그건 절대 유쾌한 결과를 가져오지 않을 거야. 다시 말해서 사람들이 그토록 오래전부터 거짓을 통해 마비시켜온 영혼이 곤궁한 바닥을 드러내는 날이면 어떤 수단과 방법을 써도 돌이킬 수 없을 거야. 그러면 우리 같은 사람들의 날이 오는 거지. 사람들에겐 우리가 필요할 거야. 안내자나 새로운 입법자로서가 아니라 ― 우리는 새로운 법을 만들 수는 없을 거야 ― 함께 가다가 운명이 부르는 곳에서 멈춰 설 각오가 된 사람으로서 말이야. 자 봐, 모든 사람은 자신들이 추구하는 이상이 위협을 받게 되면 믿기 힘든 일을 할 각오가 되어있어. 하지만 새로운 이상이, 어쩌면 위험하고 두려운 성장의 움직임이 사람들 앞에 나타나 사람들에게 문을 두드리면 아무도 나서려 하지 않아. 그때 일어서서 그 변화에 동참할 소수가 바로 우리야. 우리에겐 그걸 위해 표식이 새겨져 있어. 두려움과 증오에서 벗어나 성서에 나오는 사람들을 편협하고 안일한 삶으로부터 위험하고 드넓은 세상으로 밀어내기 위해 카인이 표식을 지니고 있었던 것처럼 말이야. 인류 역사에 변화를 가져온 사람들은 모두 예외 없이 운명을 받아들일 각오가 되어 있기 때문에 그럴 수 있었어. 모세나 붓다도, 나폴레옹이

나 비스마르크도 전부 그랬어. 우리를 움직이게 하고 우리를 안내하는 별은 우리가 선택할 수 있는 게 아냐. 만약 비스마르크가 사회 민주주의자들을 이해하고 그들의 요구를 들어주었다면 그는 영리한 정치가가 될 수 있었겠지만 운명적인 사람은 되지 못했을 거야. 나폴레옹도, 카이사르도, 로욜라도, 모두가 그랬어! 항상 생물학적으로, 진화론적으로 생각해야 해! 지표면의 격변으로 인해 물속에 사는 동물이 육지로, 육지에 사는 동물이 물속으로 내몰렸을 때에도, 운명을 받아들일 각오가 되어 있었던 표본들만이 전에 없었던 새로운 변화를 완수하고 새롭게 적응해 자신들의 종(種)을 구원할 수 있었어. 그때까지 이런 표본들은 어쩌면 그들 사이에 기존의 것을 지키는 보수주의자로 낙인찍혔을지도 몰라. 아니면 괴짜이거나 탁월한 혁명가였을지도 모르지. 하지만 그들은 준비가 되어있었고, 새로운 것으로 진화하면서 자기들의 종을 구할 수 있었던 거야. 우린 그걸 알고 있어. 그래서 우리도 그걸 준비하려는 거야."

이런 대화를 나누는 자리에는 종종 에바 부인도 함께했지만, 이야기에 끼어들지는 않았다. 그녀는 각자의 생각을 표명하는 우리에게 신뢰와 배려 깊은 경청자이자 메아리였다. 마치 모든 생각이 그녀에게서 나와 그녀에게로 되돌아가는 것 같았다. 종종 그녀의 곁에 앉아 그녀의 목소리를 들으며 그녀를 둘러싼 영혼이 담긴 성숙한 분위기를 누리는 것이 나의 크나큰 행복이었다.

그녀는 나에게 무슨 변화가 일어나면, 그러니까 우울해지거나 새로운 일이 생기면 바로 알아챘다. 내가 잘 때 꾸었던 꿈들은 마치 그녀가 내게 보낸 계시 같았다. 나는 그녀에게 꿈에 대해 자주 이야기했고, 그녀는 늘 그것을 이해하고 자연스럽게 받아들였다. 그녀의 세심한 감성이 이해하지 못하는 것은 없었다. 한동안 나는 우리가 낮에 나눈 대화를 그대로 반영하는 꿈들을 꾸었다. 온 세상이 혼란에 빠져있는데, 나는 혼자 혹은 데미안과 함께 초조한 심정으로 위대한 운명을 기다리는 꿈을 꾸었다. 운명은 감추어져 있었지만, 어딘지 모르게 에바 부인과 비슷한 모습을 하고 있었다. 그녀에게 선택을 받느냐, 아니면 버림을 받느냐, 그것이 운명이었다.

가끔 그녀는 미소를 지으며 말했다. "당신의 꿈은 그게 전부가 아니에요, 싱클레어. 가장 핵심적인 부분을 잊었어요." 그러면 가끔 그 부분이 다시 생각났고, 대체 어떻게 그것을 잊어버린 것인지 이해하지 못할 때도 있었다.

때로는 그것에 만족하지 못하고 욕망에 시달렸다. 그녀를 옆에 두고도 안을 수 없다는 사실을 참을 수 없었다. 그녀도 그것을 금방 알아챘다. 한번은 며칠 동안 그녀가 있는 곳을 찾아가지 않다가 근심에 가득 찬 표정으로 다시 나타났을 때 그녀가 나를 따로 불러서 이렇게 말했다. "당신 자신도 믿지 않는 소망에 매달려서는 안 돼요. 난 당신이 무엇을 원하는지 알아요. 그 소망은 포기하거나 아니면 제대로, 올바르게 소망해야 해요. 당신 스스로 소망이 이루어질 것을 확신하고 그것을 추구한다면 언젠가는 이루어질 거예요. 하지만 지금 당신이 원하는 바는 그저 소망하고는 금방 후회할 것일 뿐이에요. 내내 두려워하면서 말이죠. 당신은 그걸 극복해야 해요. 내가 이야기를 하나 들려줄게요."

그녀는 하늘에 있는 별을 사랑하게 된 한 청년의 이야기를 해 주었다. 그는 바닷가에 서서 손을 뻗고 별을 향해 기도했다. 그는 별을 꿈꾸고 그 별만을 생각했다. 그러나 그는 인간이 별을 포옹할 수 없다는 것을 알고 있었다, 아니 안다고 믿었다. 그는 실현의 희망 없이 별을 사랑하는 것이 자신의 운명이라고 생각했고, 그 희망을 체념한 다음 말없이 정절을 지키며 고통받는 삶의 문학을 만들어냈다. 그것이 자신을 더 순수하고 더 나은 사람으로 만들어 줄 것이라 여겼다. 그러나 여전히 그의 모든 꿈은 별을 향해 있었다. 그는 또다시 한 밤중에 바닷가의 높은 절벽 위에 서서 별을 바라보며 그것을 향한 사랑으로 불타올랐다. 그리움이 절정에 이른 순간 그는 별을 향해 허공으로 몸을 날렸다. 그러나 몸을 내던지는 순간, 그에게는 번개처럼 이런 생각이 스쳐 지나갔다. 내 사랑은 이루어질 수 없어! 그는 해변에 떨어졌고 온몸이 산산이 부서졌다. 그는 사랑하는 법을 몰랐다. 몸을 날리는 순간 영혼의 힘을 다해 사랑이 이루어질 것을 확실히 믿었더라면, 그는 하늘로 날아올라 별과 하나가 되었을 것이다.

"사랑은 구걸해서는 안 돼요." 그녀가 말했다. "또 요구해서도 안 돼요. 사랑은 자기 자신 안에서 확신에 이를 수 있는 힘을 가져야 해요. 그러면 사랑은 상대방에게 끌려가는 게 아니라 상대를 끌어당기지요. 싱클레어, 당신의 사랑은 나에게 이끌리고 있어요. 만약 당신의 사랑이 나를 끌어당기면, 나도 당신에게 갈게요. 난 누구의 부탁도 들어주고 싶지 않아요. 나를 쟁취하길 바라요."

그 후에 그녀는 나에게 또 다른 동화를 들려주었다. 가망 없는 사랑을 하는 한 남자의 이야기였다. 그는 완전히 자신의 영혼 속으로 움츠러들어 자신이 사랑 때문에 불타 죽을 것이라고 생각했다. 그에게는 세상이 사라지고 없었다. 더 이상 파란 하늘과 초록빛 숲도 보이지 않았고, 졸졸 흐르는 시냇물 소리도 들리지 않았고, 하프 소리도 울리지 않았다. 모든 것이 사라졌고 가난하고 비참해졌다. 그러나 그의 사랑은 여전히 커져만 갔고, 사랑하는 여인을 포기하느니 차라리 죽어서 썩어 없어지기를 바랐다. 그는 자신의 사랑이 자기 안의 모든 것을 불태워 버렸음을 느꼈다. 사랑은 점점 더 강해져서 여인을 끌어당기고 또 끌어당겼다. 그 아름다운 여인은 따라오지 않을 수 없었다. 그녀는 그에게 왔고, 그는 팔을 활짝 벌려 그녀를 자신에게로 끌어당겼다. 그러나 그의 앞에 선 그녀는 완전히 변해버렸다. 그는 자신이 잃어버린 온 세계를 끌어당겼다는 것을 느끼고 전율했다. 그 세상은 그의 앞에 서서 자신을 그에게 맡겼다. 하늘과 숲과 시내, 모든 것이 새로운 색채로 찬란하고 장엄하게 그에게 다가와 그의 것이 되었고, 그의 언어로 말했다. 그는 한 여인을 얻은 것만이 아니라 전 세계를 가슴에 품었다. 하늘에 있는 모든 별이 그의 안에서 빛났고, 그의 영혼을 통해 기쁨으로 반짝였다. 그는 사랑을 했고 그 과정에서 자아를 찾았다. 하지만 대부분의 사람들은 사랑을 하면서 자신을 잃어버린다.

에바 부인을 향한 나의 사랑은 내 삶의 전부처럼 보였다. 그러나 그것은 매일 다른 모습이었다. 가끔 나는 내 존재가 이끌리는 대상이 실제 그녀가 아니며, 오히려 그녀는 내 내면의 상징일 뿐이고, 나를 나 자신 안으로 더 깊이 이끌어 주고자 하는 존재일 뿐이라고 확실하게 느꼈다. 그녀의 말은 종종 타오르는 나의 질문들에 대한 내 무의식의 답변처럼 들리곤 했다. 그녀 옆에서 육체적인 욕망으로 달아올라 그녀의 손길이 닿은 물건들에 입을 맞출 때도 있었다. 관능적인 사랑과 정신적인 사랑, 현실과 상징이 서서히 겹쳐지기 시작했다. 그러다가 내 방에서 조용히 그녀를 떠올릴 때면 가끔 그녀의 손이 내 손에, 그녀의 입술이 내 입술에 포개져 있는 것처럼 느껴졌다. 또한, 그녀 곁에 앉아 그녀의 얼굴을 바라보며 그녀와 이야기하고 목소리를 들으면서도, 그녀가 현실인지 꿈인지 분간되지 않을 때도 있었다. 나는 사람이 불멸의 사랑을 어떻게 계속 간직할 수 있는지 깨닫게 되었다. 책을 읽으면서 새로운 것을 깨닫게 되면, 그것은 마치 에바 부인의 키스처럼 느껴졌다. 그녀는 내 머리를 쓰다듬고 나를 향해 달콤하고 따사로운 미소를 보냈다. 그러면 나는 나 자신 안에서 한 걸음 앞으로 나아갔을 때와 같은 느낌이 들었다. 나에게 중요한 것, 내 운명의 모든 것이 그녀의 모습을 하고 있었다. 그녀는 내 모든 생각으로 변할 수 있었고, 내 모든 생각은 그녀로 변할 수 있었다.

나는 부모님 곁에서 크리스마스 연휴를 보내야 하는 것이 두려웠다. 2주 동안이나 에바 부인과 멀리 떨어져 지내는 것이 고통스러우리라고 생각했기 때문이었다. 그러나 전혀 그렇지 않았다. 고향 집에서 그녀를 생각하는 것은 멋진 일이었다. H시로 다시 돌아오고도 이틀 동안 더 그녀를 찾아가지 않고, 그녀의 물리적 존재로부터 벗어나 자유와 평온을 만끽했다. 그녀와의 만남이 새롭고 비유적인 방식으로 실현되는 꿈도 꾸었다. 그녀는 바다였고, 나는 그 안으로 흘러 들어가는 강물이었다. 그녀는 별이었고, 나는 그녀에게 다가가는 또 다른 별이었다. 우리는 만나서 서로에게 이끌렸고, 서로의 곁에 머물렀다. 그리고 기쁨에 차서 영원히 서로의 주변을 원을 그리며 맴돌았다.

그녀를 다시 찾아갔을 때 그 꿈 이야기를 했다.

"아름다운 꿈이네요." 그녀가 조용히 말했다. "그 꿈을 실현해 봐요!"

나는 이른 봄 어느 날을 결코 잊을 수 없다. 나는 창문이 활짝 열려 있는 홀 안으로 들어갔다. 짙은 히아신스 향기가 따스한 바람을 타고 집 안에 진동했다. 그곳에는 아무도 없어서 나는 막스 데미안의 서재를 향해 계단을 올라갔다. 평소 하던 대로 가볍게 노크를 하고 답을 기다리지 않고 안으로 들어섰다.

방 안은 어두웠고 커튼이 전부 드리워져 있었다. 데미안이 화학 실험실로 꾸며놓은 작은 옆방으로 통하는 문이 열려 있었다. 그곳으로부터 비구름 사이로 비치는 봄날의 밝고 하얀 햇살이 어른거렸다. 나는 방 안에 아무도 없다고 생각하고 커튼을 열었다.

그러자 커튼이 드리워진 창문 가까이에 등받이 없는 의자에 몸을 웅크리고 묘하게 변한 모습으로 앉아 있는 막스 데미안이 보였다. 그 순간 번개처럼 어떤 느낌이 뇌리를 스쳤다. 전에 본 적 있는 모습이었다! 그는 두 팔을 미동 없이 축 늘어뜨리고 두 손은 무릎에 두었다. 눈을 뜬 채 몸을 약간 앞으로 숙인 그의 얼굴은 죽은 사람처럼 멍하고 생기가 없었다. 작은 빛줄기가 마치 유리 조각에 비치듯 동공에 흐릿하게 반사되었다. 창백한 얼굴은 자기 안에 침잠해 있었고 완전히 경직되어 아무런 표정도 없었다. 사원의 정문에 있는 고대의 동물 가면 같았다. 그는 숨도 쉬지 않는 것처럼 보였다.

지난 기억이 떠올라 온몸에 소름이 끼쳤다. 정확히 그것과 똑같은 모습을 예전에 한 번 본 적이 있었다. 수년 전 내가 아직 소년이었을 때였다. 그때도 두 눈이 저렇게 내면을 향해 굳어 있었고, 두 손은 저렇게 생명 없이 나란히 놓여 있었다. 파리 한 마리가 그의 얼굴을 기어갔었다. 6년 전이었을 것이다. 그는 그때도 지금처럼 나이가 들어 보였고 시간을 초월한 모습이었다. 오늘도 주름살 하나하나가 그때와 똑같았다.

나는 두려움에 사로잡혀 조용히 방을 나와 계단을 내려갔다. 복도에서 에바 부인을 만났다. 그녀는 전에 없이 창백하고 피곤한 모습이었다. 창문 너머로 그림자가 지나가면서 눈부신 하얀 햇살이 갑자기 사라졌다.

"방금 데미안을 봤어요." 내가 재빨리 속삭였다. "무슨 일 있었어요? 데미안이 잠을 자고 있거나 아니면 침잠해 있는 것 같은데, 어떻게 말을 해야 할지 모르겠네요. 전에 한 번 그런 모습을 본 적 있어요."

"그 애를 깨우지는 않았죠?" 그녀가 다급하게 물었다.

"네, 데미안은 내 소리를 듣지 못했어요. 전 바로 나왔거든요. 에바 부인, 데미안에게 무슨 일이 있는 건가요?"

그녀는 손등으로 이마를 훔쳤다.

"걱정 말아요, 싱클레어. 아무 문제 없어요. 그냥 내면으로 침잠했을 뿐이에요. 오래 걸리지 않을 거예요."

비가 내리기 시작했고, 그녀는 일어서서 정원으로 나갔다. 그녀를 따라가서는 안 된다는 것이 느껴졌다. 그래서 홀을 서성거리며 정신을 마비시킬 것 같은 강렬한 히아신스 향기를 맡고, 문 위에 걸린 내 새 그림을 바라보았으며, 그날 아침 그 집을 채운 이상한 그림자를 가슴 졸이며 들이마셨다. 대체 무엇이었을까? 무슨 일이 있었던 걸까?

에바 부인이 곧 돌아왔다. 그녀의 검은 머리카락에 빗방울이 맺혀 있었다. 그녀는 몹시 지친 상태로 안락의자에 앉았다. 나는 그녀에게 다가가 몸을 굽히고 그녀의 머리카락에 맺힌 물방울에 입을 맞췄다. 그녀의 눈은 조용하고 빛났지만, 빗방울에서 눈물 맛이 났다.

"제가 데미안에게 올라가 볼까요?" 나는 속삭이듯 물었다.

그녀는 희미하게 미소 지었다.

"어린애같이 굴지 말아요, 싱클레어!" 그녀는 어떤 마법에서 풀려나려는 것처럼 큰 목소리로 경고했다. "이제 그만 가 봐요. 나중에 다시 와요. 지금은 당신과 이야기할 수가 없어요."

나는 그 집에서 나와 시내를 지나쳐 산을 향해 걸어갔다. 가느다란 빗방울이 비스듬히 나를 때리고, 구름은 두려움에 잠긴 듯 무겁게 짓눌려 낮게 흘러갔다. 산 아래에서는 거의 바람이 불지 않았지만 높은 곳에서는 폭풍이 치는 듯했다. 이따금 태양이 강철 같은 잿빛 구름을 뚫고 창백하고 눈부신 빛을 비추었다.

그런 다음 하늘 저편에는 살짝 누르스름한 구름이 몰려왔다. 그 구름은 잿빛 구름의 벽에 막혀 뭉치게 되자, 불과 몇 초 만에 누런색과 푸른색으로 거대한 새의 형상을 만들어냈다. 새는 푸른 혼돈을 뚫고 나와 크게 날갯짓을 하며 하늘로 사라져버렸다. 그러자 폭풍이 부는 소리가 들리고 우박과 함께 비가 쏟아졌다. 믿어지지 않을 만큼 끔찍하게 큰 소리로 천둥소리가 쾅쾅 울려 퍼지고, 곧이어 다시 한 줄기 햇살이 비추었다. 그때 갈색 숲 너머 가까운 산 위에서 창백한 눈이 흐릿하고 비현실적인 모습으로 빛났다.

몇 시간 뒤 내 몸이 흠뻑 젖어 창백한 모습으로 돌아왔을 때, 데미안이 직접 현관문을 열어주었다.

그는 나를 자기 방으로 데리고 올라갔다. 실험실에는 가스 불꽃이 타오르고 종이들이 여기저기 널려 있었다. 작업을 하고 있었던 모양이다.

"앉아." 그가 권했다. "피곤하겠구나. 날씨가 고약하네. 비를 잔뜩 맞은 것 같아. 곧 차를 내올 거야."

"오늘 이상한 일이 있었어." 나는 조심스럽게 말을 꺼냈다. "그냥 비바람이 아닐 수도 있어."

그가 나를 탐색하듯 바라보았다.

"뭔가를 봤니?"

"응. 잠깐이지만 구름 속에서 어떤 모습을 봤어. 아주 또렷하게."

"무슨 모습이었는데?"

"새였어."

"새매? 그거였어? 네 꿈에 나오던 새?"

"맞아, 내 새매였어. 노랗고 거대했고, 검푸른 하늘 속으로 날아갔어."

데미안은 깊은 한숨을 내쉬었다.

노크 소리가 났다. 나이 든 하녀가 차를 가져왔다.

"어서 마셔, 싱클레어. 네가 새를 본 건 우연이 아닌 것 같아."

"우연? 그런 걸 우연히 보는 사람도 있어?"

"그래 맞아. 우연이 아니야. 그 새는 뭔가 의미가 있어. 그게 뭔지 알겠니?"

"모르겠어. 그냥 뭔가 충격적인 사건, 운명의 한 걸음을 뜻한다는 것만 느껴져. 우리 모두와 관련이 있는 것 같아."

그는 조급하게 방 안을 서성거렸다.

"운명의 한 걸음이라고!" 그는 외쳤다. "어젯밤에 나도 똑같은 꿈을 꿨어. 그리고 어머니도 어제 똑같은 걸 의미하는 이상한 예감을 느끼셨대. 나는 나무줄기인지 탑에 걸쳐진 사다리인지 모를 것을 타고 위로 올라가는 꿈을 꿨어. 위에 올라갔더니 광활한 평원에 들어선 도시와 마을들이 전부 불타고 있었어. 너에게 전부 말해 줄 수는 없어. 아직 나도 분명히 이해가 안 되거든."

"너에 대한 꿈이라고 생각해?" 나는 물었다.

"나? 물론이지. 아무도 자신과 관련이 없는 꿈을 꾸지는 않으니까. 하지만 네 말대로 그건 나한테만 해당하는 꿈이 아니야. 나는 내 영혼의 움직임을 알려주는 꿈들과, 아주 드물긴 하지만 인류 전체의 운명을 암시하는 꿈들을 꽤 잘 구분할 수 있거든. 물론 그런 꿈들은 별로 꾼 적이 없어. 그리고 꿈이 정확히 앞날을 예언하고 그대로 실현이 되었다고 말할 만한 꿈을 꾼 적은 한 번도 없었어. 꿈의 해석은 불확실하니까. 하지만 나 혼자에게만 해당하는 것이 아닌 꿈을 꿨다는 사실은 분명히 알 수 있어. 이 꿈은 내가 전에 꾸었던 다른 꿈들과 관련이 있고 그 꿈들이 이어지고 있어. 싱클레어, 난 이런 꿈들에서 너한테 전에 말했던 것 같은 예감들을 얻어. 우리는 세상이 완전히 썩었다는 걸 알고 있어. 그렇다고 그게 종말이나 그와 비슷한 걸 예언하는 거라고 말하기는 힘들어. 하지만 난 지난 몇 년간 낡은 세계의 붕괴가 가까이 다가왔다는 사실을 느끼게 해주는 그런 꿈을 꾸었어. 처음엔 아주 흐릿하고 약한 예감이었는데 점점 분명하고 뚜렷해졌어. 난 여전히 나와 관련된 무언가 거대하고 끔찍한 사건이 다가오고 있다는 것밖에 몰라. 싱클레어, 우린 그동안 이야기했던 걸 체험하게 될 거야! 세계가 새로워지고 있어. 죽음의 냄새가 나고 있어. 죽음 없이는 새로운 것이 오지 못해. 내가 생각했던 것보다 끔찍해."

나는 겁에 질려 그를 바라보았다.

"네 꿈을 마저 나에게 이야기해 줄 수는 없어?" 나는 머뭇거리며 말했다.

그는 고개를 저었다.

"그럴 수 없어."

그때 문이 열리고 에바 부인이 들어왔다.

"여기 있었구나! 얘들아, 무슨 슬픈 일이 있는 건 아니지?"

그녀는 발랄했고 더는 피곤해 보이지 않았다. 데미안이 그녀에게 미소를 지었다. 그녀는 겁에 질린 아이들을 대하는 어머니처럼 우리에게 다가왔다.

"슬프지 않아요, 어머니. 우린 그냥 이 새로운 징조들의 의미를 풀어보려는 중이었어요. 하지만 그건 중요하지 않아요. 지금 다가오고 있는 일들은 갑자기 들이닥칠 거예요. 그러면 우린 알아야 할 일을 알게 되겠죠."

그러나 나는 기분이 나빠졌다. 인사를 하고 혼자 복도로 나갔을 때 히아신스 향기가 맥없이 시들해져서 시체 냄새처럼 느껴졌다. 우리 위에 그림자 하나가 드리워졌다.

종말
의
시작

나는 내가 원하는 대로 여름 학기에도 H시에 머물러도 된다는 허락을 받았다. 우리는 늘 집을 벗어나 강변에 있는 정원에서 시간을 보냈다. 일본인은 권투 경기에서 완패한 후 떠났고, 톨스토이 추종자들도 사라졌다. 데미안은 말 한 마리를 구해서 말을 타고 멀리 다녀오곤 했다. 나는 자주 그의 어머니와 단둘이 있곤 했다.

그 무렵 나는 내 삶의 평화로움에 대해 가끔 놀랐다. 너무 오랫동안 혼자 지내고 체념하고 고통과 싸움을 벌이는 것에 익숙해졌기에 H시에서 보낸 그 몇 개월이 마치 꿈속의 섬처럼 느껴졌다. 그곳에서 나는 아름답고 유쾌한 일들이나 감정들에 둘러싸여 마법에 걸린 듯 편안하게 살 수 있었다. 이것이 우리가 꿈꾸던 새롭고 고매한 공동체의 전조라는 예감이 들었다. 이따금 나는 이런 행복을 넘어선 깊은 슬픔에 사로잡혔다. 그것이 영원하지 않을 것이라는 걸 알고 있었기 때문이다. 나는 풍요로움과 안락함 속에서도 숨을 쉴 수가 없었다. 나에게는 고통과 분주함이 필요했다. 언젠가는 이 아름다운 사랑과 행복의 그림에서 깨어나, 오로지 고독과 싸움만이 존재하고, 다른 누군가와 함께 사는 일도 평화도 없는 그런 세계에서 다시 한번 완전히 홀로 서게 될 것임을 느꼈다.

그럴 때면 나는 내 운명이 아직 이처럼 아름답고 고요한 표정을 지니고 있다는 데 기뻐하며 더욱 다정하게 에바 부인의 곁으로 다가가곤 했다.

그 여름의 몇 주일이 빠르고 경쾌하게 지나갔고, 가을 학기가 다가왔다. 이별이 다가왔지만, 그것을 생각하고 싶지 않았다. 나는 나비가 꿀을 머금은 꽃에 달라붙는 것처럼 이 아름다운 날들에 매달렸다. 그것은 내 행복한 시절이었다. 인생에서 처음으로 뜻을 이루고 유대 관계를 맺었던 시간이었다. 하지만 앞으로는 어떻게 될 것인가? 나는 다시 싸우고 그리움을 견디고 꿈을 꾸며 혼자로 살아갈 것이다.

그러던 어느 날 이런 예감이 너무나 강하게 휘몰아쳐서 에바 부인을 향한 나의 사랑이 갑자기 고통스럽게 불타올랐다. 맙소사, 이제 머지않아 그녀를 보지 못하고, 집 안에서 울리는 그녀의 침착하고 차분한 발소리도 듣지 못하며, 탁자에서 그녀의 꽃을 보지 못하겠지! 나는 무엇을 이루었던가? 그녀를 얻는 대신, 그러니까 그녀를 쟁취하고 영원히 내 품에 끌어당기는 대신, 나는 꿈을 꾸며 만족감에 젖어 있었다! 그녀가 진정한 사랑에 대해 했던 모든 말들이 떠올랐다. 수많은 섬세한 경고들, 수많은 나직한 유혹의 말들, 어쩌면 그녀가 했던 약속들까지도. 나는 그것에 대해 무엇을 했는가? 아무것도 하지 않았다! 아무것도!

나는 내 방 가운데 서서 모든 의식을 집중해 에바 부인을 생각했다. 그녀가 내 사랑을 느끼고 나에게 끌려오도록 내 영혼의 모든 힘을 모으고 싶었다. 그녀가 와야 했다. 그녀가 내 포옹을 갈구해야 하고, 내 입맞춤이 그녀의 성숙한 사랑의 입술을 지칠 줄 모르고 파고들어야 했다.

일어선 채 손가락과 발가락이 차가워지도록 집중했다. 내게서 힘이 뿜어져 나오는 것이 느껴졌다. 얼마간 내 안에서 무언가가 단단하게 뭉쳤다. 무언가 밝고도 차가운 것이었다. 순간 마음속에 수정을 품고 있는 것 같은 느낌이 들었다. 그것이 나의 자아라는 것을 깨달았다. 차가움이 가슴까지 올라왔다.

그 두려운 순간에서 깨어났을 때 나는 무언가 다가오는 것을 느꼈다. 죽도록 피곤했지만, 환희에 불타는 마음으로 방에 들어오는 에바 부인을 맞이할 준비를 했다.

그때 말발굽 소리가 긴 도로를 따라 들려왔다. 그 소리는 점점 더 세차게 가까워지더니 갑자기 멈추었다. 나는 창가를 향해 달려갔다. 아래에서 데미안이 말에서 내리고 있었다. 나는 계단을 뛰어 내려갔다.

"데미안, 무슨 일이야? 어머니에게 무슨 일이 있는 건 아니지?"

데미안은 내 말을 못 들은 것 같았다. 그는 매우 창백했고 땀이 이마에서 양쪽 뺨을 타고 흘러내렸다. 그는 가쁜 숨을 몰아쉬는 말의 고삐를 정원 울타리에 묶은 다음 거리를 따라 함께 걸어갔다.

"벌써 소식 들었어?" 데미안이 물었다.

나는 아무것도 듣지 못했다.

데미안은 내 팔을 잡더니 연민에 가득 찬 이상하고 어두운 눈길로 내 얼굴을 바라봤다.

"그래, 이 친구야. 이제 시작이야. 러시아와의 갈등이 심하다는 건 너도 알고 있었겠지…?"

"뭐라고? 전쟁이 터진 거야? 정말 그럴 줄은 생각도 못 했는데."

주변에는 아무도 없었지만, 그는 소리 죽여 말했다.

"아직 선전 포고를 하지는 않았어. 하지만 전쟁이야. 내 말 믿어. 지난번 이후로 널 걱정하게 하고 싶지 않았는데, 그 후로 난 세 번이나 새로운 징조들을 봤어. 그러니까 세계의 종말도, 지진도, 혁명도 아니야. 전쟁이야. 넌 그게 닥치는 걸 보게 될 거야! 사람들은 거기에 환호할 거야! 벌써 모두들 전쟁이 터지기만을 기다리고 있어, 싱클레어. 사람들이 단체로 미친 것 같은 시간이 될 거야. 사람들의 삶이 너무 무미건조한 탓일 테지. 이건 시작일 뿐이야. 어쩌면 아주 큰 전쟁이 될 수도 있어. 아주 큰 전쟁이. 하지만 그것도 그냥 시작일 뿐이야. 새로운 세계가 다가오고 있어. 옛것에 매달리는 사람들에겐 끔찍한 일이 될 거야. 넌 어떻게 할 거야?"

나는 당황했다. 모든 것이 낯설고 비현실적으로만 들렸다.

"모르겠어. 넌?"

그는 어깨를 으쓱했다.

"동원령이 떨어지면 난 바로 입대할 거야. 난 소위야."

"네가? 그런 줄 전혀 몰랐어!"

"그래, 내가 세상에 적응하는 방식 중 하나였어. 내가 눈에 띄는 걸 좋아하지 않는다는 건 너도 알잖아. 난 늘 지나칠 정도로 올바르게 행동했지. 아마 일주일 후면 난 전쟁터에 있을 거야."

"맙소사."

"이봐, 너무 감상적으로 받아들이지 마. 살아 있는 사람을 향해 발포 명령을 내리는 게 즐거울 리는 없지만, 그게 중요한 게 아니야. 이제 우리는 모두 체계의 일부가 될 거야. 너도 마찬가지야. 너도 분명 징집될 거야."

"데미안, 그럼 네 어머니는?"

그제야 불과 몇 분 전에 무슨 일이 있었는지 떠올랐다. 그 사이 세상이 얼마나 변했는가! 나는 가장 달콤한 모습을 불러내기 위해 온 힘을 다 모았었다. 이제 내 운명은 위협적인 탈을 쓰고 새로운 모습으로 나를 바라보고 있었다.

"내 어머니? 아, 어머니 걱정은 할 필요 없어. 어머니는 안전해. 오늘날 이 세상 누구보다도 말이야. 너 우리 어머니를 그렇게 많이 사랑하는 거야?"

"알고 있었어, 데미안?"

그가 큰 소리로 밝게 웃었다.

"이 친구야! 당연히 알고 있었지. 어머니를 에바 부인이라고 부르면서 사랑하지 않은 사람은 지금껏 아무도 없었어. 어떻게 하다가 그렇게 된 거야? 네가 오늘 어머니와 나를 불렀잖아?"

"그래, 내가 불렀어. 에바 부인을 불렀어."

"어머니가 그걸 느끼셨어. 나더러 갑자기 너에게 가보라고 날 보내셨어. 어머니에게 러시아 소식을 막 전했거든."

우리는 돌아서서 걸으며 이야기를 조금 더 나눴다. 그는 묶어놓은 말의 고삐를 풀고 다시 말에 올라탔다.

나는 위층 내 방에 다시 올라와서야 내가 얼마나 녹초가 되었는지 느꼈다. 데미안이 가져온 소식도 그랬지만 그 전의 긴장감 탓이 훨씬 더 컸다. 그래도 에바 부인이 내가 부르는 소리를 들었다! 내 생각이 그녀에게 도달한 것이다. 상황이 이렇지만 않았다면 그녀는 나에게 왔을 것이다. 이 모든 게 얼마나 이상한 한편, 근본적으로 얼마나 아름다운가! 이제 전쟁이 일어날 것이다. 우리가 그토록 자주 이야기했던 모든 것이 이제 곧 시작될 것이다. 그리고 데미안은 그것에 대해 이미 많은 것을 알고 있었다. 이제 세상의 흐름이 더 이상 우리를 스쳐 지나가는 것이 아니라 갑자기 우리의 심장 한복판을 뚫고 지나갈 것이니, 얼마나 이상한가. 모험과 거센 운명이 우리를 부르고, 세상이 우리를 필요로 하는 순간이 오고 있었다. 그리고 곧 세상이 변화하는 순간이 도달할 것이다. 데미안이 옳았다. 그것을 감상적으로 받아들여서는 안 되었다. 다만 내 '운명'을, 그토록 고독하고 사적인 것을 그토록 많은 사람들과 함께, 아니, 전 세계와 함께 겪게 되었다는 점이 놀라웠다. 멋진 일이었다!

나는 각오가 되었다. 저녁 무렵 시내를 걸어가는 곳곳마다 흥분에 휩싸여 있었다. 사방에서 '전쟁'이란 말이 들려왔다!

나는 에바 부인의 집에 갔고 우리는 정원에 있는 정자에서 저녁을 먹었다. 내가 유일한 손님이었다. 아무도 전쟁이라는 단어를 언급하지 않았다. 다만 저녁 늦게 내가 떠나기 직전에 그녀가 말했다. "친애하는 싱클레어, 당신은 오늘 나를 불렀어요. 내가 직접 가지 못한 이유를 당신은 알고 있겠죠. 하지만 잊지 말아요. 이제 당신은 나를 부르는 방법을 알아요. 표식을 지닌 누군가가 필요해지면 언제든 다시 불러요!"

그녀는 일어서서 어스름한 정원을 가로질러 앞장섰다. 그 비밀스러운 여인은 침묵하는 나무들 사이로 당당하고 품위 있게 걸어갔다. 그녀의 머리 위로 수많은 별들이 작고 은은하게 빛났다.

이제 이 이야기의 막바지에 이르렀다. 상황이 꽤 빠르게 진전되었다. 전쟁이 시작되었고 데미안은 군복에 은회색 외투를 걸친 채 묘하게 낯선 모습으로 떠났다. 나는 그의 어머니를 집까지 바래다주었다. 나도 곧 그녀와 작별했다. 그녀는 내 입술에 키스를 하고 한동안 나를 꼭 안아 주었다. 그녀의 커다란 눈이 내 눈 가까이에서 불타올랐다.

모든 사람이 형제가 된 것 같았다. 그들은 조국과 명예를 말했지만, 그들 모두가 들여다본 것은 겉으로 드러난 운명의 얼굴이었다. 젊은 남자들은 막사에서 나와 기차에 올라탔다. 나는 많은 얼굴에서 표식을 보았다. 우리들의 표식과는 다르지만, 사랑과 죽음을 의미하는 아름답고 기품 있는 표식이었다. 나도 전에 본 적 없는 사람들의 포옹을 받았다. 그 이유를 이해하고 기꺼이 응답했다. 그들은 자아도취 상태에서 그렇게 행동했다. 그것은 운명의 의지는 아니었지만 거룩했다. 그 도취는 그들 모두가 운명에게 건넨 짧고도 날카로운 눈길로부터 비롯되었다.

나는 겨울이 다 되어서야 전쟁터에 도착했다.

처음에는 총격전의 흥분에도 불구하고 모든 것이 실망스러웠다. 전에 인간이 이상을 위해 사는 것이 왜 그토록 어려운 것인가에 대해 깊이 생각한 적이 있었다. 그러나 이제 나는 많은 사람들이 이상을 위해 죽을 수 있다는 것을 알게 되었다. 다만 그것은 자유롭게 선택한 개인적인 이상이어서는 안 되고, 누군가로부터 건네받은 공동의 것이어야 했다.

시간이 흐르면서 내가 사람들을 과소평가했다는 것을 깨달았다. 공동으로 짊어진 위험이 사람들을 그토록 획일화해 놓았어도, 살아 있는 이들과 죽어가는 이들이 운명의 의지에 당당하게 맞서는 모습을 보았다. 수많은 사람이 공격의 순간뿐만 아니라 늘 무언가에 홀린 듯한 아득하면서도 단호한 눈빛을 하고 있었다. 그 눈빛은 목적을 추구하는 것이 아니라 가늠할 수 없는 대의를 위한 완전한 헌신을 뜻하는 눈빛이었다. 그들이 무엇을 믿고 생각하든 그들은 각오가 되어있었다. 그들은 쓸모가 있었고 그들에 의해 미래가 형성될 것이었다. 그리고 세상이 전쟁과 영웅, 명예와 다른 낡은 이상들을 지향할수록, 언뜻 인간의 본성으로 보이는 것의 목소리 하나하나가 더욱 멀고 비현실적으로 들리면 들릴수록, 이 모든 것은 오로지 표면에 지나지 않았다. 외면적이고 정치적인 전쟁의 목적에 대한 질문이 본질이 아니라 표면에 지나지 않는 것과 마찬가지였다.

나의 깊은 내면에서는 무언가 형성되고 있었다. 새로운 인간성 같은 것이. 나는 많은 사람들을 보았고, 그들 중 일부는 내 옆에서 죽었다. 그들은 적에 대해 증오나 분노, 살육과 파괴의 감정을 갖고 있지 않았다. 그들에게 적이란 목적만큼이나 완전히 우연에 의한 것이었다. 근원적인 감정들, 극히 사나운 감정들조차 적을 향한 것이 아니었다. 근원적 감정에서 시작된 잔혹한 행위는 내면의 발산, 내적으로 찢긴 영혼의 발산에 지나지 않았다. 그렇게 찢긴 영혼은 미친 듯이 날뛰며 죽이고 파괴하고 스스로 죽기를 원했다. 다시 태어나기 위해서였다. 거대한 새가 힘겹게 알을 깨고 나오기 위해 싸우고 있었다. 알은 세계였고, 세계는 부서져야만 했다.

이른 봄 어느 날 밤 나는 우리가 점령한 농장 앞에서 보초를 섰다. 바람이 변덕스럽게 이리저리 불었고, 플랑드르 지방의 높은 하늘 위로 구름의 군대가 말을 타고 이동하듯 빠르게 지나갔다. 그 뒤 어딘가에는 달이 숨어 있는 듯했다. 그날은 왠지 하루 종일 불안했다. 무언가로 인해 마음이 심란했다. 나는 어두운 초소에서 지금까지 내 인생의 모습들, 에바부인과 데미안을 간절한 마음으로 떠올려 보았다. 포플러나무에 기대서서 움직이는 하늘을 바라보았다. 비밀스럽게 움직이던 밝은 부분이 곧 커다랗게 솟구치는 모습들로 변했다. 맥박이 이상하게 약해지고, 피부가 비바람에 무감각해지며, 내면이 번뜩이는 각성 상태에 이르자, 가까이에 내 인도자가 왔음을 느꼈다.

구름 속으로 거대한 도시가 보였다. 그곳에서 수백만 명의 사람들이 물밀듯이 몰려나와 광활한 광장으로 무리 지어 퍼져 나갔다. 그들 아래쪽 한가운데에는 강력한 여신의 형상이 나타났다. 머리카락에 반짝이는 별들을 단 산맥처럼 거대한 이 형상은 에바 부인과 닮아 있었다. 쏟아져 나오던 사람들이 마치 커다란 동굴로 들어가듯 이 형상 속으로 사라졌다. 여신은 바닥에 웅크리고 앉아 있었고, 이마에서는 표식이 밝게 빛났다. 그녀는 꿈속에 있는 것 같았다. 눈을 감고 거대한 얼굴은 고통으로 일그러졌다. 그녀가 갑자기 날카롭게 비명을 질렀다. 그녀의 이마에 있던 별들이 튀어나왔다. 수천 개의 빛나는 별들이 장엄한 아치와 반원을 이루며 검은 하늘 위를 날

아올랐다.

별 하나가 나를 향해 날카로운 소리를 내면서 달려왔다. 그
것은 나를 찾고 있는 듯했다. 그러더니 울부짖으며 수천 개의
불꽃이 되어 산산이 흩어졌다. 그 바람에 나는 번쩍 들렸다가
바닥에 다시 내동댕이쳐졌다. 세계가 내 위에서 천둥 같은 소
리를 내며 무너졌다.

나는 포플러나무 근처에서 발견되었다. 온몸이 흙투성이에
상처투성이였다.

나는 지하실에 누워있었고 머리 위로 요란한 총성이 들렸
다. 수레에 누워 빈 들판을 덜컹거리며 지나갔다. 나는 대부분
잠들어 있거나 의식이 없었다. 그러나 깊이 잠들수록 무언가
가 나를 강하게 이끌고 있다는 것을, 나를 지배하는 어떤 힘을
따라가고 있다는 것을 느꼈다.

어느새 나는 마구간의 짚더미 위에 누워있었다. 주변은 어
두웠고, 누군가 내 손을 밟았다. 그러나 내 안의 무언가는 내
가 더 나아가길 원했고, 나를 더욱 강하게 잡아끌었다. 나는
다시 수레에 누웠고, 나중에는 들것인지 사다리인지 모를 것
에 실렸다. 점점 더 어딘가로 가라는 명령을 받은 느낌이 강
해졌고, 마침내 그곳으로 가겠다는 열망 외에는 아무것도 느
끼지 못했다.

그러고 나서 드디어 목적지에 도착했다. 밤이었다. 나는 의
식이 완전히 깨어났고, 내 안의 충동과 열망이 더 강렬하게

느껴졌다. 이제 나는 어느 큰 방에서 바닥에 깔린 매트리스에 누워있었다. 내가 바로 그곳으로 부름을 받았다는 느낌이 들었다. 주변을 둘러보았다. 내 바로 옆에 매트리스가 하나 더 있었는데, 거기에 누군가 누워서 몸을 앞으로 숙인 채 나를 바라보았다. 이마에는 표식이 있었다. 막스 데미안이었다.

나는 말을 할 수 없었고, 그도 말을 할 수 없거나 아니면 말을 할 생각이 없는 듯했다. 그는 그저 나를 바라만 보았다. 머리 위쪽 벽에 걸린 등불의 빛이 그의 얼굴을 비추었다. 그는 나를 향해 미소 지었다.

그는 한참 동안 내 눈을 바라보았다. 그러더니 그의 얼굴이 천천히 내 쪽으로 다가와 우리는 거의 맞닿을 정도가 되었다.

"싱클레어!" 그는 속삭이듯 말했다.

나는 그의 말을 알아들었다고 눈짓으로 표시했다.

그는 다시 미소를 지었다. 연민이 어린 듯한 미소였다.

"꼬마야!" 그는 웃으며 말했다.

그의 입술이 이제 내 입술과 닿을 듯 말 듯 가까웠다. 그는 나직이 말을 이었다.

"프란츠 크로머를 기억해?" 그가 물었다.

나는 그렇다는 뜻으로 눈을 깜빡이고 미소를 지었다.

"이봐, 꼬마 싱클레어! 잘 들어. 난 가야만 해. 언젠가는 크로머 같은 다른 어떤 것에 맞서기 위해 내가 다시 필요할지도 몰라. 다음에 나를 부르면 그때 난 말이나 기차를 타고 그렇게 급하게 오지 않을 거야. 이제 넌 네 내면의 소리에 귀를 기울여야 해. 그럼 네 안에 내가 있다는 걸 알게 될 거야. 알겠어? 그리고 또 한 가지! 에바 부인이 말했어. 너한테 어떤 나쁜 일이 생기면 너에게 당신이 보낸 키스를 나더러 전해주라고… 눈을 감아, 싱클레어!"

나는 얌전히 눈을 감았다. 피가 조금씩 흐르는 내 입술 위에 가벼운 입맞춤이 느껴졌다. 그리고 나는 잠이 들었다.

다음 날 아침 누군가 붕대를 감기 위해 나를 깨웠다. 마침내 정신이 들자 옆에 있던 매트리스를 돌아보았다. 그곳에는 전에 본 적 없는 낯선 사람이 누워있었다.

붕대를 감는 과정은 고통스러웠다. 그 후로 내게 일어난 모든 일이 고통스러웠다. 그러나 내가 이따금 열쇠를 찾아내 나의 내면으로 침잠하면, 운명의 모습들이 그곳의 어두운 거울 속에 잠들어 있었다. 나는 그저 검은 거울 위로 몸을 숙여 내 모습을 바라보기만 하면 되었다. 그 모습은 이제 완전히 그와 같았다. 내 친구이자 내 안내자인 그와.

작가
의
말

나는 단지 내 속에서 저절로 우러나오는 것,

그것을 따라 살아보려고 했을 뿐이다.

그것이 왜 그토록 어려웠을까

내 이야기를 시작하려면 먼 옛날로 거슬러 올라가야 한다. 할 수만 있다면 훨씬 더 멀리 거슬러 올라갈 것이다. 내 유년 시절의 처음까지, 혹은 내 출생의 아득한 근원까지.

작가들은 소설을 쓸 때, 마치 자신이 신이라도 된 듯, 한 사람의 인생에 대해 모든 것을 파악하고 이해할 수 있는 것처럼 행동한다. 그리고 신이 직접 이야기하듯 그 사람의 인생을 아무 거리낌 없이 이야기한다. 그러나 나를 포함해 작가라면 그렇게 해서는 안 된다.

누구나 자신의 이야기가 중요한 것처럼 내게도 나의 이야기가 가장 중요하다. 그것이 바로 자신의 이야기이기 때문에, 그리고 한 인간의 이야기이기 때문이다. 허구의 인물, 있을 법한 인물, 이상적인 인물, 혹은 어떤 존재하지 않는 인물에 대한 이야기가 아니라, 실존하고 유일무이하고, 살아 숨 쉬는 한 인간에 대한 이야기이기 때문이다.

오늘날에는 실존하는 살아 있는 인간의 의미가 무엇인지 그 어느 때보다도 알 수 없게 되어버렸다. 그로 인해 대자연의 소중하고 유의미한 존재인 생명체들이 총으로 학살당하고 있다. 만약 우리 각자가 유일무이한 존재가 아니라면, 그래서 우리를 한 명 한 명 총으로 세상에서 제거해도 무방하다면, 각자가 자신의 이야기를 한다는 것은 무의미할 것이다. 그러나 모든 인간은 하나의 인간일 뿐만 아니라 그 이상의 의미를 지닌다. 한 사람 한 사람이 유일하고 특별하며, 모든 면에서 유의미하다. 또한 인간은 세상의 모든 현상 속에서 난 한 번 교차되고, 다시는 똑같이 교차하지 않는 지점이다. 그렇기 때문에 한 사람 한 사람의 이야기가 중요하고, 영원하며 신성하며, 어디에서 어떻게 자연의 뜻을 실현하고 살든지 간에 모든 인간은 경이로운 존재이며, 주목받아 마땅하다. 모든 인간은 영혼이 형상화된 존재이며, 모든 인간은 신의 피조물로서 항상 고통받으며, 저마다 십자가의 고난을 겪으며 성장한다.

오늘날에는 진정한 인간이 무엇인지 아는 이가 별로 없다. 하지만 이러한 사실을 인식하는 사람들은 보다 편안하게 죽을 수 있을 것이다. 이 이야기를 다 쓰고 나면 나 역시 더 편안하게 죽음을 맞이할 것이다.

내가 많은 것을 알고 있다고 말할 수는 없다. 나는 무엇인가를 탐색하는 사람이었고, 지금도 마찬가지이다. 그러나 나는 더 이상 별을 바라보거나 책에서 무언가를 찾지 않는다. 나는 내 몸속에서 피가 속삭이는 가르침에 귀를 기울이기 시작했다. 나의 이야기는 꾸며낸 이야기처럼 편안하거나 감미롭거나 조화롭지 않다. 오히려 더 이상 자신을 기만하고 싶지 않은 사람의 삶이 그러하듯 무의미와 혼돈, 꿈과 광기의 맛을 품고 있다.

　모든 인간의 삶은 자신에게 이르는 길이자, 그 길로 가려는 시도이며, 그곳으로 향하는 길에 대한 암시이다. 그 누구도 온전한 자기 자신이 되지 못하지만, 누구나 어떤 식으로든 자신의 모습을 찾기 위해 노력한다. 어떤 이는 둔하게, 어떤 이는 더 환하게. 우리는 모두 죽는 순간까지 탄생의 잔재, 먼 과거의 점액과 껍데기를 품고 있다. 우리 중 일부는 결국 인간이 되지 못하고 개구리, 도마뱀, 혹은 개미로 머문다. 어떤 이들의 경우 상체는 인간, 하체는 물고기이다. 그러나 모두가 인간이 되길 바라며, 이는 자연의 시도이다. 우리는 같은 근원을, 어머니들을 공유한다. 우리는 같은 심연으로부터 나온다. 그러나 깊은 심연에서 내던져진 시도인 우리는 모두 자신만의 목적을 향해 나아간다. 우리는 서로를 이해할 수 있지만, 오직 자신에 대해서만 진심으로 해석할 수 있을 뿐이다.

옮긴이 박지현

출판물 기획 및 번역가. 고려대학교 영어영문학과를 졸업하였고, 동
대학원에서 영어교육학을 전공하였다. 다양한 영어 교재 및 수험서
개발 경험이 있다.

초판 2022년 3월 10일 2쇄
저자 헤르만 헤세
옮긴이 박지현
ISBN 979-11-90157-48-3 (04840)
      979-11-90157-47-6 (세트)

출판사 북플라자
주소 서울시 강남구 논현동 118-13
홈페이지 www.bookplaza.co.kr

오탈자 제보 등 문의사항은 book.plaza@hanmail.net으로 보내주세요.
잘못된 책은 구입하신 서점에서 교환해 드립니다.